U0523133

"皿"指盘子，"屋敷"指日式宅邸。《皿屋敷》的故事情节十分简单，篇幅在"三大怪谈"中亦属最短，讲述一个名叫阿菊的婢女，冤死后化为厉鬼，通过数盘子对仇人进行诅咒的故事。

在鸟山石燕的《今昔画图续百鬼》中，也绘有名为"数盘子"（皿数え）的鬼火类怪物，正是根据阿菊的形象变化而来。

《黑壁》（1894年10月12日）　作者：泉镜花（1873—1939）
《高野圣僧》（1900年2月）　作者：泉镜花（1873—1939）

泉镜花虽不是纯粹的怪谈文学作家，但作为浪漫主义大师，其奇崛瑰丽的文风与极具幻想色彩的内容，无疑使之成为最能代表怪谈文学的日本作家之一。中岛敦曾如此评价：

> 日本有赏花之名胜，日本文学亦有情绪之名胜，那便是泉镜花的艺术……不读镜花，就如同放弃身为日本人的特权。（中岛敦《泉镜花氏之文章》）

《黑壁》是镜花初登文坛之时的作品，有几分习作的意味，却已足见其美学倾向。"黑壁"是镜花家乡加贺国（在今石川县）的一处地名，有"魔境"之称，不止一次出现在镜花作品之中。本文通过第一人称的回忆形式，讲述一次午夜时分荒山野岭的恐怖经历，作者将"我"内心的颤栗直观地传达给读者，让人颇有身临其境之感。

《高野圣僧》是镜花代表作，亦是成名之作。标题时常会被误认为是"来自高野的圣僧"，然而从文中僧人宗朝的表现来看，似乎与"圣僧"的境界相距较远。事实上，原文标题作"高野聖"，那是一个专有名词，指以高野山为据点的行脚僧；"聖"只是僧人类别的一种，并不具备"得道高僧"等含义——历史上，高野圣恰恰是高野山僧侣中地位最低的群体。

本书选录的16篇小说中，以《高野圣僧》篇幅为最长。作品情节奇诡，描摹传神，使读者不由自主地跟随僧人的脚步，进入那个超现实的幽玄世界。难怪三岛由纪夫如此称颂镜花：

> 镜花是这样一位艺术家：他有一半属于魑魅魍魉的世界；

而那些魑魅魍魉，则由另一半的他支配并创造。（三岛由纪夫《作家论》）

《无耳芳一的故事》（1904年） 作者：小泉八云（1850—1904）
《雪女》（1904年） 作者：小泉八云（1850—1904）

《无耳芳一的故事》《雪女》都收录在小泉晚年的短篇小说集《怪谈》中。该书共包括17篇怪谈故事，乃是小泉对日裔妻子讲述的日本传说、鬼故事之再演绎。原文皆是英文，本书所选篇目则是从日文转译而来。

尽管小泉是英国人（后加入日本国籍），但他作为"日本通"，加之日文译者的较出色发挥，两篇故事都很难读出所谓的"西洋味"，选入本书之中，丝毫没有异样之感。

《无耳芳一的故事》讲述一位名叫芳一的琵琶师在寺中所遭遇的恐怖事件。平安时代，琵琶师往往都是盲眼僧侣，作品巧妙地利用主人公目盲的特性，通过限制读者所见，有效地增添故事的骇人之感。

《雪女》则是神话传说中标准的"异类婚姻"故事：人类男性娶非人类女性为妻，生活幸福，却并不知道妻子的身份；一旦妻子身份暴露，便会离丈夫而去。情节隐约能够让读者联想到《搜神记》《搜神后记》中弦超、白水素女的故事，不过雪女毕竟是妖怪，结局带给读者的除了怅惘，还有扑面而来的寒气。

《梦十夜》（1908年7月至8月） 作者：夏目漱石（1867—1916）
《鼠坂》（1912年4月） 作者：森鸥外（1862—1922）

作为明治文坛的领军人物，亦是现代日本语言文学的奠基者，漱石与鸥外在中国也拥有极高知名度，其生平经历自不必多讲。

《梦十夜》并不是典型的漱石作品，它讲述十个光怪陆离的梦境，各梦境之间没有情节上的联系。乍看之下，似乎充满弗洛伊德式的意象；也有学者从时代背景分析，认为梦境的实质是对日本近代化的反思与批判。不过，读者并不一定要探寻出文本背后的深意所在，单纯当作十个离奇的梦来阅读,又有何不可呢?

《鼠坂》或许是本书所选录作品中"最不像怪谈"的一篇。小说讲述一起日俄战争期间日本人在中国犯下的罪案,及其所引发的故事,无论内容还是文风都颇具现实色彩;尽管结局很有怪谈式风格,但若细品故事中"主人"一家的种种表现,未必不能解释为一篇伪装为怪谈的犯罪小说。死者究竟是被真正的幽灵吓死,还是被人设计而死,也是日本学界与鸥外爱好者争论已久的话题。

《妖婆》(1919年9月)　作者:芥川龙之介(1892—1927)
《齿轮》(1927年)　作者:芥川龙之介(1892—1927)

芥川自幼嗜读怪谈,创作生涯中亦积极探索此道。在自己的"妖怪文学"受到质疑不如谷崎润一郎时,甚至略带稚气地辩驳:

> 我本人远比谷崎更有妖气,此事已由菊池宽证明。你说我没有妖气,那是你对我了解不深。(芥川龙之介《1919年9月13日书简》)

《妖婆》讲述一对青年恋人被丑陋的妖婆阻止恋情,想方设法抗争的故事。作品连载途中,便遭到佐藤春夫、南部修太郎等作家的严厉抨击。芥川最初作文抗辩,慷慨陈词;后亦逐渐丧失信心,甚至在遗嘱中特意点明,不得将《妖婆》收入其全集之中。

《齿轮》是芥川的遗作,生前只发表第一章,其余部分则是自杀后在遗稿中被发现。彼时芥川受到多种疾病折磨,家庭、经济方面带来的巨大精神压力也使他频频产生幻觉,标题"齿轮"就是"我"眼前的幻觉之一。小说情节诡异,语言杂乱,与其说是怪谈文学,更像是濒临崩溃之人的呓语。文中所提及姊夫卧轨诸事,俱是芥川现实遭遇,因此本作通过某种"真实感",更使读者感到脊背发凉。

《红蜡烛和人鱼》(1921年2月)　作者:小川未明(1882—1961)

小川的文学成就主要集中在童话领域,《红蜡烛和人鱼》也是一篇基于民俗传说而创作的童话故事。

不过，作品所表现的主题——恩与仇、欲望与情感、信任与背叛，对儿童读者而言似乎过于沉重。若说本作是一篇怪谈，真正的鬼怪究竟是人鱼，还是人心呢？

《影子被踩的女人》(1925年9月)　作者：冈本绮堂（1872—1939）

《鲤》(1936年4月)　作者：冈本绮堂（1872—1939）

冈本绮堂是典型的明治时代文人，正如我国那些出生于清末的文学大家那样，自幼接受扎实的传统教育，少年时期接触到西方文化，从而养成远超前人的文化视野。

冈本早年以新歌舞伎作者扬名，1913年起专注于小说体裁，受到《福尔摩斯》系列的影响，开始创作《半七捕物帐》，由是开日本侦探小说之先声。

明治末年至大正时期，日本著名文人中间，兴起过一阵"怪谈热潮"，以夏目漱石、森鸥外为首的明治文豪纷纷尝试怪谈文学创作，形成所谓的"怪谈黄金时代"（东雅夫《怪谈热潮为何以百年为周期》）。《影子被踩的女人》正是冈本借着这股热潮，在怪谈领域做出的不俗尝试。

作为在侦探与怪谈两种题材都有所建树的作者，冈本认为两者之间存在某种联系，在创作中也践行这一观点。《影子被踩的女人》具有明显的侦探小说形式特征，即提出"谜题"（女主人公的病症），通过"推理"（家人想方设法治疗）来进行"解谜"；而另一方面，"推理"过程却采用祈祷等手段，并最终将故事导向一个诡异的怪谈式结局。这种游走于侦探小说与怪谈故事之间，吸引读者却又违背读者期待的写作策略，体现出作者的某种创作哲学，即让侦探与怪谈两大类型的相互渗透与超越。

《鲤》以一位姓梶田的老人不吃鲤鱼为引子，借由老人之口，将数十年前一桩奇事娓娓道来。本文创作于冈本晚年，此时作者笔力愈发纯熟，讲述手法老道而不着痕迹，能够明显看出怪谈作为一种小说形式发展成熟，与早期对传说故事的改编作品相比，观感大不相同。

总体而言，侦探题材的创作经历使得冈本习惯于冷静的笔触，而与怪谈结合，便更生几分冰凉的恐怖感。

《镜地狱》(1926年10月)　作者：江户川乱步(1894—1965)

乱步身为推理小说大师，其作品风格原本就与怪谈难解难分。《镜地狱》的创作灵感来自于某科学杂志的问答栏目：若一巨大球体内部皆为镜面，人在其中所睹景象为何？乱步认为那将是世间最恐怖的景象。

不过，2007年日本电视台实际制作"球体镜"，并请嘉宾头戴录像设备进入，结果显示，所见情景确实诡异，却远没有乱步形容的那般夸张。

《哀蚊》(1934年4月)　作者：太宰治(1909—1948)

太宰于1934年在同人杂志《鷭》上发表题为《叶》的小说，该作结构疏散，各情节之间界限难以辨别，甚至存在作中作的情况，其中一篇便是名为《哀蚊》的怪谈。

《叶》中提到，《哀蚊》是"他"十九岁那年冬天写下的作品。事实上，《哀蚊》最初发表确实是在1927年，那时的太宰还是个十八九岁的少年，却能够以精炼的篇幅刻画一名未婚老妪的隐微心理，笔力之成熟非同一般。

在现在的读者看来，《哀蚊》的部分情节或许会令人感到不适；不过，小说结尾极具冲击力，相信不会辜负读者的期待。

光怪陆离的故事背后，蕴藏的是对人性、命运、生死等终极话题的思索。愿每一位读者都能从字里行间感受到日本文豪们独具匠心的想象，在文学的盛宴中感受心灵的震颤与升华。

(何中夏)

目录

001 **牡丹灯笼**
　　浅井了意

007 **鲤**
　　冈本绮堂

022 **影子被踩的女人**
　　冈本绮堂

042 **四谷怪谈**
　　田中贡太郎

055 **皿屋敷**
　　田中贡太郎

059 **高野圣僧**
　　泉镜花

132 **黑壁**
　　泉镜花

141 **无耳芳一的故事**
　　小泉八云

154 **雪女**
　　小泉八云

160 **妖婆**
　　芥川龙之介

212 **齿轮**
　　芥川龙之介

254 **红蜡烛和人鱼**
　　小川未明

266 **梦十夜**
　　夏目漱石

299 **镜地狱**
　　江户川乱步

319 **鼠坂**
　　森鸥外

333 **哀蚊**
　　太宰治

牡丹灯笼

浅井了意

  每年的七月十五日至二十四日,家家户户都会祭拜,供奉圣灵,还会制作很多灯笼,或点在神龛上,或点在屋檐上,或点在墓碑前。灯笼上的装饰物为花鸟草木,制作成各种样子,晚间也灯火不断。透过这些灯笼亦可领悟人性。这期间,舞姬们聚在一起,声音美妙动听的歌姬领唱颂歌,随后一起翩翩起舞,京城上下皆是如此。

  天文戊申①之年,京都有位名叫荻原新之丞的公子。近

---

① 天文戊申,指日本天文十七年,即1548年。

些年来，妻子亡故后，萩原由于太过不舍，总是独自寂寞地徘徊在窗边，不断回想妻子生前的往事，顿感悲痛欲绝。这年，圣灵祭祀活动开始，为能让妻子融入无名同伴之中，萩原反复诵读经文，直至最后一天面对朋友邀请本该出门时，内心亦毫无波澜，只是伫立门前。那似乎怎么也站不直的身影，遥望远方，默默拭泪。

十五日深夜，街上之人寥寥可数，万籁俱寂，一位约莫二十岁的美人映入萩原的眼帘，美人缓缓走来，身旁跟着一个十四五岁、手提牡丹灯笼的丫鬟。

芙蓉般艳丽的眼梢，杨柳般婀娜的身姿，竹叶般细长的眉毛，无论哪一个鬓角都尽显高贵。

在萩原眼里，这位美人是天仙下凡，在此游戏人间，亦是龙宫中的仙女，特来给予人间以慰藉，即使萩原内心明白美人可能并非凡人，但思绪纷飞，在欣喜中，荻原不觉间已跟随在美人身后。

一路跟随，到了西边的一所房子前，美人回过头来，面带浅笑地说道："小女子孤身一人，孤苦伶仃，身不由己。虽说今晚月光明亮，但不知不觉已到深夜，公子能否送我一程？"

"要说送一程的话，"萩原缓缓向前一步说道，"姑娘回去之路颇远,夜已深,小生愿陪姑娘一同前往。"萩原又打趣道:"如果姑娘不嫌弃,小生住的地方虽说简陋,亦可让姑娘留宿一晚。"说完便看到女子掩嘴轻笑,萩原抬眼望月,心想这真是上天的馈赠。

人情易变,人心难守。萩原与美人携手回至家中,拿出美酒,旁边女仆斟酒,两人对酌,明月倾听着他俩亲密无间的对话。萩原心想,今日真是大为有幸。

且不说女子,如果萩原只把今晚当作新婚初夜,能把烦恼和抱怨统统忘却,亦令人欣喜。萩原越想越高兴。他与美人订下婚约,共度良宵,彼此交心,毫无间隙,枕边交谈还未尽兴,天已蒙蒙亮了。

萩原说道:"姑娘的住处何故是由木之丸大人赐名?"

美人答道,自己是藤氏二阶堂政行的后人。

彼时时局良好,为了家族的繁荣,不论时代变迁与否,都隐居山林。

结果父亲政宣却在京都的战乱中被打死,兄弟姐妹均被赶尽杀绝,自己一个弱女子只得寄居在万寿寺附近的茅草屋。

美人自报家门时,神情即羞又悲,但语调温和,举止亲切。

俄顷,天空横云密布,月亮正往山的一侧落下,屋内烛火隐约残留，美人还未道明姓名，便已起身离别归家。

此后美人总是日落而来，日出而归，每晚从不失约。

荻原心中疑惑，但也未曾多想。近来与美人互相爱慕彼此交心，沉浸在美人每晚如约而至的喜悦中，即便是白天也不再与人相见。

如此二十多天转眼而逝。

隔壁家的老翁甚觉奇怪，荻原家每到夜里，屋内便会传来年轻女子的声音，唱歌嬉戏，十分怪异。他从墙壁的缝隙里仔细一看，只见荻原和一具白骨相对坐于灯下。荻原说话间，那具白骨还会动手点头，更能从好像是嘴的地方发出声响。老翁大吃一惊，等不及天亮，便将荻原叫来问询，最近家里是否每晚都有来客。

荻原却隐瞒不说。老翁恐其有劫难，便对荻原说道："公子恐怕有所隐瞒。老朽今晚从墙壁处窥探些许，便见你二人相互纠缠。凡存活于世间的凡人，阳气均颇旺盛，但如若死去变成幽灵，阴气甚重且会被邪祟侵蚀。因此切记不要与亡者有所来往。如今公子却和充满幽怨阴气的鬼魂坐在一起而尚不自知。

"和污秽而邪恶的妖魅同寝而不觉悟，如若耗尽精气，则非药石、针灸所能医治。一旦感染病症，明明还是花样年纪，却会呈现衰老不堪之态，由此便会成为黄泉之客，被埋藏地底。"萩原听闻开始感到恐慌，惴惴不安地将实情告知老翁。老翁遂建议萩原去万寿寺附近打听一二。

萩原沿五条大道向西行，从万里小路往里进至堤岸边，在柳树林中徘徊许久，那里荒无人烟。终于萩原在日暮时分进入万寿寺，稍作休息，从浴堂后往北走，发现有一灵堂。

进去仔细一看，在灵柩的正面写有二阶堂左卫门尉政宣的女儿弥子和吟松院冷月禅定尼之名，角落里还放置有古老的怪谈集《伽婢子》。

灵柩后面写有浅芽的名字，前面挂着牡丹图案的古旧灯笼。萩原一看到这里顿觉毛骨悚然，悄无声息地从寺庙跑回家中。至此，这段短暂美好的恋情宣告结束。萩原心想，家中尚危，夜里不能再陪伴鬼魂，他不知不觉已忘记初衷，只留憎恶之感。但倘若今晚女子再来的话，该如何是好？此时，隔壁的老翁来到萩原家中，为其带来指点。

老翁告诉萩原，东寺的卿公德行兼备，且负有降魔师之名，应尽快去寻其帮助。萩原赶至东寺，向卿公讨教。卿公直言："公子已被妖怪吸走精血，神魂陷入昏迷。"萩原听闻，便如实向卿公坦白，自己与生命中不该存有交集之人已纠缠十余天。卿公交予萩原一张符纸，让其贴在门上，这样那位女子便再也无法进门。

　　此后过了五十余天,某日萩原前往东寺,礼拜卿公,敬酒之后便回家去了。然而,那位美人的面容还是令人怀恋,萩原站在万寿寺门前往里看,突然那位美人出现在眼前,神情很是怨恨。此前的缘分就如树叶迅速变为细针一般,只能看出浅薄的情愫。"起初是因为公子的盛情难却,奴家才委身于你,日落而来日出而归,而灭绝我俩因缘的,并非卿公,而是公子的无情与变心。所幸能够再与公子相见,真心喜悦。"美人向萩原提出邀请,萩原听闻便牵住她的手,走入门内。

　　跟随萩原的小厮见此情形,胆战心惊地逃回家中。小厮回到家中将此事告知旁人,众人均感恐慌,前去查看,发现萩原已被女子带入墓中,和白骨交叠死去。

　　寺内众僧对此均感诧异,遂立刻将坟墓迁至鸟部山。此后,每逢阴雨之日,萩原便与美人携手,和点亮的牡丹灯笼一同出现。众人恐惧,萩原族人为其诵读千遍《法华经》,并将所写经文贴于墓碑之上,二人遂不再出没人间。

蔡蕾　译

鲤

冈本绮堂[①]

一

说起甲午战争结束的那一年,已是遥远的往昔。当然,那时我还很年轻。夏日午后,我们五六人一同前往向岛游玩。

[①] 冈本绮堂(1872—1939),剧作家,小说家。生于日本东京,本名敬二,创作新歌舞伎剧本《修禅寺物语》,著有戏曲《室町御所》《番町皿宅邸》《鸟边山殉情》,发表小说《半七捕物帐》。

那时，听说千住的大桥旁有一家很好的河鱼料理店，遂决定晚饭在那里就餐，天黑时分转往千住。

店面不大，但很古雅。我们被领到小二楼六叠①大的铺席客厅，在凉风吹拂下就餐。我不饮酒，喝了弹珠汽水，其他人有喝啤酒的，有喝日本酒的。其中有个叫梶田的老人，他像舔酒杯似的一小口一小口喝着日本酒。虽然喝得不多，但他很喜欢喝酒。

那天的一行人全是年轻人，明治时期出生的占大多数，只有梶田是天保②五年出生的，当年他应该是六十二岁。老人精神矍铄，总是加入年轻人中间，在这一带游玩。大多数老年人被年轻人敬而远之，唯有梶田老人是个例外，年轻人都喜欢他。实际上，今天是我邀请他出去玩的。

"我们去千住的河鱼料理店吧。"

当我发出这个提议时，梶田老人并没有反对，他老老实实地跟着来了。上到小二楼吃饭时，我要了蒲烤鳗鱼，喝酒时端上来各种河鱼。时值夏季，我还点了冰鲜鲤鱼片儿。

---

① 叠，日本建筑物房间的面积单位，也是计量榻榻米的数量单位。在日本，典型房间的面积是用榻榻米的块数来计算的，一块称为一叠。一张榻榻米的传统尺寸是宽约90厘米、长约180厘米、厚约5厘米，一叠约为1.62平方米。

② 天保，日本仁孝天皇时代的年号，时间为1830年至1844年。

梶田像先前一样精神饱满地闲聊着，美滋滋地喝着酒。他对冰鲜鲤鱼片儿一筷子也没动。

我问道："梶田叔，你讨厌鲤鱼吗？"

老人回答道："鲤鱼这种东西，有点泥腥味。"

"河鱼都这样啊。"

"话是这样讲，鲫鱼和鲶鱼我都能吃，只有这个鲤鱼，有点……哎呀，其实不只是泥腥，其中还有其他原委……"说了一半，梶田脸色有些阴暗。

梶田老人知道各种民间故事，总是讲给我们听。看到冰鲜鲤鱼片儿，这位老人丝毫不动筷子，表情像是有什么隐情。看到这一幕，我再次问道："有什么原委？"

"哎呀。"梶田老人笑了笑说道，"大家吃得正香呢，这时说这种话犯禁忌。下次再说吧。"

大家都催促他，说不必顾虑，赶紧讲给我们听吧。作为今晚的余兴，大家都想听听老人的故事。这位老人本来就喜欢说话，终于被我们诱骗，摆出要讲故事的架势。从刚才老人的脸色可以推断，他要讲的故事不是什么令人感觉明快的故事，所以听故事的人自然也面色凝重起来。

那时，这一带的料理店还不用电灯，铺着席子的客厅里只点煤油灯。二层下面有个小河汊在流动，河汊里茂密地生长着芦苇和茭白，黑暗中飞动着两三只萤火虫。

"我不会忘记。那是我二十岁那年春天，是嘉永①六年三月的事情……"

虽说是三月，但那是旧历三月，时令上讲已春意盎然。原本那年的正月有些寒冷，从正月十六开始，连续三天下大雪，据说是十年来最大的雪。从二月中旬开始，余寒一下子得到缓和，人间突然具有春天气息。那时，下谷的不忍池开始了疏通工作，可以捕到很大的鲤鱼和鲫鱼，每天有观光客前来。

其间，时间来到三月三日，那天正值女儿节，捕到一只很大很大的鲤鱼。五月五日男孩节时如能捕到鲤鱼，那将十分喜庆，三月三日女儿节捕到鲤鱼，则不知如何是好。捕到鲤鱼的场所是在浅草护城河一带，话虽如此，现在的人也许不知道这个地方，它在菊屋桥一带的河道上，接近下谷。那条鲤鱼从不忍池游出来，落到这条河道上，当地人看到这一幕，开始骚动起来，拿出抄网和掩网，拼命追那条鲤鱼，最后总算活捉了那条鲤鱼。好家伙！这条大鲤鱼竟然有三尺八寸长，接近四尺。大家都目瞪口呆了。

---

① 嘉永，日本孝明天皇时代的年号，时间为1848年至1854年。

"这也许是池中霸主,怎么办?"

虽然活捉了那条鲤鱼,但鱼太大,不知如何处置。

有人说就这样放生回去,让它回到大河里去。也有人说就这样把这么大的鲤鱼放回去也太可惜了,干脆把它卖到杂耍场吧。不管怎么样,这么大的鲤鱼,料理店是不会收的。有人说把它放掉,有人说把它卖到杂耍场,正当人们无法轻易得出结论之时,有人听说了这个传闻,于是这里聚集了很多前来观看的人。一位年轻男子在人群中拨开众人,出现在眼前。

"这鱼真大呀!第一次看到这么大的鲤鱼!"

说话的是在浅草门迹前拥有宅邸的旗本①桃井弥十郎的次男——桃井弥三郎,他今年二十三岁,不久将被送去别人家当养子。如今还在家中无所事事,每天由父母和哥哥照顾。这个弥三郎怀揣着手,很稀罕地仔细端详着大鲤鱼鳞片在春天日光下闪闪发亮,不一会儿,他回头看了左右,问道:"打算如何处置这条鲤鱼?"

"哎呀。我们正在商量该如何处置这条鲤鱼呢……"旁边有个人回答道。

---

① 旗本,日本江户时代直属将军的家臣中,有资格直接晋见将军的家臣。

弥三郎兴头十足，说道："有什么可商量的？吃了它！"

大伙儿面面相觑。

弥三郎又说："弄成鲤鱼段浓酱汤的话，会很好喝。"

大伙儿仍然不予回答。大家都知道鲤鱼段浓酱汤，但毕竟鱼儿过大，把它吃了有些瘆得慌。环视那些看似怯懦的面庞，弥三郎嘲笑道："哈，大家都害怕吗？因为这么大的鲤鱼有可能会作祟是吧。迄今为止，我吃过蛇肉，也吃过青蛙肉，也吃过猫和老鼠肉。鲤鱼自古以来就是食物，不管它有多大，吃了它，有什么不可思议的？如果害怕鲤鱼会作祟，就请把鱼交给我吧。"

再怎么说也是旗本的次男，附近人们都认识他，虽然他们背地里说他是吃闲饭的，是累赘，但到了他本人面前仍需要很客气。话虽如此，这好容易得来的猎物，就这样轻易让给旗本的次子，也有些可惜。大家再次面面相觑，不知该如何回答，这时，一个面庞白皙的女人出现了，她分开众人对弥三郎说："你怎么处置这条鲤鱼？"

"哦，是老师啊。还能怎么办！煮了吃呗。"

"那么大的鱼，好吃吗？"

"好吃！我担保。"

那位女性是教授常磐津①的艺人，住在城内，名叫文字友。吊儿郎当的弥三郎平时经常出入文字友家里。文字友比弥三郎大两三岁，今年二十五六岁。人们说她虽为女人却极能饮酒。文字友听了弥三郎的话，笑着说："那么好吃的话，倒是可以吃的。但这鲤鱼是大家好不容易捕到的，这样白白拿走，有些对不住大家……"

文字友开始跟大伙儿交涉，说让弥三郎用一株钱买走鲤鱼。一株钱虽然便宜，但实际上这条大鲤鱼很难处理，而且对方是旗本的儿子，最后大家都答应了，用三尺八寸的大鲤鱼换来了一株钱。文字友从家里拿来一株钱，在大伙儿面前付了钱。

这样一来，不管自己是煮着吃还是烧着吃，都由着自己了。这么大的鲤鱼如果蹦来蹦去，根本无法抱回，弥三郎决定当场杀掉它，拔出了插在腰间的刀。

"啊，喂，稍等……"

发出声音的是一位相貌堂堂商人模样的男子，带着一位年轻仆人。他发出声音时晚了一步，刚要阻拦，弥三郎的刀刃已经挥向鲤鱼颈部。弥三郎被喝止，他回头望了一眼，说

---

① 常磐津，一种三味线音乐。

道:"是和泉屋老板吗?为什么要留鲤鱼的命?"

"这么大的鱼,你轻易地做成料理,那是杀生!"

"什么?杀生?"

"今天是我信仰的佛的忌辰,请看在我的面子上,搞一个放生会。"

和泉屋是藏前的札差①,其主人叫三右卫门,正好路过这里,他提出饶鲤鱼一条命。桃井家从和泉屋那里预支了很多钱。和泉屋的主人拜托自己,弥三郎不可能没有下限地顶撞。不仅如此,三右卫门的事情做得也很漂亮,他将一枚金币悄悄放入弥三郎的口袋。一株钱的鲤鱼转瞬变成了一两金子,弥三郎内心极其欢喜,答应了他。

但是,鲤鱼因最初一击,颈部被砍了一刀。鲤鱼生命力顽强,这点伤还不至于死掉,三右卫门吩咐仆人将鲤鱼运往别处。

话说到这里,梶田老人喘了口气。

"那位年轻的仆人就是我。当时我正好二十岁。鲤鱼太大,我大吃一惊,觉得它简直是不忍池的霸主。"

---

① 札差,江户时代承包为旗本、御家人领取俸米并将其换成现金的住在浅草藏前的商人。

二

新护城河畔有座大寺庙,叫龙宝寺。那是和泉屋的菩提寺,梶田老人说,是参拜寺庙回去的路上救的那条鲤鱼。鲤鱼悟性很高,挨了一刀后一动不动了。但梶田一个人根本无法应付,于是借助周围人的力量,把大鲤鱼运到龙宝寺。寺内有个很大的古池,受伤的鲤鱼被放到池中。看样子鲤鱼并没有十分虚弱,在池中悠然游动,不一会儿又沉入池底。三右卫门很高兴地回去了,因为自己在佛的忌日做了件有功德的事。但第二天,也就是四日中午时分,那条鲤鱼死后浮了上来。听到这个消息,三右卫门又失落了。龙宝寺的古池很大,但因为最初受的伤,鲤鱼终究还是没能被救活。它遭到粗暴的旗本次子的毒手,与其被残忍地剁碎,鲤鱼在佛家庭院死去至少算是幸福的,三右卫门只能作罢。

后来在此地传出了奇怪的传闻。生捉鲤鱼的是新护城河畔木材店的三个伙计——佐吉、茂平、与次郎,以及附近的泥瓦匠——七藏和桶铺的德助。他们从文字友那里得到一株钱,用这一株钱买酒买鱼,痛痛快快喝了一顿。于是,当天半夜,五个人开始觉得痛苦,佐吉和德助第二天中午时分咽气了,死亡时间和鲤鱼死掉浮上水面完全是同一时间,所以这个传闻很快便传开了。人们说这两人是被鲤鱼的魂缠上了。也有人装作什么都懂地说，这两个人可能是食物中毒了，但社会上都不认可这个说法。最后人们认定他们两人肯定是被鲤鱼咒死的。其他三人幸运地得救了，但也十来天起不了床。

这个传闻使三右卫门内心痛苦，最后，他自己作为施主，在寺内建了个鲤鱼冢。作为这个时代的习俗，也不知是谁说出来的，说只要参拜这个鲤鱼冢，就会诸愿达成。每天参拜的人数众多，冢前堆满了鲜花和线香。四月二十日是鲤鱼的七周忌，寺内举行了法会。鲤鱼的七周忌，简直闻所未闻，当日参拜人员云集。和泉屋的伙计们都去帮忙了。梶田当然也奉命去帮忙，将带有鲤鱼形状的模制干点心发给参拜人。

自那以后，和泉屋三右卫门便不再吃鲤鱼。不仅是三右卫门，他店里的伙计们也不再吃鲤鱼了。梶田微微皱着眉说道："实际上，看到那么大的鲤鱼受伤害的样子，便不想再吃鲤鱼了。"

"后来，弥三郎和文字友怎么样了？"我问道。

"哎呀，这其中也有故事。"老人继续说道。

没承想，桃井弥三郎拿着一两黄金，心中大喜，说这是文字友老师的功劳，两人马上结伴前往附近小饭店喝了一杯。如前所述，文字友虽为女流，但嗜酒如命。他们俩内心高兴，喝了小半日，可能是醉得厉害，也可能是之前就彼此有意，两人自此便结成那种关系。也可以说，他俩是鲤鱼撮合的姻缘。原本这个弥三郎就吊儿郎当，后来越来越浪荡，最后被逐出家门。他跑到文字友家中，一直坐在长方形火盆前，两人每日饮酒，光靠文字友的收入已无法应付。这样的男人进到家里来，昔日的好弟子渐渐不来学习了，家里生活越来越拮据。这样一来，人除了变坏，别无他法。弥三郎像戏剧中所见的坏蛋武士一样，开始强借和敲诈勒索了。

鲤鱼事件发生于嘉永六年的三月三日，那年六月二十三日发生了佩里率黑船登陆伊豆下田的事件，社会上动荡不安。之后攘夷论沸沸扬扬，流浪武士四处横行。那些攘夷论者之中当然有态度认真的，但多数属于借攘夷之名干坏事的。

一些小旗本或是地位稍低的御家人①，他们家里没有继承权的儿子也会加入攘夷队伍之中。弥三郎也是其中之一。他和两三个流氓伙伴共谋，蒙着面，配着一套大小武士刀，闯入有钱人家，让他们出钱，借口是攘夷的军费。是真是假不明就里，如不答应就会刀剑出鞘进行胁迫，毫无办法。

他们这样发着横财，弥三郎和文字友一起喝着美酒。但

---

① 直属将军的家臣、俸禄在一万石以下者，有资格面见将军者称旗本，其余皆称御家人。

这种事情不会长久，这事传到镇子里，他们自己的处境渐渐危险起来。浅草的胡同里有个名叫武藏屋的玩具店。老板是文字友的叔叔，文字友拜托叔叔让弥三郎躲到玩具店二楼。叔叔虽然知道事情的大概，但不知出于何种考虑，便老老实实答应了。弥三郎眼下安全了。第二年，也就是安政①元年五月一号，这一天从早上开始下起小雨，傍晚时分文字友离开位于内护城河畔的家，去胡同里的武藏屋找弥三郎。中途有两个町人②模样的人打着日本伞跟了过来。

文字友小腿部位有伤，她觉得这两个人很讨厌，但现在对他们无计可施，自己把脸藏在伞后面，快步走到胡同里，此时弥三郎来到店面正眺望着大街。

"你是怎么回事啊！这么不小心，来到店面……"

听说有奇怪的家伙跟在文字友后面，弥三郎也慌了，他想快步跑上二楼时，被叔叔小兵卫叫住了。

"他们跟梢到这里的话，二层和壁橱已经不能躲了。你稍等，我有办法。"

马上是五月的男孩节了，玩具店装饰着很多武士人偶和

---

① 安政，孝明天皇时代的年号，时间为 1854 年至 1860 年。
② 町人，城市居民之意，日本江户时代对一般市民的称呼，主要是经商者，部分从事工匠工作。

长条旗。也堆积着很多风幡纸鲤鱼旗和细棉布做的鲤鱼旗。从其中找出最大的细棉布鲤鱼旗，小兵卫快速撕开了鱼腹部。

"快，快进到这里来。"

弥三郎爬进鱼腹之中，伸直双脚，简直像是被鱼吞了似的。这条鲤鱼旗堆放在玩具店的一个角落里，小兵卫在上面又盖上了其他鲤鱼旗。

"叔叔，做得真巧妙啊！"文字友佩服地叫道。

"嘘！安静！"

说话间，那两个尾随者果然站在店面之前。二人好像在嘲笑装饰在那里的武士人偶，不一会儿，其中一人抓住文字友的胳膊。

"你是教常磐津的艺人文字友吗？弥三郎在不在这里？"

"不在。"

"好了，别隐瞒了！你被逮捕了！"

其中一人抓着文字友，另外一人跑上二楼，咣当咣当的，好像在开壁橱。不一会儿空手而归。之后又搜寻了里屋和厨房，还是没找到目标。捕快紧接着审问了小兵卫和文字友，这二人矢口否认弥三郎藏在这里。文字友说弥三郎一个月前从家里出走，之后一直没回来。两名捕快没办法继续审问，便悻悻而回。

故事讲到这里，梶田老人用目光扫了我的脸，说道："你觉得弥三郎会怎么样？"

我回答说："捕快们怎么也没料到弥三郎会藏在鱼腹之中啊！"

"他们是没有发现，回去了。"梶田点头说，"小兵卫和文字友暂时松了口气，他们把鲤鱼旗拽出来一看，弥三郎在鱼腹之中已经身体冰凉。"

"死了吗？"

"死了！弥三郎被塞进细棉布鲤鱼旗腹中，很憋闷。加之上面堆放了绉纱鲤鱼旗和纸做的鲤鱼旗，可能是窒息而亡。而且，包裹弥三郎身体的鲤鱼旗紧紧勒着弥三郎的身体，使他无法脱身。两人最后把鲤鱼旗撕破，想尽办法取出尸体，进行各种护理，已经无能为力。文字友仍抱着一线希望，叫来附近的医生，医生说已经无法治疗，便放弃了。人们把被水淹死的人称为'葬身鱼腹'，这个弥三郎在玩具店死在鲤鱼旗腹中。这种死法真是稀奇。

"龙宝寺所在的位置现在是浅草荣久町，在这里，同名寺庙有两座。为了区分两者，其中一座叫作天台龙宝寺，另一座叫作净土龙宝寺。鲤鱼事件发生在天台龙宝寺。明治之后这个鲤鱼冢怎么样了,我也不晓得。"

正因为和年轻人相处,梶田讲述弥三郎的死亡事件,不像怪谈。但听故事的我们却有一种夜晚凉风刺骨的感觉。

李先瑞　译

影子被踩的女人

冈本绮堂

一

Y君这样说。

刚才提到十三夜的话题，我也知道跟十三夜有关的不可思议的故事。那便是影子被踩的故事。

踩影子是孩子们的游戏，现在已不流行。如今的孩子们已经不玩那种无聊的游戏了。原本，此类游戏只要是月光明亮的夜里，随时都可进行；不过我所讲述的这项游戏，似乎仅限于秋夜。秋天的月亮清澄皎洁，铺满地面的夜霜泛着白光。在这样的夜晚，镇里的孩子们来到大街上，一边唱着"影子呀，道陆神，十三夜的牡丹饼"这首歌，一边踩着他们的影子。

有的人会到处跑着想要踩自己的影子，但多数人都选择追赶着踩别人的影子。对方不想影子被踩而到处逃，这时会有人看准空隙巧妙地踩别人的影子。也有人从旁边冲过来，想踩其中一人的影子。像这样，三人，五人，多的时候有十多个人乱作一团，追着落在地上各自的影子。当然，有脚下打滑摔倒的，也有木屐和草鞋带子断掉的。不知道这种游戏始于何年，总之经过江户时代，一直流行到明治初年，那时我们还是孩子，好像甲午战争时这种游戏便不再流行了。

孩子们相互踩影子并不可怕。但是，似乎仅仅彼此踩影子有些无趣，他们往往会踩过路人的影子，然后逃走。稀里糊涂踩了大人的影子会被呵斥，所以基本上会踩过路的姑娘和小孩的影子，哇地哄笑一声然后逃掉。真是充满孩子气的游戏。但即便是影子，自己的影子被人踩也不会太愉快。关于踩影子，流传着这样的故事。

那是嘉永元年①九月十二日的晚上。芝地的柴井町有个名叫近江屋的纺织品店，店家的女儿阿关前来拜访位于神明前的亲戚，晚上八点前回去了。明天是十三夜的前一晚，月亮也很皎洁。据说那年秋天比往年要冷，冷得有些刺骨，患感冒者也多，所以阿关把新做的棉双袖拢在一起，面朝北快步前行，这时五六个男子在宇田川町的大街上跑着玩耍，唱着"影子呀，道陆神，十三夜的牡丹饼"这首歌。

当阿关穿过那里走到他们跟前时。那群孩子一下子哗啦啦跑过来，想要踩阿关映在地上的黑影。阿关吓了一跳想要躲开，已经来不及了。这些淘气包孩子从前后左右包围过来，尽情地踩着四处乱逃的姑娘的影子，然后唱着"十三夜的牡丹饼"哄笑着离开了。

尽管对方散去了，阿关还在拼命逃。她上气不接下气，逃呀逃，跑到柴井町自家店前，坐在店面的门槛上，面朝下横躺过去。父亲弥助和两个小伙计同在店里，看此情形吓了一跳，马上加以照料。母亲阿由和女佣阿环也从里间跑了出来，给阿关喂水，让她安静下来，之后她们想问一下事情详情，阿关好像无法恢复平静，很长时间一直抱着胸俯卧在店

---

① 嘉永元年，即1848年。

面门口。

阿关那年十七岁,正值妙龄,容貌端庄。阿关的父母心想:虽然是夜晚,虽然是月夜,虽然是热闹的大街,阿关应该是被什么混蛋欺负了吧。弥助来到大街上,那里已不见追逐阿关的人的影子。

"你究竟是怎么回事呀!"母亲阿由等得不耐烦了,问道。

"我被踩了。"阿关声音颤抖地说。

"被谁踩了?"

"我路过宇田川町时,嘴里唱着影子和道陆神的孩子们踩了我的影子……"

"什么?"弥助像泄了气似的笑了起来,"这是怎么回事?影子被踩还值得大惊小怪?影子和道陆神这首歌也不稀罕。"

"真用不着因这事大惊小怪,我还以为发生了什么事呢,吓了一跳。"母亲放下心来,同时发牢骚地说道。

"不过,如果自己的影子被踩,就会有坏事发生……会缩短寿命……"阿关仍然噙着泪水。

"怎么可能有这种蠢事呢?"

阿由说了一句,又矢口否定。说实在的,影子被踩会有坏事发生,这种传说在当时一部分人中间也不是没有。中国也说，退后七尺不踩师影。即便是影子，踩别人的影子时请慎重，似乎是从这个意义上产生了那个传说。后来，与其说是踩别人影子要慎重，反倒成了影子被踩之人的恐惧。什么影子被踩会有厄运，会缩短寿命，甚至有人说两年之内会死去。倘若事情果真如此恐怖，恐怕任何一位家长都会坚决禁止孩子玩这种游戏。但事实上，家长对此并没有什么细碎的叮嘱。由此看来，此种传说和迷信并没有普遍流传开来。不过，在相信和害怕这个传说的人看来，是否普遍流传不是问题所在。

"别胡说了，快到里间去！"

"不要在意这种无聊的事。"

在父亲的训斥和母亲的安慰下，阿关无精打采地进到里间，满心的不安和恐惧无法平复。近江屋的二楼有六叠大和三叠大两间房，阿关睡在三叠大的房间里。今晚她多次因内心强烈的悸动而惊醒，她梦见几个小黑影在自己胸部和腹部跳跃。

第二天是十三夜，近江屋也如往年一样买来芒草和栗子，供奉在月前，那晚的月亮也很皎洁。

附近的人也说："可以很好地赏月。"

但是，不知为何，看到那月亮，阿关无比恐惧。不是害怕月亮，而是害怕看到月光映出的自己的影子。世人都说月光好，有人从二楼仰望月亮，有人从店头仰望月亮，也有人来到大街上眺望月亮，只有阿关一人躲在里面。

孩子们唱着歌词为"影子呀，道陆神，十三夜的牡丹饼"的歌，歌声执拗地震撼着阿关柔弱的灵魂。

二

自那以后，阿关不再走夜路。特别是月光皎洁的夜晚，阿关便害怕到外面去。无论如何必须走夜路时，阿关会尽可能选择没有月亮的黑暗夜晚。阿关这种与其他家姑娘相反的行为引起父母的注意，父母多次斥责她说，你怎么还在意那些无聊的事？恐惧与不安深深嵌入阿关的灵魂，一直无法消散。

在这个过程中，不幸的阿关再次遭遇被自己影子吓到的事。那年十二月十四日，阿关家里进行大扫除，神明前的亲戚店里跑来一位小伙计，他说奶奶得急病倒下了。神明前的那家是阿关大姨的店，不仅和近江屋做同样的生意，还悄悄商量将来让他们家次子要次郎与阿关结亲。听闻那家老母病倒，近江屋不可能无动于衷，必须马上派人去探望。可不凑巧，那天父母正忙着大扫除，离不开手，所以就姑且派阿关前去探望。

阿关摘掉袖口挂带，拢了拢头发，匆忙离开店里，那时是下午两点刚过。前往的店铺叫大野屋，那天也在大扫除。大扫除途中，那年七十五岁的老奶奶突然倒下，引起不小轰动，里面有四叠半大小的偏房，众人将病人抱到这间房进行照料时，很幸运，病人醒了。那天格外寒冷，老人自以为还健壮，从一大早便和年轻人一起打扫，为此才得了急病。医生说，眼下不需要太担心了，让其静静躺着，自然会痊愈。家里总算放下心来，正在这时，阿关跑来了。

阿关也放下心来，说道："这下就好了。"

好容易来一趟，阿关也不可能马上就返回。阿关在病人床边帮忙照料的过程中，十二月的白天短暂，天不知不觉已经黑了下来，大野屋的大扫除也结束了。阿关晚饭吃了荞麦面，晚上五点前离开了大野屋。

大野屋的大姨说："代问你父母好。如你所见，病人已好转，不必担心了。"

时间是傍晚，时值年末，社会上骚动不安，大姨吩咐次子要次郎送送阿关。阿关推辞说，你家里正忙呢，不必送了。但是大姨说万一有闪失那可不行，硬是让要次郎跟着出去了。出店门时大姨笑着说："要次郎，你是去送阿关，要当心影子和道陆神。"

要次郎笑着答道:"天气这么冷,没有人会出门的。"

上次阿关影子被踩,也是从大野屋回家途中的事,阿关一直担心影子被踩,这件事母亲阿由跟大姨说过,所以大野屋一家全知道。要次郎今年十九岁,肤色白皙,身形消瘦,可以说跟阿关很相配。这对未来的夫妇和睦地肩并肩走着,大姨微笑着目送他们。

阿关虽然推辞,但要次郎送她,阿关非常高兴。他们笑着来到大街上时,有的店铺已大扫除完毕关上店门,也有店铺全家点着灯在喧闹。发白的月光照在每家的屋顶上,像积了雪似的。要次郎仰望着月光,感到寒冷刺骨,缩着肩膀。

"虽然没风,但很冷。"

"是冷的。"

"阿关,你看,月光皎洁。"

被要次郎一说,阿关不由得仰望夜空。对面屋顶晾衣竿上的一轮冬月像冰冷的镜子一样清澈。

"月亮真好!"

阿关虽然这么说着,但一股不安马上涌上她的心头。今晚是十二月十三日夜晚,大家都明白月亮会出来。之前因为各种事情忙碌,而且是跟要次郎一起行走,阿关忘了今晚会出月亮一事。月光皎洁，可阿关的内心阴暗。像是被逼着看了可怕的东西似的，阿关慌忙扭过脸朝下看，这次她清楚看到了映在地上两人的影子。

与此同时，要次郎像突然想起什么似的，说道："听说你月夜不外出，是吧。"

阿关默不作声，要次郎笑了出来。

"为什么会在意这种事情呢？那天晚上我要是一起送你就好了。"

阿关低声诉说："不过，我总是会在意。"

要次郎又笑着说："没关系的。"

"真的没关系吗？"

两人已经来到宇田川町的街道上。如要次郎所说，在这个腊月的寒夜，没发现任何一个踩影子哄闹的孩子。自古男女人影皆被列入痛恨之列①，但要次郎和阿关那可恶的影子落在地上，两人紧贴着并肩前行。当然，这里的大路一直未中断通行，但也没有心术不正的过路人故意要踩这两个可憎的黑影。

穿过宇田川町，踏入柴井町的时候，从某处屋顶上传来

---

① 歌舞伎中有一出戏，名叫"月色朦胧夜，男女之影殊可憎"（朧夜に憎き物は男女の影法師）。

了乌鸦叫声。

"哎呀,是乌鸦……"阿关回头看着发出声音的地方。

"是月夜乌鸦。"

要次郎刚这么一说,两只狗便从那里的胡同里跑了出来,恰巧停在阿关的影子上狂吠。阿关大吃一惊,想要躲开,两只狗追着阿关跑,踩着她的影子狂叫。阿关浑身颤抖,紧紧依偎着要次郎。

"你,快赶走它们……"

"畜生,去、去。"

两只狗虽被要次郎追赶着,仍然紧紧缠着阿关,踩着她的影子狂叫。要次郎生气了,捡起脚边小石头朝狗扔了两三次,两只狗发出哀鸣逃走了。

阿关被安全送到家,但那晚的梦里,阿关梦到两只狗在她的枕边跑来跑去。

三

在那之前,阿关一直害怕月夜。之后的阿关也害怕阳光了。走到阳光灿烂的地方,自己的影子会映在地上。她害怕影子被他人所踩,所以她讨厌在阳光明媚的日子里到马路上。她喜欢黑暗的夜晚,喜欢阴沉的天气,在家里也喜欢昏暗的地方。结果她自然而然变得抑郁了。

她的抑郁越发严重，第二年三月，她也害怕起灯火来了。不管是月夜还是白昼，抑或是灯火，她讨厌所有映出自己影子的东西。她害怕看到自己的影子。她也不去学习针线活了。

母亲知道情况后，经常皱着眉跟丈夫唠叨说："阿关也真麻烦！"

"这家伙真够麻烦的！"弥助也一味地叹气，毫无办法。

阿由说："这是一种病呀。"

"是啊。"

大野屋的人听到此事，大姨夫妇也担心起来。要次郎内心尤其痛苦。特别是第二次，那是跟自己一起行走的。正因如此，要次郎感觉自己身上也有责任。

要次郎的母亲训斥他说："你跟在她身边，为什么不早点赶走那两条狗？"

阿关第一次影子被踩发生在九月十三日夜，之后已过了半年多，阿关十八岁，要次郎二十岁了。他们很早以前就商定好，今年给阿关招婿，但关键是招婿的姑娘疯了，一半像病人了。阿关的父母就不用说了，大姨夫妇也很担心阿关会一直这样。但是，光靠一般的意见和说辞无论如何也治不好阿关的病。

总之，近江屋夫妻认为这是一种病，尽管阿关不情愿，近江屋还是带她看了两三个医生，每位医生都诊断不出是什么病，说只不过是这个年纪的姑娘常有的抑郁症。其间，大野屋的长子，也就是要次郎的哥哥从某人那里打听到下谷有位了不起的行者，但是要次郎不相信。

"那是妖狐之术。拜托那种人祈祷，反而会中邪。"

"不，这位行者不是那样的人。听说即便是一般的疯子，只要让他祈祷一次便会痊愈。"

兄弟俩反复争论，传到母亲那里。最后，他们把这件事讲给近江屋的亲戚们听了，结果一筹莫展的弥助夫妇非常高兴。但是他们想，如果说马上要带女儿过去，阿关肯定不愿意，所以他们夫妇俩决定先拜访一下那位行者，听一听他的意见。那是嘉永二年六月初，那天天气阴暗，梅雨还没有彻底结束。

行者家位于五条的天神小巷，门面并不大，但进深很深。最近的雨天使行者家更加阴暗。行者家里间也不知祭祀着什么神，点着两根蜡烛。行者看上去六十多岁，他闻听弥助夫妇详细讲了女儿的情况后，闭目思考了一会儿。

"自己害怕自己的影子……不可思议。总之，我送你这支蜡烛，你拿着这个回去便好。"

行者取下一支在神前闪亮的蜡烛，说今夜子时点亮这支蜡烛，仔细看清映在墙壁或拉门上你女儿的影子。如果你女儿被什么附体，即便看不到她的身体，影子也会清晰映出。如果你女儿被狐狸附体，肯定会映出狐狸的影子。若是被鬼魂附体，会映出鬼影。你们看清楚，然后告诉我，我会有足够的措施。行者将这支蜡烛放进小白木盒内，像念咒语似的念了几遍，恭恭敬敬递给弥助。

"谢谢！"

夫妇二人恭恭敬敬领受蜡烛后回家了。那天傍晚起雨势很猛，时常能听到雷声。他们觉得这就出梅了。对弥助夫妇来讲，那晚的雨声、雷声总感格外骇人。

夫妇二人觉得提前跟阿关说，会很麻烦，便没对阿关透漏任何信息。晚上十点钟店铺关门，所以那夜也像往常那样让家里人睡下。阿关睡在二楼的三叠房间里。夫妇二人有心事，装作睡着了，他们在等待半夜的来临。不一会儿，子时的钟声响起，夫妇二人悄悄爬上楼梯，弥助拿着那根蜡烛。

他们打开二楼的三叠大房间一看，感觉那夜阿关很累，睡得香甜。阿由静静地摇醒她，让睡眼惺忪的年轻女儿坐在床上，她的黑影映在一侧的鼠灰色墙壁上，细细地摇晃。那是因为父亲的手拿着蜡烛，有些颤抖。

夫妇俩战战兢兢地盯着墙壁，那的确是女儿的影子。根本看不到什么长着角的鬼和尖嘴狐狸的影子。

四

夫妇二人放下心来，让不明就里、慌慌张张的女儿再次入睡，两个人蹑手蹑脚下了二楼。

第二天，弥助一个人又去拜访了下谷的行者，老行者又想了想，冷淡地说："我也没办法再祈祷了。"他这么一说，弥助也毫无办法。

弥助哀求道："无论如何也希望您给祈祷祈祷。"

"抱歉，我无能为力。但是，你求我这么多次，我就再试一次。"行者又拿出另一支蜡烛递给弥助，"不是今晚马上点这支蜡烛，从今天起数到第一百天的夜晚点燃它。时间还是子时。别忘了！"

从现在开始数一百天，弥助觉得时间太长了，但弥助没有勇气在行者面前乱说，他按照行者吩咐，领受另一支蜡烛后回家了。

因为这种情况，阿关招女婿的事情当然也往后推了。要次郎背地里经常愤慨地说，不应该相信那个行者，但迫于周围的压力，他也只能按捺住愤愤之心，表示服从。

要次郎说:"夏天到某个瀑布那里冲一冲就好了。"他说服近江屋两夫妇,企图将阿关带到王子瀑布或目黑瀑布那里去。弥助夫妇暂且不说,阿关本人坚决拒绝外出,结果没能成行。

今年夏天格外热,阿关的苦夏也很明显。因为终日闷在不见阳光的里间,导致运动不足,与之相伴的食欲不振使她更加疲劳,完全成了活着的幽灵,不明情况的人背地里议论她得了肺痨。不久夏天过去,秋日来临,旧历上已至九月,属于秋末。行者所说的第一百天已到第九十二天。

其实,行者告诉弥助时,弥助夫妇马上便盘算出,那第一百天正好是十三夜的前一天。阿关第一次被踩影子是去年十三夜的前夜,而行者所说的第一百天恰好是影子被踩整一年,这给阿关父母内心投下阴影。他们担心烛光会映出什么不可思议的东西。夫妇二人心有难以言表的不安,既不想看到恐怖之物,又充满好奇,焦急等待着那一天早点儿来临。

终于到九月十二日了,那晚的月亮跟前一年一样皎洁。

第二天九月十三日,一大早便天气晴朗。中午前有微弱地震。下午二时,大野屋的大姨说来附近有事情要办,顺便到了近江屋。阿关从里屋被叫出来,跟大姨寒暄了几句。大姨回去时,阿由送到外面,在路上小声说:"阿关的第一百天是昨天。"

"我觉得到时间了，便来看看情况。"大姨放低声音说道，"有什么奇怪的情况？"

"嗯，姐姐。"阿由回头看着后面，把脸凑近，"昨晚半夜十二点我们悄悄走到阿关的床前，抱起睡眼惺忪的阿关，我丈夫用蜡烛一照……墙壁上映出骷髅的影子……"

阿由声音颤抖，大姨大惊失色。

"啊？骷髅的影子……会不会看错呢？"

"太不可思议了，我便仔细端详，那的确是骷髅无疑。我渐渐害怕了，不光是我，我丈夫也看到了，不是假的。"

"哎呀！"大姨叹息道，"她本人还不知道吧。"

"她睡得很熟，马上又躺下睡了。好像什么也不知道。但是，墙上会映出骷髅，究竟怎么了？"

"你们去下谷问情况没有？"大姨问道。

"我丈夫去了，说了情况，听说行者只是一声不吭地沉思，说他也不明白情况。"阿由的声音显得郁闷，"是真的不明白，或者是明白但不肯说，不知道是哪种情况。"

"哎。"

大姨推测行者明明知道却装作不知，阿由也这么想。如果是这样，事情肯定不妙。谁都知道，若是好事，没必要隐瞒。两个女人面色阴沉，面面相觑，良久伫立于马路之上。此时，头顶上的蓝天，白云飘动。

不一会儿，阿由哭了起来。

"阿关会死吧。"

大姨不知道该怎样回答。她内心也抱有十二分恐惧，只能敷衍几句。

伯母回到家说起此事，要次郎又发怒了。

"近江屋的小姨他们也真让人头疼，总是相信装神弄鬼行者的话。行者这样做把我们吓得够呛，最后索要高昂的祈祷费用，肯定是这种企图。小姨他们不明白这个吗？"

哥哥说："不用说了，事实胜于雄辩。正好在第一百天时映出怪影，不是吗？"

"那是行者使妖术。"

要次郎又跟哥哥吵起来了。大野屋夫妇俩无法判断谁对谁错。

哥哥相信行者，弟弟不信，两人归根结底属于抬杠，晚饭后两人自然谈不拢，但要次郎内心仍然无法平静。吃完晚饭去附近的澡堂洗澡回来时，夜晚的月亮皎洁地升起。

附近的人们都来到马路上，说"很好的十三夜呀"，有人还双手合十祭拜。

十三夜——一想到这个，要次郎在家里坐立不安了。他摇摇晃晃走出店门，拜访了位于柴井町的近江屋。

"阿关在吗？"

"啊，在里屋。"阿由答道。

"能不能叫她一下。"要次郎说。

"阿关，要次郎来了。"

被母亲一喊，阿关从里屋出来了。今天阿关化了妆，比平时漂亮，在月光下显得更美。

要次郎邀请阿关："月光很好，要不要出去看一看？"

要次郎原以为会被拒绝，但出乎意料，阿关老老实实来到街上，其父母也觉得不可思议，要次郎也稍感意外。但是，要次郎把阿关拉到明亮的月亮下，是下决心养成她不怕月光的习惯。正好，今天两人结伴走出家门，阿关父母也高兴地送他们出去。

这对年轻人朝着金杉方向走去，秋天寒冷的夜风轻轻吹动着两人的衣袖，月光如白昼一样明亮。

要次郎说："阿关，在这种月夜行走，心情舒畅吧。"

阿关默不作声。

"有天晚上我跟你说过，你很在意那些无聊的事，这可不行。所以你心情抑郁，身体变差，以至于父母替你担心。

为了忘掉这些事，今晚我们走得远一点吧。"

阿关低声回答："好。"

离开近江屋走了一百多米时，又听到孩子们的歌声：影子呀，道陆神，十三夜的牡丹饼。

要次郎鼓励阿关说："孩子们来了也无所谓。别在意，让他们随便踩影子好了。"

孩子们十人一组结对从胡同里走出，他们齐声唱着走到二人近旁。要次郎一只手紧紧握着阿关的右手，故意满不在乎地走着。想踩他们影子的孩子们走到跟前，好像看到了什么，突然哇的一声逃散了。

"妖怪！妖怪！"

他们一齐喊着逃散了。要次郎心想：他们想踩影子而靠近，而我们满不在乎，所以他们才说这种话吓唬我们的。要次郎回头一看自己身后，也大吃一惊。之前面朝南没注意，斜着落在地上的两个影子——其中一个的确是自己的影子，但另一个却是骷髅的影子。虽然自己骂行者使妖术，但现在自己亲眼目睹了落在地上的影子，瞬时他感到了一种无法形容的恐惧。孩子们喊妖怪，不是虚言。

突如其来的恐惧使得要次郎神志不清，他甩开紧握的阿关的手，拼命朝柴井町方向逃去。

阿关父母听闻这一紧急情况，也大惊失色，与要次郎一起跑回现场，发现阿关右肩被斜着砍下去，倒在道路中间。

　　据附近的人说，要次郎跑走之后，一位武士路过此地，武士突然拔出刀来，将阿关劈倒，扬长而去。说是天刚黑，武士也不是月夜在街头试刀杀人。或许是那位武士看到映在地上的怪影，马上劈去把阿关劈倒的吧。

　　近江屋夫妇二人哀叹道，阿关害怕自己的影子，可能是这种事情的前兆。要次郎愤慨地说，行者那家伙使用妖术才出现这种不可思议状况的。但是没有任何人能给出确切的说明。只不过出现了这种奇怪的事，流传世间而已。

李先瑞　译

四谷怪谈

田中贡太郎

元禄年间,四谷左门殿町住着一位叫田宫又左卫门的下级官吏,隶属御先手组①。又左卫门平时眼睛不好,影响工作,想给女儿阿岩招个上门女婿,自己从此隐居。结果阿岩患上天花,面部表皮剥落,如同覆盖着包装纸。右眼球出现斑点,头发也卷曲了,成为丑女。

那时阿岩已二十一岁了,又左卫门夫妇很担心女儿,没多久又左卫门因病去世。于是,又左卫门的朋友秋山长右卫

---

① 御先手组,江户时代的职务名称,负责城门与将军外出时的警卫工作。

门、近藤六郎兵卫等人商量,给阿岩招个女婿,使其继承又左卫门的家业。但阿岩的形象如前所述,因此无人肯娶阿岩。大家正为难时,下谷金杉有位男子,名叫小股潜又市,能言善辩。有人知道此人,长右卫门等人马上叫来又市商量,请他出谋划策。又市说:"这事有点难办。如果给足礼金,我一定帮阿岩觅得佳婿。"

又市说完便回去了。没多久传话过来,说找到佳婿的候选人。那是一位摄州的浪人,名叫伊右卫门。伊右卫门被又市说动,便答应先看一下阿岩家,也见一下阿岩的母亲,跟着又市来到阿岩家里。

伊右卫门是美男子,年纪三十一岁。阿岩母亲出来寒暄,阿岩没有露面。伊右卫门觉得不可思议,悄悄询问又市:"这是怎么回事?"

又市答道:"不凑巧,听说阿岩生病了,不过没关系,虽然阿岩容貌不佳,但擅长缝纫,心灵手巧,相当温柔。"

伊右卫门觉得娶妻是为传宗接代,又不是纳妾寻欢,所以顾不上考虑太多。这位瘦弱的浪人想尽早成为阿岩家入赘女婿,享受三十俵二人扶持[①]的待遇。

[①] 一俵即一袋米。二人扶持,意为手下有两位家臣。

双方很快谈拢。伊右卫门有一双巧手，会做木工，阿岩家以此为借口，通过御先手组的头领三宅弥次兵卫，向幕府申请招婿。婚礼定于八月十四日，入赘礼金为十五两白银，伊右卫门在又市带领下，当天傍晚搬进阿岩家。

阿岩家忙着准备婚礼，家人进进出出，伊右卫门马上被领到大厅。不一会儿，近藤六郎兵卫的妻子领着阿岩走出来，让阿岩背对着亮处，侧脸而坐。伊右卫门听又市说阿岩不漂亮，好奇阿岩的模样，并战战兢兢地窥视。结果阿岩形同妖怪，丑陋无比，让人不想再看第二眼。伊右卫门大吃一惊，如果此时悔婚，会白白丧失大好机会，错过难得的幸运，伊右卫门觉得好事难以成双，心一横，完成了婚礼。

伊右卫门终于成为阿岩的丈夫。伊右卫门相貌英俊，办事机灵，自然深受丈母娘喜欢，阿岩也特别敬重伊右卫门。但是，被丑妻阿岩爱恋，伊右卫门痛苦异常。与其说是痛苦，莫如说是凄惨可怜。刚开始家里有三十俵二人扶持的俸禄待遇，伊右卫门十分满足，没觉得丑妻多么厌烦。一年之后，丈母娘去世，再无其他人等威压自己，伊右卫门对丑妻厌恶之情与日俱增。

当时，御先手组有位捕快，名叫伊藤喜兵卫，为人毒辣，陷害同僚，收受贿赂，大家都厌烦他。但此人很有手段，众人对他无可奈何。喜兵卫没有正式娶妻,纳了两房年轻小妾,其中一人名曰阿花,已有身孕。喜兵卫年逾五十,感觉养育孩子十分麻烦,便想把阿花送与他人。但把阿花送与他人,需要给人贴补许多银两。喜兵卫便寻思,有没有不收礼金便可以接纳阿花的人呢?最后喜兵卫想起来对丑妻极其厌恶的伊右卫门来,自己曾时常将伊右卫门叫至家中,让其干活。于是喜兵卫叫来伊右卫门,喝着酒讲了此事。

"你能不能接纳阿花?我会一辈子照应你。"

伊右卫门早就钟情于阿花,内心欢喜,言说道:"我该如何休掉那个丑八怪?"

"这很简单。"

喜兵卫教给伊右卫门一个办法,伊右卫门知道这个办法后离开了喜兵卫家。自那天起,伊右卫门随手将家中衣物或器物拿出去典当,阿岩家中生活变得十分困苦。没办法,阿岩只好辞退仅剩的婢女。伊右卫门不回家的晚上,阿岩独自一人挨到天亮。阿岩开始对伊右卫门心怀怨恨。

当时,喜兵卫差人前往阿岩家,对阿岩说想见阿岩一面,让阿岩晚上前往他家。到了傍晚,伊右卫门也不回家,阿岩关上家门,去了喜兵卫家。喜兵卫马上出来迎接,将阿岩领至客厅。

"我叫你来是为伊右卫门的事情。真是人不可貌相,那家伙游手好闲,与赌徒为伍,沉迷于赌博。还迷上了赤坂勘兵卫长屋的尼姑。而且,最近他还为尼姑赎身,不分昼夜泡于尼姑家中。官府明令禁止赌博,此事若被头领知道,伊右卫门必然会被放逐。如此一来,你身为伊右卫门妻子,必定会被丈夫赶出家门而流落街头。而且田宫家的俸禄也会被人剥夺。我与你双亲私交甚笃,也想给你出个主意。我身为捕快,如同管理者,有很多话不好开口。你回去劝劝伊右卫门,让他不要再吃喝嫖赌了。"

阿岩既羞愧又悲伤,哭着说出自己的怨恨和牢骚后才回家。家门紧闭,伊右卫门仍未回来。伊右卫门当晚在喜兵卫家中,在隔壁房间听了喜兵卫和阿岩的谈话内容。

第二天早上,阿岩坐于佛堂之前,念唱着"南无妙法莲华经"。阿岩家信奉的是日莲宗。正在这时,伊右卫门回来了,他责问阿岩:

"昨晚我回来一看,你不在家中。你究竟去了哪里?丈夫不在家,你却半夜乱窜,真不像话!"

阿岩因为去了喜兵卫家,丝毫不觉得内疚。而且丈夫沉迷于吃喝嫖赌,整日不着家,自己稍微外出,便横加责备,真是太可恨了。

"伊藤喜兵卫大人差人叫我前去,我便前往。我稍稍离家,你便说这说那,乱加责备,你昨晚做了什么?如果你怀疑我,请去询问近藤喜兵卫。"

"即便喜兵卫大人叫你前去,也不会于我不在家时叫你前往。说什么胡话呢!"

伊右卫门扑向阿岩,抡起拳头便揍,阿岩号啕大哭,无人来劝止。伊右卫门将阿岩狠揍一顿,走出家门。阿岩躲进房间,盖上被子睡觉,她越想越气,拿出剃刀便想要自杀。但她转念一想,自己死后,伊右卫门会对人们说是自己得了失心疯,那将更加令她气愤。阿岩马上扔下剃刀,像个疯子一般跑向喜兵卫家中。此时,喜兵卫正等着阿岩的到来。

"究竟怎么回事?"

"伊右卫门对我拳打脚踢,我要向头领控告伊右卫门。"

阿岩浑身颤抖,哭个不停。

"伊右卫门这家伙太坏了,你生气也是应该的。如果妻子诉讼丈夫,最后头领会说是你不好,而不予理睬。此事必须重新考虑一番。伊右卫门吊儿郎当,看来也消停不下来,你如果这样告他,估计以后也难在一起了。我与你父母私交甚好,跟伊右卫门也很熟悉,无法偏袒任何一方。照这个样子,事情会很难办,倒不如你二人离婚为好。伊右卫门入赘你家时交了礼金，买下了自己在田宫家的身份，不能这样随便赶他走。你可以主动提出离婚，你还年轻，找户人家做两三年女仆，我会将你领出来，帮你找个好丈夫。"

阿岩被喜兵卫的花言巧语蒙骗，以伊右卫门交回拿走的衣物为条件，同意跟伊右卫门离婚。伊右卫门一开始便有这样的打算，衣服也没拿去典当，而是藏于朋友家中。他拿回阿岩的衣物，顺利与阿岩离了婚。

阿岩让喜兵卫帮忙介绍，在四谷盐町二丁目的纸业商人又兵卫家里当用人，喜兵卫又将她介绍给三番町的一个身份低微的武士家，在该武士家中负责缝缝补补。喜兵卫将阿岩从田宫家赶走之后，马上将阿花嫁于伊右卫门，因为必须要有媒人，便吩咐伊右卫门，让他拜求近藤六郎兵卫当媒人。六郎兵卫的妻子是阿岩的干娘，而且平素看不惯喜兵卫，便拒绝了此事。没办法，伊右卫门前往秋山长右卫门那里拜托长右卫门，说七月十八日是个好日子，当天晚上伊右卫门便和阿花秘密举办了婚礼。

秋山长右卫门夫妻、近藤六郎兵卫参加婚礼。酒宴刚开始，伊右卫门的朋友今井仁右卫门、水谷庄右卫门、志津女久左卫门三人赶来。酒过三巡，越发热闹之际，从灯笼旁蹿出一条约一尺长的赤蛇。伊右卫门大吃一惊，想用火箸将赤蛇挑到庭院里去。不知何时，赤蛇又爬了过来，爬到灯笼旁。伊右卫门又用火箸夹着赤蛇拿到后面竹林中扔掉。黎明时分，宾客们即将回家时，又从天井处落下一条赤蛇。伊右卫门觉得这是阿岩的怨念在作祟，因而心情不佳。伊右卫门使劲抓住蛇身，拿到后面的竹林将其扔掉。

阿岩住在穷武士的家中，有时会想起伊右卫门，但内心轻松了许多。有一天，阿岩正在后院干活时，进来一个卖香烟的人，名叫茂助。这个茂助经常来阿岩家做买卖，跟阿岩也熟识。

"您是田宫家的千金吧。听说您在这附近，是这家吗？怎么样？您时常回左门殿町吗？"

"我没有回去过左门殿町。我已跟游手好闲的丈夫离婚了，现在在这家当用人。就连尼姑都受不了他吧。"

"哎呀，小姐，看来您什么也不知道啊。伊右卫门已经将伊藤喜兵卫的小妾阿花娶为妻室了。"

"啊！真的吗？"

"当然是真的。听人们说，喜兵卫为了将小妾阿花送给伊右卫门，与长右卫门、伊右卫门沆瀣一气，让伊右卫门假装游手好闲，然后将小姐您赶出家门的。"

"是吗？是这样吗？这么说来，我懂了。真是恶鬼！

畜生！"

　　只见阿岩眼睛上斜，她的皮肤本来就跟牛皮纸一样粗糙，眼睛上有斑点，头发弯卷，其丑陋形象宛如夜叉。茂助吓了一跳，赶紧逃走。阿岩的嘴角像喷出火焰一般，断断续续叫着伊右卫门、喜兵卫、阿花和长右卫门的名字。家中的其他下人想要安慰阿岩，但阿岩根本听不进去。有位叫传六的年轻武士想要抓住阿岩，阿岩责问他："你也跟伊右卫门是一伙的吗？"说完便一把将传六推开，跑进厨房随手扔出厨房用具，之后疯疯癫癫地跑到了外边。阿岩无法继续待在那位武士家里，很多人去追她，却找不到她的身影。问了岔路口的值守，值守之人回答说："看到有位二十五六岁的女子披头散发，跑向四谷御门外了。"众人又去那里寻找，仍然没有找到。

　　阿岩自雇主家里发疯出走后，不知所终，伊右卫门也听说了此事。听到这个消息，伊右卫门当场便觉得毛骨悚然。但因为阿岩已消失无踪，便放下心来。

　　第二年四月，伊右卫门的妻子阿花诞下一女孩。不用说，这是喜兵卫的孩子。之后伊右卫门家中生活平稳，阿花相继生下三个孩子。这一年，大孩子阿染十四岁，次男权八郎十三岁，老三铁之助十一岁，老四阿菊三岁。七月十八日晚上，伊右卫门一家聚在一起乘凉之时，一个像阿岩的女人现身于走廊一端。

"伊右卫门，伊右卫门，伊右卫门。"女人连叫三遍后消失了。伊右卫门为了驱赶邪祟，在家中鸣响没装子弹的枪，结果家中老四阿菊被这声音惊吓，引发痉挛。虽去看了医生，但没能治愈，于八月十五日死了。

之后伊右卫门家里又发现怪事。伊右卫门不时感觉有男子来到阿染跟前，夜晚醒来一看，有男子躺在妻子身边，却又马上消失不见，如此等等。一天黄昏时分，家中老三到屋后一看，前年去世的阿菊在那里，说要老三背她回去。老三铁之助吓得赶紧逃回屋里。之后便生了病。伊右卫门拜托日莲宗僧侣来做法事，但是老三于九月十八日不治身亡。

伊右卫门越发惊恐，前往杂司谷参拜鬼子母神，但怪事仍旧没停歇，不仅妻子阿花生病，四月八日去芝地增上寺参观涅槃会的权八郎也患上霍乱，第二天就死了。紧接着五月二十七日，妻子也病逝了。伊右卫门给长女阿染招了一个女婿，名曰源五右卫门，可是六月二十八日，突然下起暴风雨，电闪雷鸣，东边房檐被风刮掉。无可奈何之下，伊右卫门想上到房顶紧急进行修缮，可是一脚踩空，摔到腰部，动弹不得，而且坠地时，他的耳朵磕破一个口子，伤口感染化脓，还引来老鼠，刚开始是一两只，后来老鼠渐渐增多，防不胜防。女儿女婿将他放入长衣柜中，到了七月十一日，伊右卫门也去世了。

源五右卫门继承了田宫家的家业。后来阿染生病，二十五岁时也去世了。阿染去世后，源五右卫门非常害怕家中各种怪事，本想收个养子，自己搬到别处居住。这期间自家宅邸内的树木莫名折断，源五右卫门也发疯了，因此俸禄被幕府收回，田宫家就此绝后。

田宫家绝后了，伊藤喜兵卫家的情况则是喜兵卫隐退，让二代喜兵卫作为养子继承了家业。后来二代喜兵卫也隐退了，名叫新右卫门的养子又继承了二代喜兵卫的家业。第二代喜兵卫开始到吉原逛窑子。其间他的伙伴被杀，第二代喜兵卫受到牵连，被投入监狱，最后被斩首。于是领地被没收，新右卫门父子被流放。一代喜兵卫去投靠奶妈的孩子觉助，勉强暂时保住性命，不过在腊月廿八日也死了。

此外，秋山长右卫门家里，女儿阿恒因食物中毒而命丧黄泉。紧接着妻子也身亡了。当时田宫源五右卫门家里已经绝后，田宫家成为空宅，于是隔壁的秋山长右卫门占据了田宫家宅院。

后来长右卫门成了头领，御先手组管理者浅野左兵卫叫来长右卫门，命令长右卫门为田宫家延续香火，长右卫门便让大儿子庄兵卫继承了田宫家，结果无人继承自己的家业，便将火炮组下级武士的次男小三郎作为养子，那孩子当年十三岁。当庄兵卫继承田宫家第三年时，庄兵卫跟十来个同伙走在路上时，看到一位年纪五十多岁的女性老乞丐，这个乞丐看起来面容丑陋。一同走路的近藤六郎兵卫注意到这个乞丐，他说："那个丑乞丐跟田宫又左卫门的女儿很像。"于是，其他人说道："阿岩比这个乞丐个子要低。相貌比她要丑得多。"

庄兵卫小时候便听过关于阿岩的种种往事，顿时感到有些毛骨悚然。之后到了第三天傍晚，庄兵卫便生病了。长右卫门很惊讶，开始担心庄兵卫家的继承人问题。结果第六天傍晚，长右卫门自己也生病了，第八天便去世了。紧接着庄兵卫于第十天去世，田宫家又绝后了。

小三郎在养父的二周祭[①]时做了法事，第二天早晨六点左右，有人在厨房里放火。放火的人是位五十来岁的女人。

---

① 二周祭，逝者去世十四天举行的祭奠。

小三郎觉得不可思议，便喊了一声，放火的人便消失了。

第二天早晨，小三郎又在地炉旁见到这个女子。当时小三郎还在睡觉，是从小三郎父亲家里跟过来的男仆重左卫门发现的。小三郎听到此事便起床检查了走廊，只看见有一只黑猫，并无什么不可思议的。但是，因为担心怪事发生，小三郎便请僧侣念《大般若经》。可是不久小三郎也生病去世了，秋山家也绝后了。而且秋山和田宫家的建筑物也毁坏了，人们称左门殿町为妖怪之邸，好事者络绎不绝。

李先瑞　译

皿屋敷

田中贡太郎

在番町青山主膳家的厨房里,婢女阿菊正在收拾正月初二中午庆祝宴上所用过的膳具。这个年轻貌美的婢女为躲避主人夫妇粗暴冷酷的责打,正在小心翼翼地工作着。

那时,阿菊正在收拾的是主人珍藏的南津古盘。那套盘子共有十个。阿菊把洗好的盘子逐个小心擦拭干净,放到了旁边的箱子里。这时,不知从哪里窜进来一只大猫,跳上托盘开始吃起放在前面餐桌上的剩菜。这户人家的主人相当吝啬,如果这个场景被主人看到,自己免不了一顿臭骂,想到这里阿菊很害怕，连忙起身想把猫赶走。可是她一站起来，不小心打碎了手中的盘子。阿菊猛然意识到，可是已经无法挽回。她慌得脸色苍白，浑身发抖。

"阿菊，你又闯祸了？"这一幕正好被主膳的小妾撞见了。她说着来到阿菊旁边，说道："哎呀，这下你可是闯了大祸了。"可是，她一看到阿菊浑身颤抖的样子，又觉得阿菊很可怜。小妾又说道："你别怕，无论是多么珍贵的东西，终究是个盘子而已，没什么大不了的，别太担心。"

话音刚落，主膳的妻子走进厨房，一看到阿菊面前打碎了的盘子，就狠狠地扯着阿菊的头发吼了起来。

"大胆奴才，竟敢把老爷珍藏的盘子打碎了，说！怎么回事，怎么会打碎盘子的？"

夫人臭骂着阿菊，还把她拖往主膳的房间。阿菊浓密柔亮的发髻已被扯得乱糟糟了，她浑身颤抖，痛苦不堪。

"老爷，大事不好了，这个奴才打碎了您珍藏多年的盘子。"

"什么？"主膳听了，立刻把手伸向刀架上的刀。"大胆贱婢，看我怎么收拾你。把她带出去！"

夫人心想，新年期间就打打杀杀的，太不吉利，于是便说道："老爷，虽说如此，正月十五里面，沾染上血的污秽，总是不大好的。"

"哦，那就过了十五之后再砍。"

主膳脱下外套，站起身来，他突然抓住阿菊的右手腕来到走廊，将那只手按在走廊的地板上，一不做二不休，猛地砍掉了她的中指。阿菊疼得晕了过去。主膳好像终于出了一口恶气似的，惬意地说：

"把这个奴才关起来。"

阿菊被一个年轻的侍从轻而易举地抱起来，带到厨房角落的杂物间。主人动手时，其他奴婢都只能提心吊胆地远远看着，爱莫能助。阿菊被关进杂物间后，大家才敢偷偷去照顾她。有人为她包扎伤口，有人给她打水，有人给她送饭，大家都很同情阿菊，但阿菊却滴水不沾，就像丢了魂似的沉思着，一动不动。

过了几天，阿菊消失不见了。主膳认定阿菊畏罪潜逃，勃然大怒，命令部下四处搜寻。当时主膳正好是负责审查纵火盗贼的官员。但是，无论属下如何搜寻，阿菊依旧下落不明。不久，一位家仆在后院的古井旁，发现了阿菊穿的草鞋。主膳心想，这贱婢死了也好，省得脏了自己的手。他向官府通报称阿菊病死了。

可怜的女人就这样从主膳的家里消失了，到了这一年五月，主膳的妻子生下了一个男孩，但这个孩子偏偏正好缺了右手的中指。妻子一看到男孩的手，就想起了阿菊，顿觉毛骨悚然。从那天晚上开始，一到夜里产妇的屋顶上就会传来女子的惨叫声。另外，古井边也会传出女子"一、二、三"的数数声，然后是"四、五、六、七、八、九"，数到第九个数字后就会变成凄惨的哭声，甚至从那口古井里还冒出了蓝色的鬼火。还有人说曾看到一个披着乱糟糟黑发、身材瘦弱的女子身影，漂浮在古井之上。

青山全家上下都人心惶惶，主膳命人去各寺院请护身符，虽然到处都贴了护身符，还请了高僧加持祈祷，但异象却完全没有消失。因此，幕府以"家事不善"的罪名免去了主膳的职务，青山家家主一职由亲戚代为继承，没过几年青山家便断了香火，青山宅邸也成了一片废墟。若干年后，传通院的高僧了誉上人超度了阿菊的冤魂。

蔡蕾　译

高野圣僧

泉镜花

一

"我心想,没必要再次展开参谋本部编制的地图了,但道路实在难行,用手触摸僧衣都觉得热乎乎的,我掀起僧衣衣袖,抽出带着封皮的折叠地图。

"从飞驒到信州的深山小路上,没有一片树荫能供人驻足休息,左右环山,层峦叠嶂,仿佛触手可及,既不见飞鸟,也不见云彩。

"道路与天空之间只有我一个人。时间大约是正午,酷热的太阳泛着明亮的白光。我借助戴得很深的单层扁柏斗笠,这样看着地图。"

行脚僧人这样说着,将双拳枕在头下,撑住额头,低头向下。

一路上我与这位僧人结伴而行,从名古屋来到越前敦贺的客栈下榻,刚刚睡下。据我的观察,他从未抬起过头,看上去是傲然无物之人。

我记得我们原本在东海道挂川登上同一列火车,他在座位的角落里垂头丧气,面如死灰,最初我并没有特别留意他。

在尾张车站,其他乘务员仿佛商定了一般尽数下车,车厢里仅剩我和他。

据说这趟列车昨夜九点从新桥出发,今夜到达敦贺。到名古屋时正值中午。我买了一盒寿司作为午餐。行脚僧人与我一样也买了寿司,但打开盖子,却发现是上面沾满海苔的劣等什锦饭。

"全是胡萝卜和葫芦干!"我冒失地大声喊道。

僧人看着我的脸,似乎忍俊不禁,咻咻地笑起来。车厢只有我们二人,很自然地我们成为朋友。一打听,行脚僧人要前往越前,虽然宗派不同,但他要到永平寺拜访高僧,不过要先在敦贺住上一宿。

要前往若狭省亲的我也刚好要在同一个地方住宿,所以我们约好结伴而行。

他入籍高野山,年纪四十五六岁,性格温和,平淡无奇,和蔼稳重,身着呢绒方袖外套,系着白色法兰绒围巾,头戴土耳其帽,戴着毛线手套,脚上穿白色木屐袜,蹬着木屐。一看便觉得他不像僧人,更像俗世中的师父,甚至更俗气。

"您打算住哪里?"

被他一问,我不由得深深叹息独自旅行住宿之无聊。侍女端着托盘打盹,掌柜假意逢迎,走在走廊时他会紧盯着你看。最让人难以忍受的是,晚饭刚吃完,店家便立刻将电灯换为灯笼,命令旅客在这昏暗处休息。不到深夜我无法入眠,所以那时的心情别提多糟了。特别是近来夜色见长,离开东京时便非常担心这一夜的住宿了。

"如果方便的话,我想跟师父一起住宿。"

他高兴地点点头,说道:

"我在北陆一带云游时,经常在一个叫香取屋的地方歇息。这里原先是旅店,店主独生女的名气很大。后来不幸去世,店也关了。但终究不会将熟客拒之门外,现在一对老夫妇看管着那里。如你不嫌弃,我们前去那里,如何?"

说着把折叠地图置于饭盒下面。

"饭菜只有胡萝卜和葫芦干。"

他说完嘿嘿一笑,比起极其严肃的外表,内在倒显得有几分风趣。

二

在岐阜尚可见蓝天,之后便是有悖盛名的北国天空。米原、长浜天空有薄云,太阳光线微弱,寒气袭人。雨点在柳濑上空飘落,随着火车车窗变暗,夹带的雪片不时一闪一闪交织于眼前。

"是雪!"

他只说了句"是啊",并没太在意,也不抬头看天空。这已经不是先例,当我谈及琵琶湖的怡人风光,并手指古战场,向他介绍"这便是贱岳"之时,得到的也不过是点头应付而已。

在敦贺,旅馆揽客有个恶习,令人难以忍受。那天也不例外,我们一下火车,从车站出口到城镇一带,满眼都是举着揽客灯笼和商号阳伞的人们,他们将客人团团围住,游客无处穿越。这些人吵吵嚷嚷呼喊着自家的商号,更有甚者,有人会被揽客者飞快地夺走行李,对方喊着:"好嘞,谢谢您啦!"这种情况,对于患有头痛疾病的人来说无疑是难以忍受的。而僧人却一如既往低着头,从容而敏捷地穿越人群,无人能拉住其衣袖。我很幸运,跟在他后面进了城镇,不由长舒一口气。

雪下个不停,现在雪里没有夹带雨,干燥轻柔的雪花轻轻拂面,虽为初更,户户门已上锁的敦贺大街寂静一片,街道纵横交错,十字路口积了一大片雪。走了约八百米,终于找到目的地——香取屋。

这是一座老屋,地板上和客厅里也没有像样的装饰。房屋柱子却很讲究,榻榻米坚硬。鲤鱼状的自在钩光艳十足,让人以为它由黄金打造。两个造型别致的灶台并成一排,上面放置一口精致的大锅,可煮一斗米。

旅店老板上了年纪,头顶的中间光秃,双手手指缩在棉布袖筒中,在火盆跟前也不伸手烤火,只是漠然而坐。老板娘是位老婆婆,很讨人喜欢,殷勤和善。行僧说出之前的胡萝卜和葫芦干的故事后,她便微笑着端上来小白鱼干、鲽鱼干、山药汁海带酱汤。她的言谈举止无不透露出她与行僧交情匪浅。我作为随行旅伴,心情妙不可言。

不一会儿,老板娘在二楼为我们安排好铺盖。虽然这房屋房顶低矮,但圆木横梁足有两抱粗,从屋脊斜搭过来,在客厅尽头的屋檐处,几乎抵到天窗。想必即便后山上发生雪崩,这房子也会稳如泰山,丝毫不令人害怕。

一看到暖炉烧着,我便欣然进入睡铺准备入睡。两床被褥围着暖炉已经铺好,但行僧并不进到自己睡铺,他要求被子里没有火气,在我旁边并了个枕头,睡在没有热气的被窝里。

行僧睡觉时不解衣带。他和衣团身,爬着进入被窝,把被子披在肩上,双手扶地,毕恭毕敬。他的样子跟我正相反,是面对着枕头。

没多久四周寂静一片,行僧即将入睡。我在火车上已经多次提及,只有熬到半夜,自己才能够睡着,便天真地央求他怜悯我,再陪我一会儿,讲一下他云游各国的趣事。

行僧点了点头,说自己从中年开始便没仰着睡过,已成习惯。睡觉时是这个姿态,总是很兴奋,一下子睡不着这一点跟我一样。"虽然我已遁入空门,但出家人说的话不一定局限于教诲、劝诫、说法这些事情。"他说年轻人请听好,便开始讲起来。

后来我才知道,他是宗门享誉甚高的说教师,是六明寺和尚,名曰宗朝。

三

"听说很快这里又要住一个人,那个人和你是同乡,都是若狭人,是卖漆器的行商。这家伙虽然年轻,却着实是个耿直的好汉。

"我刚开始时说过穿越飞驒山的事,山麓的茶屋有个富山县买药的跟我结伴而行,这个年轻人令人不快,说话不干脆,令人生厌。

"我们准备翻越山顶那一天,原本三点钟便早早离开原先的旅馆,趁着凉快走了六里,到达这个茶屋时天气炎热。

"因为急于赶到目的地,便大步流星,嗓子渴得要命。想快些喝茶,店家却说还没烧开水。

"虽说是中午时分,但山路上行人稀少,牵牛花还开着呢,不可能生火做饭。

"长凳前一条小溪流过,看起来溪水应该清凉可口,我想去水桶那里舀水来喝,突然注意到一件事。

"由于时值酷暑,流行骇人的恶疾,刚才路过的名曰'辻'的村子,全部都撒了石灰。

"我朝茶馆的女子喊道'喂,大姐',然后扭扭捏捏地问道:'这是水井里的水吗?'

"'不,是河水。'她说道。我心想,真是怪了。

"'山下面流行病很严重,这水不是从辻村流过来的吗?'

"那女子若无其事地答道:'不是。'我有点高兴。不过,你可听仔细了。

"刚才我说有个卖药的一直在这里休息。全天下兜售所谓卖万金丹药的人,如您所知都是一副打扮,身穿细直条纹单衣,腰系小仓带子。绑腿加细筒裤,脚上穿着草鞋,棉布包袱斜挎肩上,桐油纸斗篷叠成方块,用真田绳系在包袱上。打一把细方格纹棉布伞,这些都是固定的装束。冷眼一看,一副一丝不苟、通情达理的样子。

"到达旅店,这家伙便换上宽松的轻便和服,松松垮垮系着腰带,小口呷着烧酒。还把小腿伸到旅店女招待那丰腴的双膝上。

"当时,那人对我非常无礼,开口叫嚣:'哎呀,花和尚①呀。不是我又说怪话。这世上女人注定与你无缘,成为秃和尚还这么贪生怕死,是不是太奇怪了?这是本性难改。大姐你看,都已经这样子还心存迷恋,能行吗?'说完他们相互对视,哈哈大笑。

---

① 花和尚,原文为日语"法界坊",意指好色残忍的和尚。

"我满脸通红,手里拿着舀的那河水也喝不下去了,因为心中犹豫。

"他嘭的一声敲了一下烟斗。

"'什么呀!别客气,尽情喝吧。你若生命有危险,我会给你灵丹妙药。我就是为了这个才跟着你的。对吧,大姐。喂,这个药也不是免费的。不是我说大话,毕竟是神方万金丹,一贴三文钱。就算你是和尚,想要的话也得掏钱。怎么样,我说的话,你听不听?'说完拍了拍女子的后背。

"我赶紧逃了。

"说什么膝盖啦,女人的后背啦,我都一把年纪了,更已出家,有失体面,深为惶恐。我不过是希望将事情的经过讲述清楚。"

四

"我也是气昏了头,拼命赶路,之后沿着山脚,走到田间小路。

"走了五十来米,道路突然变陡峭。上坡处有一处地方,侧面看得很清楚,呈拱形,仿佛是用土筑成的敕使桥。我向上望着,当脚踏上这座桥时,之前那个卖药的急急慌慌地赶来,追上了我。

"我们也没多交流,即便他跟我说话,我也丝毫不想搭理他。那个卖药的处处想压人一头,他斜着眼瞥了瞥我,像是故意似的超过我,急急忙忙往前赶,在小山包一样凸起的陡坡尽头,突然撑起伞站住,之后下坡走去,不见踪影。

"后来又是缓坡,不久又来到像鼓面一样隆起的坡顶上,然后又是下坡。

"卖药的虽然先下了坡,他却站着不走,不停地四下张望,他似乎执拗地要搞点什么名堂,便很不愉快地继续前行。后来才发现,他停下并非因为我。

"道路在此分为两岔,多出一条紧接陡峭的坡道,两侧草木茂密,路旁的角落处,有一棵四五人合抱之粗的扁柏树,树后面排列着三四块刀削般的巨石,一层叠一层,向后延展。我心中有了答案,我要找的不是这条路,还是刚才走过的那条宽阔平坦的道路才是正确的。很明显,从这里再走不到二日便到山顶了。

"放眼一看,不知为什么,刚才提到的那棵扁柏树横挡着那空无一物的路面,在一望无际的田野里,这棵扁柏像挂在半空的彩虹一样。根部的土已经开裂,露出粗大的根条,宛如盘起的大鳝鱼。一股水流从根部快速流淌下来,流到地面,再流向我们要走的道路正中央,淹没了去路。

"奇怪的是，田地并没有成为湖泊，而是成为一片浅滩。前方可见一片竹林，以此为界限，这条河水大概有两百米。石墩散落水中，如果大跨步跳着走，还将就能过去。不过仔细想来，这石墩肯定是人摆在那里的。

"原本不算大事，并不需要脱衣服游过河。但是作为正路，这也太难走了，连马匹都轻易过不去。

"我心想：这应该也是卖药的停下来犹豫不定的原因吧。我正想着，卖药的却干脆掉转方向，快步沿着右边坡道爬上了坡。瞬间将扁柏甩在后面，直到出现在我的上方，才俯视着我说'喂，去松本的路是这边哦'，说完又漫不经心走了五六步。

"他从岩石上探出半个身子，嘲笑似的扔下一句'再这么傻站着，小心树精会抓走你。就算是白天也不会饶了你'。说完他便走到岩石后面，似乎隐身于高处的草丛之间了。

"不一会儿，仰望所及之处可看见伞的尖部，伞擦着树枝消失于茂密树林之中。

"'嗨呦'，欢快的吆喝声从河上断断续续传来，发出声音的是一个农夫，腰间挂着草扎的坐垫，一只手拿着根光溜溜的扁担。"

五

"从刚才的茶屋到这里,除了卖药的,没遇到其他人,这自不待言。

"想到卖药的在临别之际跟我说的那句话,我心中开始七上八下。毕竟那是个老江湖了,对道路方面还非常熟悉,我满腹狐疑,今天早上出发前也仔细看过我先前提过的那张地图。'我有事想打听一下。'

"'什么事?'山里人看到我是出家人,很客气地回答。

"'也不算什么事。请问这条道是沿着这边直走,对吧?'

"'您是去松本吗?那就对啦!是这条路。啊!前几天因是梅雨天气,又发了水,所以变成了这条大河。'

"'这水一直这么大吗?'

"'哪里呀。只是看着水大,不算什么,水也就是到对面竹林这一块。剩下的路和平常的路一样,一条道儿连到山上,都是大车可并排通行的路。竹林处原先是一个医生宅邸的旧迹。这一带原先是一个村落。十三年前发了大水,如今变成了荒地,当时死了很多人。大师您能不能边走边为这些亡魂念经祈福?'山里人十分友善,没问的也热心地告诉了我。就这样,我也算了解情况了,只可惜刚才那人偏偏走错了方向。

"'那边的路通向哪里呀？'我又问了之前卖药的人所走的那条路。

"'那是五十年前人们走的老路，也通往信州。从前也有人走，跟大道比起来，这条路可以少走约七里的路程。但师父您要谨记，这条路如今万万走不得！听说，去年有一对参拜山神的父子误入此路。哎呀，不得了了，后来便有人声称看见乞丐模样的人进了山。大伙都觉得人命关天，便集合了三个警察和十二个村民从这里硬闯上去，才终于将他们寻了回来。师父您可不要逞英雄抄近路，即便走累了在野外露宿，也比走这条近路要强。请您小心前行。'

"在此别过那个农夫，我正打算从河面的石头上走过去，却突然犹豫了，因为我担心那个卖药的。

"不一定像听说的那样厉害，但如果属实，就等于见死不救。不管哪条路，作为出家人，我生活随意，不必非要赶在天黑之前住进旅店。还是追上卖药的，把他叫回来吧。万一弄错了，一起从老路重走一遭也没关系。现在既不是狼出没的季节，也不是鬼魅作祟的时候……刚想跟农夫告别，那位热心农夫已不见踪影。

"'好吧。'

"我下定决心,上到坡上赶路。既不是出于侠义,也不是逗英雄。如刚才所言,好像我已大彻大悟,但实际上我相当怯懦。我很惜命,不然怎会连喝河水都有些害怕。于是问题来了,我究竟为何会走上那条路呢?

"如果那男子仅仅是泛泛之交,说实在的,我肯定会置之不理的。因为觉得这个人令人不快,就这样见死不救,会被人看作我是故意的,这样一来我会非常自责。"

宗朝仍然低着头,在被窝里双手合十,说道:"那样的话,我会无颜面见佛祖。"

六

"听我接着往下讲吧。我后来绕过扁柏树的后方,从岩石下面爬上去,钻过树林,沿着杂草遍地的小路一直往前走。

"不知不觉翻过了刚才爬的山,紧接着又一座山伫立于面前。这一带田野空旷,这条路比刚才走过的大道还要宽阔和平坦。

"那条路被伫立的一座山从中间隔开,两条路一东一西。道路宽阔至极,甚至可以通过举着枪的军队。

"广阔之处,目之所及看不到卖药人的一点身影。空气灼热,不时有小虫子飞来飞去。

"但走在这条路上还是令人心惊胆战。周围空空荡荡，让人觉得无所依靠。当然，在我决定要爬过这座山的那一天，多多少少心中已经做好了准备。有时走上七里才有一家可投宿的地方，有时走上十里也才有四五家，如果能吃到粟米饭算是莫大的幸运了。有了这种精神准备，我的脚步也相应加快。很快，山从两侧压过来，道路逐渐变窄，狭窄之处几乎快要压到肩膀了。随后，我又开始向上攀登。

"我心想，接下来便要攀登以险峻闻名的天生岭了。我鼓足了劲头爬山，但毕竟天气炎热，我喘着粗气把草鞋绑紧。

"多年以后，我听说在这山口之处有个风洞，风从洞口刮进去，会直达美浓莲大寺正殿的地板下面。但是对于当时一心忙于赶路的我而言，根本就顾不上什么景色了，甚至连天气是晴是阴，我也不知道。

"我要跟你说的，便是这后面的故事。如最初所说，道路险恶，不仅几乎少有人踏足，而且路上还有蛇出没。它们将头与尾搭在草丛里，宛如一座座摇摇欲坠的桥一般。

"我戴着斗笠，拄着拐杖，头一次与一条蛇相遇时吓了一跳，膝盖一软，瘫坐在地。

"我生来便讨厌蛇，与其说讨厌不如说害怕蛇。

"我佛慈悲，当时那家伙抬起镰刀形的头颈，拖着尾巴便马上从草丛中快速逃走了。

"我费了好大劲才站起来,沿着道路走了五六百米,又遇到同样情况。不见蛇的首尾,只见蛇身在晒太阳。

"我大叫一声,整个身子往后一跳。那条蛇又躲远了。第三次遇见的是一条很长的蛇,而且身子很粗,这条蛇没有马上移动,即便它爬出来,等尾巴全出来也需要五分钟时间吧。没办法,我便从蛇身上跨过去了。正在这时,我的下腹部发胀,感觉所有汗毛全变成蛇的鳞片一般,连脸色也像蛇一样。我不由得捂住了双眼。

"我心生惧怕,冷汗直流,双腿颤抖,无法站立。胆战心惊地赶路时又遇到了蛇。

"这条蛇只剩下残存的半截身子和尾巴,伤口处带有蓝色,从伤口处流出黄色的汁液,它一抖一抖地在动弹着。

"我不顾一切往回跑,仔细一想,先前那条蛇肯定还在那里。我想,即便是死,我也不会再去跨过那条蛇了。啊,真希望刚才的农夫告诉我老路上有蛇啊!如果知道,我即便下地狱也不会往这条路上走。我被太阳晒着,不由得流下热泪,心中念着'南无阿弥陀佛',现在仍觉得毛骨悚然呢。"

说到这里,行僧双手合十沉吟良久。

七

"反复纠结也不是办法,于是我下定决心。返回已无退路,前面又有一个不足一丈的蛇尸残肢。我跑到远处躲在草丛中,总感觉剩下的一半蛇尸要缠住我。我十分害怕,双腿青筋暴起,绊在石头上摔倒了。现在想来,膝盖上的伤应就是那时候留下的。

"至此,我双膝微颤,走路有些吃力。但倒在这里,只会被暑气闷死。我自我激励着,像自己拽着自己的后脖颈一般朝山岭方向前进。

"路边的草丛热气太可怕了。草根处,全是一枚枚鸟蛋,好像是某种大鸟所下的。

"在蜿蜒曲折的坡路上,又走了二里,在山坳处拐过岩角,绕过树根,这里的路实在太难走了,我只好打开参谋本部的地图。

"不管是听到的还是看到的路,实际上都一样。就是这条老路,地图没有带给我任何精神上的安慰,尽管地图有标出,但毫无帮助,画的道路只是像在栗子壳上画了条红线。

"道路难行,路上有蛇、毛毛虫、鸟蛋与草丛热气,这些不可能标注在地图上,所以还是把地图折叠好放入怀中,口中念佛，重整旗鼓。然而，还没来得及喘口气，一条吓人的大蛇挡住了道路。

"我心想，自己毕竟敌不过这条大蛇，它可能是这个山上的山精吧，便抛下手杖，屈膝跪下，双手扶在灼热的地面上，口中念道：'真的对不起，请允许我通行，我会安静地过去，尽量不打扰您清修。您看，我手杖都扔了。'我十分诚恳地拜求，抬头一看，声音凄然。

"这条蛇真的够大。三尺……四尺……五尺……一丈长……草木的摇动范围扩大，大蛇唰的一下进入旁边的小溪。结果一阵地动山摇，我浑身战栗，呆立不动，一阵凉意袭来，惊觉这是从山上刮来的大风。

"这时开始传来响彻山谷的回声，感觉是大风在山里打转，然后从山里吹过洞穴。

"难道是山精真的被我的乞求感动了吗？蛇不见了，暑热也消退了不少。我鼓足勇气加快了脚步。但没过多久，我明白了风为什么会骤然变凉了。

"那是因为眼前出现了一大片森林。

"俗话说，天生岭，晴天也会下雨。我素有耳闻，这片森林从上古以来便没有伐木人砍伐。可自己一路走来，树木却少得可怜。

"此刻，蛇的威胁暂时解除，森林的潮湿令我的草鞋冰冷透骨，我甚至怀疑这里有螃蟹出没。过了一会儿，天暗了下来。远处还有微弱的日光，勉强能分辨出杉树、松树和朴树，这一带的土全是黑色的。其中有的地方，可能是光线强弱不同，呈现出或红或绿的色彩，煞是美丽。

"时常有树叶上的水滴像断了线的珠子一样流下，落到我的脚尖。动不动会有常绿树落下叶子，也不知这是什么树木，啪啦啪啦地响着，发出咔嚓咔嚓的声音，有时会啪的一声落到斗笠上，或者落在我身后。这些水珠在树枝间流转，滴落到地上之前，不知道经过了几十个年头呢！"

八

"不用说，我非常害怕。尽管有些胆怯，对于修行尚浅的我来说，这种昏暗的地方反而对我悟道颇为有利。毕竟身体已经感觉好受多了，已经忘记脚上的疼痛，走路顺多了。我想已走过森林里七成的道路了，正在此处，从头上五六尺高的树枝上，有个东西突然落在我的斗笠上发出扑通一声。

"原以为是铅坠子，或是树上的果实，我甩了两三次头，那个东西粘在斗笠上掉不下来。我满不在乎地伸手去抓，顿时感到那东西又凉又光滑。

"仔细一看,像是剥开的海参一样,没有眼睛也没有嘴巴,可以肯定这是活的。我想扔掉它,结果它哧溜一下滑了下去,吸附在我的指尖处垂下来。霎时指尖处滴着鲜红的血,我吓了一跳,把手指抬到眼睛下面定睛一看,这一看不要紧,发现垂在我刚刚弯曲的胳膊肘部的,是一只形状完全相同的,约宽半寸、长三寸的山海参。

"我吓得目瞪口呆,只见那家伙下半部分抽缩着,再慢慢鼓起来,大概是因为猛地吸进去鲜血的缘故,那浑浊的黑色光滑肌肤上有茶褐色条纹,像长满疙瘩的黄瓜,这种生物也叫水蛭。

"没有人会认不出水蛭,但因为它的个头特别大,乍一看令人一度疏忽它是水蛭。不管是哪块水田,也不管是哪片沼泽地,都不会有这么大的水蛭。

"我用力甩动胳膊肘,可水蛭吸入很深,根本不想松口。虽然觉得很恐怖,但我还是用手抓住它,想把它拽掉,噗的一声,终于拽掉了。我不能忍耐片刻,抓住它使劲往地上摔。但这里盘踞了数万只水蛭,将此处据为自己的地盘。它们早已做好这种防备,在不见阳光的森林里,土是松软的,根本摔不死它。

"此时,我的脖子已经开始痒了起来。用手掌横着一捋,手掌便在水蛭背上滑溜溜地在划动。哎呀，胸口下面藏着一条，腰带里也有一条，我脸色吓得惨白，悄悄一看，肩膀上也有一条。

"我不由得跳起来，浑身颤抖，从大树底下一溜烟跑走，一边跑一边拼命揪那几只在我身上的家伙。

"不管怎样，刚才那恐怖的树枝上生有水蛭，这实在难以理解。我回头一看，树上的好多树枝上布满了水蛭皮。

"我感觉十分恐怖。右边、左边、前边的树枝上到处都是水蛭。

"我不由得发出恐怖的叫声。结果你猜发生什么了？此时眼见着从树上噼里啪啦下起了水蛭雨，落在我身上。

"水蛭雨落在我那穿草鞋的脚上，层层叠加，旁边又附着很多，将我的脚趾头淹没了。看到那些活着的水蛭拼命地吸血，一个个伸缩着，我便意识模糊起来，当时产生了一个怪异的想法。

"这令人恐惧的水蛭自上古以来一直栖息于此，在等待人的到来，凡到此地者，均被吸血。这样日复一日，年复一年，等到吸够了血，这些水蛭便得偿所愿。真到那一时刻，水蛭们一点不剩地将所吸人类的血吐出，土地随着鲜血融化，整个山峰也变为血与泥的大沼泽。况且，此处日光被遮蔽，白天昏暗，这些大树肯定会支离破碎，最后化作一条水蛭。肯定是这样。"

九

"我暗暗想到，人类灭亡既非地球表层崩裂，也不是天火骤降或是被大海淹没。飞弹国的树林长满水蛭就是人类灭亡的最初表现，最后血和泥包容了一切塑造出一个恐怖的新世界。那里面什么都没有，只剩那些来回游走且身披条纹的黑色水蛭。

"没错，进入这个森林伊始，一切安然无恙。可是走到森林中间，越往里走，所有树木都从根部开始腐朽变成了水蛭，即已是水蛭的世界。我应该活不成了。我突然注意到，我背负着一个将被杀掉的宿命，脑海里浮现出一个不着边际的想法，看来自己死期将近。

"反正横竖都是死，不如向前走吧！看一下世人做梦都想不到的血泥沼泽。做好这样的思想准备之后，内心的恐惧突然消失了。我随手挠掉、揪掉、拔掉挂满全身的水蛭，宛如狂舞一般行走起来。

"刚开始我感觉自己的身体肿得胖了一圈，且奇痒难耐，最后觉得自己慢慢消瘦下去，随即是跳跃般的隐隐作痛。而且我行走时,水蛭依旧毫不留情地左右夹击。

"我已经头晕目眩,差点儿昏倒,灾祸至此也很快要到头了,我竟然从水蛭林中走了出来,仿佛穿越了一条隧道,我远远望见一轮并不皎洁的明月。

"当我来到夜空下时,顾不得所有,我把身体横着倒在山路上,我只有一个目的:要把水蛭压个粉身碎骨。我已顾不上地上铺的是沙砾,便在地上来回蹭着,将十余条水蛭消灭了,之后我向前飞奔十来米,浑身战栗地傻站着。

"老天是在欺负人吗?周围山上到处是蝉鸣,它们面对着即将成为血与泥的森林大声鸣叫。日光西斜,溪谷底部已十分昏暗。

"哪怕被狼吃掉,也能死得痛快些。道路正好是平缓的下坡路,我不合时宜地扛起拐杖,逃之夭夭。

"也不知道我是为水蛭烦恼,还是难以分辨身体疼痛还是身体发痒,要是没有这种痛苦,我会兴高采烈地独自一人在飞驒的山路上有节拍地念着经,跳起外道舞①来。我渐渐恢复神志,心想嚼一点清心丹涂在伤口上会不错。我拧了一下自己,疼痛让我确认自己还活着。但是富山那卖药的怎么

---

① 外道舞,日本的一种神乐舞,因佛教称其他教为外道,故得名。

样了呢？看样子，大概他早已化为血水了。到处是只剩皮囊的死尸，而且那些啄食尸体的动物成百上千地压在尸体上方，恨不得吸食尸体的骨髓。即便泼上一层醋，也会注定不见影踪。

"这样想的时候，我沿着漫长的坡路往下走。

"来到下坡路的尽头，听到水流声，在意想不到的地方架着一座土桥，长约六尺。

"听到山谷河流的流水声，因为这仿佛被水蛭吸得只剩躯壳的身体，我恨不得立刻投入河中，被水浸泡后肯定会很舒服。如果我过桥时要是桥塌了，那正合我意。

"我丝毫没觉得桥危险，直接走上桥去，虽有些摇摇晃晃，但总算平安无事地过去了。对面又是坡路，这次可是上坡呀，真是够累啊。"

十

"我心想，这么累，根本无法上坡，但前方突然传来马嘶鸣的声音，声音在山谷中回荡。

"是马夫回家还是马驮运行李从此路过呢？自从今早我辞别那个农夫后只过了半天而已，但感觉自己已经三五年没有与正常人交流了。我猜测：是归来的马夫呢，还是驮着货物的马匹呢？不过既然有马匹，那么距离村庄应该也不远了，因此我感觉精神振奋，现在终于可以稍微休息一下了。

"没有费太多力气，我来到一座房屋前。时至夏季，房屋的拉门也没关。其实对于这样一座破旧的孤宅而言，根本不存在什么像样的房门，迎面就是破烂不堪的廊沿。一直敞开着，也没有个门。突然，我发现那里有一名男子，我不由分说，以求救的口吻说：'拜托了，拜托了。'说话时我几乎要抱住对方了。

"我说了'有劳您了'，对方也不搭话，脖子像被人抽取了筋骨，软软地耷拉着，脸横向一边，肩膀几乎贴在耳朵上，好像看上去稚气未脱。而且他睁大眼睛一动不动地盯着站在门口的人，甚至都懒得去转动眼珠，有些半死不活的样子。他的和服下摆很短，袖子比胳膊肘也要短，穿着长坎肩，用细绳系在胸前。这和服像是单幅料子做成的，显得肚子上的赘肉圆滚滚的，像个人皮大鼓。而且这家伙肚脐形状奇特，像一个南瓜蒂。他一只手摆弄着肚脐，另一只手在半空垂着，姿势像幽灵一般。

"他双腿漫不经心地伸出去，要是没有腰，他就像个叠起来的大布帘。他看上去年纪二十二三岁，张着大嘴，塌鼻梁，凸额头，头发被堆成了鸡冠子形状，后脖颈处的头发翘起，遮住了耳朵。是哑巴，还是白痴？这年轻人仿佛要变成青蛙，这令我很惊讶。虽然他不至于威胁我的性命，但他的形象，却着实倒人胃口。

"'拜托一下。'

"没办法，我又跟他搭话，他根本没反应，只是把靠右斜着的脑袋换成靠左斜着，大嘴巴依旧张开着。

"没准他会突然抓住我，使劲儿捏着肚脐，并将我送到嘴边舔舐，而不是回答我。

"我退了一步，虽说这是深山中，但也不可能将他一个人扔在这里。我踮起脚尖，提高嗓门说道：'抱歉，请问家里有人吗？'

"在后院那里再次响起马的嘶鸣声。

"'是哪位？'从库房那里传来女子的问话声。我脑海中映出一个画面。白白的脖子上长着鳞片，身体在地板上爬着，拖着尾巴，想出来却又退了回去。

"'哦，是位僧人啊！'出来的是一位娇小美丽、声音清脆且温柔可亲的女子。

"我长吐一口气，什么也没说，只是俯首行礼。

"那女子跪坐下来，向前探着身子，看着呆呆站立于黄昏之中的我，问道：'您有何贵干？'

"她也不说让我歇息,看来她压根儿没打算让我这个漂泊在外的僧人留宿。

"我想,不早开口反而会错失良机,到时候想开口也难了,于是我无所顾忌地走上前去。

"我郑重地鞠躬,说道:

"'我翻过山岭想要前往信州,不知道走到有旅店的地方还有多远?'"

十一

"'哎呀,还有八里多路呢!'

"'除此之外有没有其他可住的地方?'

"'没有啦。'说着,她眼睛也不眨,用水灵灵的眼睛仔细端详着我。

"'怎么说好呢。实际上,我听说从这儿往前走一百多米就有一户人家,他们为了积功德而让人留宿一晚,住在上房,还整晚为客人扇凉。但是我一步也走不动了,随便找个库房也好,马圈的角落也好,让我休息一下吧。'我想刚才传来的马匹嘶鸣声说明除了这里,没有其他地方可住了,所以才这样恳求。

"那女子思考了片刻,突然转向一边,拿来布袋,向放在膝盖旁的桶里哗哗地像倒水一样倒入稻米，她一边用手按住桶的边沿，一边用手捧着稻米，低头瞅了瞅。

"'既然如此，您在我这住下吧。正好也有足够的米可做饭。而且现在是夏天，山里虽然冷，但夜里没有被褥也不碍事的。不管怎么样，您先上来歇歇吧。'

"女子的话还没说完，我便一下子坐了下来。那位女子早已起身站立。

"'师父，有件事情我必须事先交代一下。'

"她的口气似乎不容置疑，令我有些吃惊。

"'好的，好的。'

"'不，不是别的事情，我有个怪癖，喜欢打听来自京城的消息。即便您闭口不言，我也会胡搅蛮缠地问个不停，但你千万别说。即便我要你务必说一下，你也要拒绝，不要跟我说。这一点务必牢记。'

"她的话中好像另有隐情。

"我觉得女子说的话高深莫测，由于不是很难遵守的戒律，我唯有点头应允。

"'好的，不管你说什么，我都会记得您的叮嘱。'

"那妇人瞬间变得和气起来，说道：

"'快，快到这边来，虽然有点脏，您好好歇息。我帮您

去打盆洗脚水吧。'

"'不，那倒不用。请借我一块抹布。啊，还有，如果方便的话，把抹布淋湿就更好了。我途中遭遇很多，现在难受得很。我想擦一擦背，不好意思啊。'

"'是啊，浑身是汗，一定很热吧。请稍等。对于旅人而言，洗个热水澡是最好的享受了。可是，别说是热水澡了，我这里连像样的茶水都无法招待您。不过您顺着屋后的岩石下去，那里有一条河，水很干净。您干脆下到河里冲个澡吧。'

"听她一说，我便想飞奔而去。

"'哎，那太好了啊。'

"'那么我带您过去吧。正好我也要到河边淘米。'说着，女子将那个水桶抱在腋下，穿着草鞋从走廊出来了。之后，弯下腰瞅着木板廊檐下面，拽出来一双旧木屐。女子啪的一声将木屐合在一起，擦掉灰尘，摆在我面前。

"'请穿吧。草鞋放在这边。'

"我举起手朝着女子行了礼。

"'不好意思，真是太感谢了……'

"'您能到此也算是我们前世有缘，您千万别客气。'这女子兴致勃勃地说道。"

十二

"'快,跟着我到这边来。'那女子怀抱米桶将手巾夹在细绳处走去。

"她扎好蓬松的头发,头上夹着梳子,用发簪固定住。她的姿态别提多优美了。

"我快速脱掉草鞋,换上旧木屐,从走廊离开时,正好与之前提到的那位白痴先生四目相对。

"那白痴同样毫无顾忌地看着我。口齿不清地说着什么话。

"'姐姐,这,这……'说着,他慵懒地抬起手,抚摸着头发蓬乱的脑袋。

"那位女子上窄下宽的脸庞上现出酒窝,连连点头,点了三下。

"'和尚,和尚?'

"那傻子'嗯'了一声,又软绵绵地摆弄他那肚脐了。

"我感到很过意不去,头也不抬,偷偷瞄了一眼,那女子似乎对此毫不在意,我跟在她后面要出去之时,从绣球花后面突然冒出一位老叟。

"那老叟似乎是从后院转进来的,穿着草鞋,腰间坠饰用长绳子吊着,嘴里叼着烟袋,站立在绣球花旁。

"'师父,你过来。'

"女子看了看那边,说道:'大爷,您怎么了?'

"'你说的那个又笨又蠢的家伙,本来就是自作聪明爱上当的人。我凭借自己的一张嘴,巧妙地周旋之后成交了,明天小姐应该就能收到一大笔钱,花上两三个月不成问题。'

"'拜托了!'

"'明白,明白。哦,小姐你去哪里?'

"'去一趟山崖的水边。'

"'你带着年轻和尚,别让他掉到水里了。我在这里等你。'说着,他侧身坐在廊沿上。

"'你看你,怎么说这种话。'女子看着老叟,微笑着说道。

"'我还是一个人去吧。'我退到一边。

"'哈哈哈哈,去吧,你快去吧。'老叟哧哧笑着说。

"'大爷,今天有两位稀客。这种时候,有可能还会来客人。次郎一个人也招呼不好,我回来之前您能不能在这里休息一会儿?'

"'当然好了。'老叟说完,来到少年身边,以铁锤一般的拳头在少年后背猛地一击,白痴先生的肚子一阵乱颤,咧着嘴笑了。

"我吓一跳,把脸背过去,那女子却满不在乎。

"老叟张开大嘴说:'趁你不在家,我要把这当家的偷走啦。'

"'好,那样你就立功了。师父,我们走吧。'

"我觉得那老叟在背后盯着我。我按照女子的引导,沿着墙根走去,背对着绣球花的方向。

"不一会儿,我在后院的左边看到了马厩。哐当哐当的声音应该是马踢木隔板的声音。那时候天色已经暗了下来。

"'师父,我们从这里下坡。这个坡不滑,但路很难走,您慢点走。'"

十三

"我想应该是从那里下去。那里的松树又细又高,十来米以上的地方一个树杈也没有。我穿过那片松树林,向上仰望,挂在树梢上的月亮形状并没什么奇特。

"走在前头的女子已不见踪影,我抓住松树树干一看,她就在坡下面。

"她仰着头说道:'这是陡坡,您要当心。您穿高齿木屐可不行,可以的话,我给您换成草鞋吧。'

"也许她误会我走在后面是不太愿意往前走了。其实,我即便是连滚带爬也想早一点去把水蛭的污垢洗掉。

"'什么?要是不行我可以光脚,您别在意,让小姐您为我担心,十分抱歉。'

"'您管我叫小姐?'那女子抬高嗓门,笑得很娇艳。

"'是的。我听刚才那位老大爷是这么称呼您的。难道该叫您夫人吗?'

"'不管怎么说,我的年纪可以做您的婶子啦。算了,快点走吧。草鞋当然好,但上面有刺,不好穿。而且,草鞋湿漉漉的,会使您穿着时心情不好。'女子面朝那边说着,突然将和服的衣襟撩起。雪白的肌肤隐约可见,走起路来像白霜消融一般。

"我们快步走下坡路,旁边草丛中蹦出来好多癞蛤蟆。

"'哎呀,真恶心!'我这么一说,那女子把脚尖踮起来,向对面飞奔过去。

"'我这里有客人呢,你们这群癞蛤蟆还往脚上爬,太过分了。你们吃虫子就够了。师父您快点走。这些癞蛤蟆不会把您怎么样的。在这个地方还有这种东西,也太讨厌了。太丢人了,这可不行。'

"癞蛤蟆又都钻进草丛,那女子快步向前。

"'快,走这上面。地上的土松软,会陷进去的,不能走。'

"好像草丛中有棵大树倒下了,露出树干。虽是圆木,但非常粗,穿木屐走在上面也无妨。走过这段圆木,马上就听到了水流声。不过,走这段圆木却花费了很长时间。

"仰头一看,松树已不见踪影。月亮一直低垂,半挂在刚才走下的山顶上,月影皎洁,仿佛伸手可及,但实际上高不可测。

"'师父,请到这边。'

"那女子说完,深吸了一口气,站在前边等待。

"那里是一片岩石,山谷的水落在岩石上,形成一片水潭。河流宽约两米,水面美丽如玉,靠近水边,水声并不大,在远处反而声音极其响。

"对岸又是一座山的山麓,山顶处漆黑一片。月亮自山腰照射到山脚,在其的映射下,周围可见大大小小的石头,有的像海螺,有的像宝剑,有的像蹴鞠,目光所及,尽是越来越巨大的岩石,浸入水中,宛如小山。"

十四

"'正好,今天涨水,不去中间也可以汲到水。'女子站在一块扁平的石头上,雪白的脚光溜溜的,脚趾浸没水中,脚趾尖弯曲。

"我们站立的山脚下临水,形成一个天然洞,这块扁平的岩石好像嵌在洞穴边。既看不到上游也看不到下游,水流在对面那座石山上呈弯曲状。在上游方向,每隔三五尺就有一块巨石,河水断断续续将岩石包缝住,渐渐远去,若隐若现。每块岩石都沐浴着月光,像穿着银色的铠甲,眼前的河水翻滚着白浪,像梳理着不断晃动的丝线一般。

"'这水流真好!'

"'是啊,这水流的源头是瀑布。经过这座山的人都能在某个地方听见大风一般的声音。师父您在走这条道时没注意到吗?'

"果然,在进入水蛭森林之前听到一些声音。

"'那声音不是风刮到森林时发出的吗?'

"'不是。虽然大家都这么认为。从那片森林走约三里路,在进入岔道时,那里有个大瀑布。听说那是日本最大的瀑布,道路险峻,所以没有人走到过那里。听说那瀑布水流汹涌,正好距今十三年前,发了恐怖的洪水,连这么高的地方都被河水淹没了。山麓的村庄房屋一个不剩全被冲走。这里叫上洞村,原有二十几户人家。这条河也是那时候形成的。

您看，像这样，石头都被冲走了。'

"那女子不知何时已淘完米，她衣衫凌乱，隐约可见乳头。胸部高耸，蓬松柔软。高鼻梁，嘴巴紧闭，眼神迷离地望着山顶，月光仍旧照在半山腰那累累岩石上。

"'这样看来，现在我还是觉得有些恐怖。'她弯着腰在洗手。

"'师父，您是个讲究人，法衣弄湿了会不舒服的。干脆把衣服脱了洗吧，我来给您搓背吧。'

"'不，不必了。'

"'别客气了。您看看，您法衣的袖子都湿了。'说着，那女子突然从后边把手放在衣带子上，不顾我扭着身子往后缩，恶狠狠地把我的法衣脱掉。

"我的师父对我很严格。我也一向潜心修行，我从未脱光过衣服露出身体，尤其是在女人面前。我就像蜗牛被整个剥去了壳。我一时不发言语，连手脚都动弹不得。我弓背并膝，缩成一团，此时那女子将脱掉的法衣挂在旁边树枝上。

"'法衣就挂在这儿吧。来，我给您搓搓背，您别动啊。您称我为小姐，作为回礼，婶子我就好好伺候伺候你。你这个冤家。'说着，用门牙将一只袖子往上叼得高高的，明目张胆地将她那如玉般的上臂放在我背上，却没有动作。

"'哎呀!'

"'怎么了?'

"'整个背部像长满了痣。'

"'哎,是的,那是我遭遇的劫难。'

"这件事哪怕想一想都觉得毛骨悚然。"

十五

"那女子一脸惊讶,说道:

"'你一定在森林里遭了难。旅行的人说飞驒山上下起水蛭雨,应该就指那里。师父您难道没抄近路,直接从水蛭的巢穴过来的啊。真是有神明保佑您。因为不管是马还是牛都被水蛭吸干了血。现在您是不是又痛又痒。'

"'最近只剩下疼了。'

"'你用这东西擦,柔软的皮肤会搓破的。'说着,女子的手像棉花一般抚摸我的后背。

"然后女子在我双肩、背部、侧腹、臀部上哗哗地泼水,为我擦洗。

"要说这水是不是冰凉透骨,倒也不是。虽说现在是暑热时节,按道理说也不算热。可能是我热血沸腾,也可能是女子身体散发着热气,在她的抚摸下,我感到一股暖流,难怪别人说温柔之水才是最上乘的。

"当时的心情别提多畅快了。虽然并不感到困倦，但开始想打盹。伤口的疼痛消失，神志模糊。女子的身体紧贴着我，我感觉自己被裹进了花瓣中。

"单从相貌上说，女子不似山野村妇，就算在城里也数一数二。她看起来有些柔弱，在给我搓背时总是悄悄喘着粗气。我想让她停下来，但我精神恍惚，虽注意到她搓澡吃力，但还是任由她为我洗下去。

"一阵微微的清香从背后飘来，也不知道是山上的气味还是女人的体香，我更加心醉神迷。"

说到这里，大师微微停顿了一下，随后续续说道：

"哎，你离得近，请把灯芯挑亮些。太暗的话，这故事听着就显得下流了。现在开始我依旧会把事情的原貌讲给你听。"

灯光昏暗，以至于和我并枕的大师的脸都看不清了。我赶紧将灯芯挑亮，大师微笑着继续开讲。

"就这样，不知不觉我陷入如梦如幻的感觉中。仿佛全身被柔软的花朵紧紧包围。从脚、手、肩膀、脖颈渐渐到脑袋，我整个人都陷进去了。我大吃一惊，忽地坐在石头上。脚落入水中，我以为自己掉入河里。正在这时，女子的手从后面越过肩膀按在我的胸口,将我牢牢地抱住。

"'师父,在您身边,我有没有汗臭味儿?我特别怕热,给您搓个背还很热呢。'我慌忙挪开她放于我胸口的手,直愣愣地站了起来。

"'对不起。'

"'哪里哪里。没人看见的。'女子满不在乎地说。不知何时,已经脱掉和服,全身裸露,皮肤光滑得像丝绸。

"我怎能不感到惊讶!

"'我这么胖,天气又这么热,不好意思啊。这些天,我每天来这里洗上两三次。要是没有这河水,该怎么办呀。师父,给你毛巾。'说着,递过来拧好的毛巾。

"'那您就擦一擦脚吧。'

"不知过了多久,我擦拭好身体。现在说这些话,还是让我有些惶恐,哈哈。"

十六

"的确,仔细一看,那女子和穿和服时不同,浑身是肉,体态丰腴。

"'刚才我去马厩照料马匹,身体上都是马的鼻息味,令人不快。正好,我也来洗一洗吧。'

"她讲话的语气像极了姐弟之间的私密话语。

"她抬起手按住黑发,用毛巾使劲擦拭腋下,之后双手将毛巾拧干,站了起来。那用灵水清洗的肌肤如雪般洁白。原本附在女人身上的香汗,估计早已化作芬芳飘散了吧。

"她反复梳着头,说道:

"'哎呀。我可真不像一个妇道人家啊,这要是掉进河里可怎么办?要是被冲到下游的村子里,不知村里人会怎么说呢?'

"'会以为是白桃花。'我突然想到这句话,无意中说了出来,之后我俩四目相对。

"她高兴地微微一笑,看起来天真烂漫,年纪仿佛年轻了七八岁,带着处女的娇羞低下了头。

"我将目光移开,那女子的娇躯沐浴着月光,在轻烟的笼罩下,那娇躯映在对岸因水花而湿润光滑的黑色巨石上。

"尽管我在夜里看不太清楚,但似乎地上有个洞穴。一只足有鸟那么大的蝙蝠扑棱棱飞过来,将我的视线挡住。

"'喂,这可不行啊。有客人呢。'

"女子冷不丁叫出声来,扭动着身躯。

"'你怎么了?'我已经穿好法衣,壮着胆子问道。

"她只说了句'没什么'。说完后害羞地转过身去。

"此时,有一只小狗大小的鼠灰色的东西小步快速走了过来。我正惊讶时,它横着跳过山崖,趴在女子的后背上。

"女子腰部以上被挡住了,这个东西抱住了她。

"'畜生,你没见有客人吗?'女子声音中带有怒气。

"'你们这些家伙太狂妄了。'她怒斥着,回过头那一瞬间,击打了想从腋下偷窥她的动物。

"那动物发出吱吱的奇怪叫声,向后方腾空飞起,用长长的胳膊垂吊在刚才挂着法衣的树枝头上,转眼又一个翻身,站在树枝上,就那样在树上窜来窜去,这不是猴子吗!

"但见那猴子在树枝上来回攀爬,很快又爬到需要仰头才能看到的高处。不一会儿,它又到了树梢上,弄得树枝沙沙作响。

"透过稀疏的树叶往上看,月亮已离开山顶,照在了树梢上。

"女子有些生气了。因为刚才的恶作剧,不,是因为多次恶作剧。先是癞蛤蟆,接着是蝙蝠,现在又来了一只猴子。

"看来这些恶作剧使女子极度不快。哪怕是小孩子的玩闹,次数多了,也会让人恼怒。

"她真的生气了。

"她面带怒色不耐烦地穿着和服。我什么也不敢问,弯着腰一声不吭地站在那里。"

十七

"女子温柔中带着强悍,看似随便,实则沉稳。容易亲近,不易侵犯,气质高雅,对任何事情都处变不惊。这等极品女子若表现出娇媚之态,杀伤力一定极大。我心中暗自琢磨,现在可不能因小失大,被这女子讥笑一番。于是越发感到慌张无措。不过,做起来比想的要简单。

"'师父,您大概会觉得好笑吧。'她好像想起什么似的,愉快地笑着说。

"'我没有办法嘛。'

"她和刚才一样,不再见外了。女子已经系好了和服的腰带。

"'那么,我们回家吧。'她说着便把淘米桶夹在腋下,蹬上草鞋,向山崖走去。

"'危险!'

"'没事,我已经很熟悉这里的情况了。'

"我原以为自己已经很了解这一带的路况了,但实际攀登时才发现,山崖很高,出乎意料。

"不一会儿,又要走过那根大圆木,刚才也说过,躺倒在草丛中的圆木，表皮像鳞片一般。所以人们会把松树比喻为蟒蛇。

"特别是走在山崖上时，这棵树扭曲的样子很像一条巨蛇，一条来历不明、头与身隐于草丛的巨蛇，那月光下的情景令我至今难忘。

"走山路时我想到此事，不由得双腿僵硬。

"女子格外关心走在身后的我。

"'您过这里时，不要往下看。下面的山谷太深，感到头晕目眩就糟了。'

"'好的。'

"在这里不能磨磨蹭蹭，我不禁在心中嘲笑自己，便走了上去。为了让路人踩稳，山崖上刻了凹痕，只要神志清晰，穿着高齿木屐也可以通过。

"可是，我的脚步并不稳，踩上去便开始摇摇晃晃，几乎要滑倒，伴随着一声大叫，我整个人跨坐在上面，腰被硌得生疼。

"'啊，真不争气呀！穿高齿木屐往上爬有些困难，您换成这个吧。'

"从刚才开始，我便不由得对这个女子心生敬畏，不管是好是坏，都甘愿听从她的建议，便按照她说的换上了草鞋。"

"之后的事情,你可要仔细听好。

"那女子是穿着高齿木屐,牵住我的手。

"我顿时觉得身体轻了许多,跟在她后面走,转瞬之间来到那座孤宅的后门。

"迎面有人打招呼。

"'哎呀,我原以为法师会遇难呢。没想到您竟然安然无恙地回来了呀。'

"'说什么呢!阿伯,家里情况如何?'

"'时间刚刚好。太晚的话我就不好赶路了。我该把阿青牵出来,准备回家了。'

"'让您等了这么久。'

"'说什么呢!你去看看吧,当家的挺好的。哎呀,以我的能力,根本说服不了他。哈哈。'老叟大笑着说些无意义的事,一步步走向马厩。

"那个白痴在原地仍然保持原样,活像一个软趴趴的海蜇。"

十八

"传来马的嘶鸣声。老叟将一匹马牵到门前,就算站在门廊上也能感受到马蹄的震颤。

"他抓着辔头,叉开腿站在跟前。

"'小姐,那我就回去了。您多给大师做点好吃的吧。'

"女子把灯笼拉到炉边,低着头正在给灶台生火。她抬起头来,将拿着火钳的手置于膝盖上,说道:

"'辛苦你了!'

"'哪里。承蒙您的厚爱。'老叟拉住那粗粗的缰绳。这匹青花马没有鞍子,虽看起来健壮有力,却是一匹鬃毛稀疏的公马。

"虽然我对马匹也不觉得稀罕,就这样站在白痴身后,却觉得无趣。在马匹即将被牵走时,我突然走到走廊边儿,问道:

"'那匹马要牵到哪里?'

"'哦,要把这匹马拉到诹访湖畔的马市。接下来,我要沿着您刚才走过的山路走,差不多明天一早能到。'

"'师父,难道您打算今后骑着它到处云游啊。'

"女子慌忙插话对我说。

"'不,不敢。作为修行之身,我岂敢骑着马让自己歇脚。'

"'好像这匹马不喜欢人骑它。大师您可是捡了一条命。

今天晚上你就老老实实待在小姐的房子里，再见，我先走啦。'

"'哎！'

"老叟喊了声'畜生！'可马却不动弹。老叟战战兢兢将他那大长脸转向我们这边，不停地看着。

"'驾！驾！驾！畜生！毕竟是兽类。唉！'

"老叟向左右扯缰绳，马像是脚下生根似的，稳稳站立，纹丝不动。

"老叟非常焦急，又是敲又是打，在马身体周围转了两三圈，马却毫不动弹。当他用肩膀靠在马肚子上时，马才终于抬起前蹄，随后却又将四蹄撑在原地。

"'小姐，小姐。'

"老叟叫着她，女子稍微站起，躲到被熏黑的粗柱子后面，不让马儿看到她。

"其间，老叟拽出腰间那又软又黑的毛巾，擦拭着额头上的汗水。马却依然如故，不肯动弹。于是，老叟双手抓住缰绳，并拢双脚，挺起胸脯，哼的一声使出全身力气。结果出人意料。

"那匹马发出惊人的嘶鸣声，两只前蹄腾在空中，老叟个头很小，仰面摔倒。月夜里瞬间扬起尘土。

"可能白痴觉得这个十分可笑吧。他伸直了脖子,张着厚厚的嘴唇,露出大牙,垂在空中的那只手像扇风一般不停摆动。

"'真是麻烦!'

"女子说着这话,趿拉着草鞋来到外面。

"'小姐,您别误会。不关您的事。这畜生似乎俗缘未了,一直盯着大师呢。'

"'俗缘'。这个词令我吃惊。

"于是,女子问道:

"'师傅,在过来的路上,您有没有遇见过什么人?'"

十九

"'没错,在岔路口跟前遇见富山县一个卖还魂丹的人,但他比我先行了一步,也是走的这条路。'

"'啊,是吗?'女子露出会心的微笑,转头去看那匹青花马。以一种忍俊不禁的粗俗姿态笑着。

"看起来她很好相处,我问她:

"'是不是卖药的也来过这里了?'

"'不,我不知道。'说这话时,女子露出一种难以侵犯的气质。我噤口不言,女子看着老叟放弃尝试,在马前蹄跟前拍着和服的灰尘，说道：

"'真是没办法！'说着解开腰间细带，带子的一端即将落地时，她又抓住，显得有些犹豫了。

"'啊，啊。'白痴发出浑浊的声音，伸出他那只摇摆不停的手。女子将衣带递给白痴。白痴的双膝像摊开一块包袱皮似的，软趴趴的看不出形状。他把衣带盘在膝盖上，像守护着宝贝一般。

"女子拢紧衣服领口，捂住胸部，静静地走向马的旁边。

"我只是目瞪口呆地看着，女子踮起脚尖，伸展身体，双手轻轻地抬起，抚摸着马鬃。

"她笔直地站在那匹马的正面，个子仿佛也突然高了不少。女子目不转睛，双唇紧闭，双眉舒展，像熟睡一般，脸上失去了所有表情。什么可爱、娇媚、亲切，全都不见了，让人不知她是神是魔。

"深山里的雾气缓缓升起，笼罩过来，仿佛世间万象都在窥视着眼前的情景，包括对面的山峰和背后的群山。那个美丽的女子就站在老叟右侧，与马静静相对。

"吹来一阵温暖的风，女子便将左肩处的和服褪去一半，又抽出右手，解下单衣，卷起来握在手中，捧在丰满的胸部前面，身上一丝不挂。"

"那匹马的脊背和腹部都松弛下来，全身大汗淋漓。撑着地的四蹄也没了劲，浑身打战。只见它鼻子着地，吐出一堆白沫儿，紧接着就要弯曲前腿下跪。

"此时，女子将手托住马的下巴，另一只手将拿在手里的单衣轻轻抛出，蒙住马的眼睛。说时迟那时快，女子如矫兔般仰着脸向后翻身，仿佛带着妖气。在朦胧的月光下，原以为她的身体夹在马蹄下，然而她很快退出来了，闪电般地钻到马腹下。

"老叟看起来早已心领神会，趁此契机拉住缰绳。那匹马便飞快地跑了起来，在山路上越走越远。

"女子已披上和服走到走廊上，她突然想要取回腰带，但是白痴有些舍不得，按住腰带不放，抬起手来想要摸女子的胸部。

"女子冷冰冰推开他的手，怒视着他，白痴失望地垂下了头。所有光景在灯笼的光亮之下显得如梦如幻。灶台里燃烧的柴火火苗蹿动着，女子快步跑去照料。马夫的歌声从很远处传来，仿佛他们此刻已经置身于月亮的另一面了。"

二十

"到了吃饭时间。端上来的有山野人家自己腌制的咸菜、生姜和炖裙带菜，还有叫不上来名称的菌类酱汤。这些菜肴显然是胡萝卜和萝卜干比不了的。

"东西虽少，却是很好的自家菜肴。肚子早就饿了的我只管狼吞虎咽。她将托盘置于膝盖上，双肘支在上面，托着双腮，高兴地看着我。

"没人理睬走廊那里的白痴，他可能忍受不了太过寂寞，便挺着他那大肚子膝行至女子身边，也不确定他是不是盘腿而坐，他不停地看着我的饭菜，用手比画着。

"'呜呜，呜呜。'

"'你这是干什么呀？你回头再吃吧。家里有客人！'

"白痴一副可怜相，歪着嘴，直摇头。

"'你不愿意？没办法呀！那就一起吃吧。师父，请您多多见谅。'

"我不由得放下筷子，说道：

"'快请吧，别介意。让你们费心了。'

"'师父，您说的什么话啊！'

"'你这孩子，一会儿你跟我们一起吃就好了，真烦人！'她依然态度殷勤，麻利地把另一份饭菜做好端上来了。

"她添起饭来也手脚麻利，像是娴熟的主妇。而且总觉得她既文雅又有品味，出身名门。

"白痴抬起呆滞的双眼,瞅着饭桌上。

"'好了,好了!那种东西随时能吃,今晚家里有客人呢!'

"'唔,不要,不要。'白痴直晃肩膀和肚子,差点儿哭出来。

"女子拿他没办法,我在旁边都觉得于心不忍,便殷勤地说道:

"'小姐,我不清楚他所要何物。就做给他吃吧。您太照顾我,反而让我觉得过意不去。'

"白痴想哭时,女子怨恨般地斜视着白痴,从破烂不堪的橱柜中取出装在盘子里的饭菜,快速摆在白痴面前,并又一次训斥道:

"'就不能不吃吗?这些菜不好吃?'

"白痴像故意似的撒着娇,说了一声'好',并强装笑脸。

"我不知道那是什么,但应该不是什么蛇鼠、幼猴之类的,最多就是个山蛤蟆干吧。我悄悄一看,白痴一只手拿着碗,另一只手从碗里抓出陈年腌萝卜干。

"而且,萝卜干不是切碎的,有一根手指粗细,白痴便横叼着开吃了。

"女子可能觉得招待不周,偷偷看着我,马上满脸通红,仿佛初涉尘世。尽管她不会轻易害羞,但她用放在膝盖上的毛巾一端掩住了嘴。

"估计就是这个原因,那年轻人才会胖成那副德行吧。不一会儿,他便很轻松地吃完饭菜,连口水都不喝,呼哧呼哧地朝着前方喘气。

"'不知该怎么形容,我感觉呼吸困难,根本没有食欲,我等会儿再吃吧。'

"女子自己连碗和筷子也没碰,便把我们的食案收拾了。"

二十一

"我很没精神地坐了一会儿。

"'师父,想必您已累了吧。休息下吧。'

"'谢谢!我还一点也不困呢。刚才洗了澡,疲劳一扫而光。'

"'那条河能治百病。即便我历尽辛苦,血气全无,只要在那条河里泡上半日,便会变得健康水灵。接下来就要入冬了,山上结冰,河流和山崖全部都会被雪覆盖。只有洗澡的地方,仍可见到水流,照旧冒着热气。

"师父可知,无论是受枪伤的猴子,还是腿折了的夜鹭,各种动物都会到那里洗浴,山崖上的路就是被它们走出来的。那河水一定很有效吧。

"如果您不是很累,就这样陪我说说话吧。您也可以解解闷。真是惭愧,成天困在这深山里,都忘记怎么说话了,心里空荡荡的。

"师父,如果你犯困了,就不用陪我说话了。我这里很简陋,但是绝没有蚊子之类的东西。城里人经常嘲笑山里人,说山里人看到挂的蚊帐,都不知道怎么进去,还大声喊着用梯子爬呢。

"'如果您不想早起,无须担心钟声鸡鸣,这里连只狗也没有,您就安心睡吧。

"我家男人在这个山里长大,虽然没见过世面,但他是好人,你不用顾虑他。

"不过,要是遇到装束奇特的人,他也知道很郑重地行礼。他还没向您问候呢。最近他身体倦怠,有些怠慢了。别看他外表呆傻,心里什么都知道。

"快,快来跟师父打个招呼。哎呀,忘记怎么行礼了吗?'女子亲切地走近,看着白痴的脸,兴冲冲地说着什么。白痴晃荡着双手,伏在地上,猛然行了一个礼,像发条断了一般。

"我说'好',却感觉心中发堵,低下了头。

"正当白痴俯下身子的瞬间,身子似乎失去控制,横着就要倒下。女子温柔地扶起他,说道:'哎呀,你做得很好。'脸上的表情似乎也非常满意。

"'不瞒师父,让我家男人做什么都可以,就是这个病无法治愈,不管是医生还是那河水,都治不好他的病。他双腿站不住,即使想让他记住什么,也无济于事。而且,您也看到了,连让他行个礼都那么困难。

"'教他东西,他记起来很费事,我也很苦恼。我觉得那只是在折磨他,就什么也不做了。但时间久了,他竟连挥手和说话都忘了。不过幸好他还会唱歌,至今仍记得两三首歌。来,给客人唱上一首。'

"白痴看着女子,又目不转睛盯着我看,一副认生的样子,摇了摇头。"

二十二

"那女子不肯放弃,连哄带骗地劝他,白痴才歪着头并抠着肚脐唱了起来。

高高木曾山，

夏日三分寒。

送君夹衣裳，

再添布袜穿。

"'歌词记得很牢啊！'女子倾听着，微微一笑。

"真是不可思议，唱歌时白痴的声音跟平时有天壤之别。不仅音调婉转，抑扬顿挫，且换气自然，声音清澈明亮，真难想象竟出自这个白痴之口。听起来像是白痴的前世之身从冥界用管子透过他那肥大的肚子，送到喉咙里一般。

"我毕恭毕敬地听完，将手一直放在膝盖上，无论如何也不敢抬头看这两个人。我感觉胸口难受，不禁流下眼泪。

"女子很快发觉了，问道：'哎呀，师父，您怎么了？'突然之间，我一时语塞，半晌才说出话来：'嗯，没什么特别的。小姐的事儿，我没什么可问的，小姐你也别问我了。'

"就这样，我没讲流泪的原委，只是心怀感慨。实际上，我早已看出，这女子丰满艳丽，本应穿金戴银，住豪宅，伴于富家公子之侧。可是眼前的她却对自己的男人不离不弃，体贴有加。虽然这些与我无关，但我深受感动，不由得流出眼泪。

"善解人意的女子马上理解了我的想法，说道：'师父真是和善。'目光中饱含难以言表的神色。我垂下头，她也低下了头。

"哎呀，灯笼又昏暗了些，这大概是因为白痴的缘故。

"许久没有对话，场面颇显尴尬。唱歌的白痴或许感到很无聊，于是打了个大哈欠，似乎足以将眼前的灯笼吞下。

"他摇晃着身体说：'我要睡觉，我要睡觉。'

"'困了吗？你要睡觉了？'女子问道。她环顾四周，像突然发现什么似的。屋外宛如白昼般明亮，月光洒进这敞开门的房子里，紫阳花的颜色显得青白夺目。

"'师父，您要休息了吗？'

"'是的，给您添麻烦了。'

"'那我就先让他睡下。您自便吧。现在是夏日，这里虽然离外面近，但还算是宽敞的地方。您在这里好好休息。稍等片刻。'说着，女子站起身来，快步走向外面。因为她的动作过于快速，一瞬间一头黑发散乱在脖颈处。她一手拂发，一手扶门，眼看着门外自言自语起来。

"'哎呀！因为刚才的折腾，梳子弄掉了。'

"没错，就是钻马肚子时，梳子掉在了地上弄丢的。"

二十三

这时,下面的走廊处响起脚步声,有人轻快地迈着大步,因为周围寂静,所以听得很清楚。

不一会儿,那人似乎已小解完毕,听见打开挡雨板的啪啦声。还有长柄勺碰到洗手盆的声音。

"哎呀,积雪真厚啊。"旅店老板自言自语。

"哈哈,看来那个若狭的商人住在某处了吧。或许此刻正做着愉快的梦呢。"

"你接着说后面的故事吧。"偏偏在这个时候停下,作为听众的我心急火燎地催促了一句。

"当时,夜也深了。"僧人又开始讲起来。

"大概你也能猜得到。不管多么劳累,在我刚才说的深山孤房里也是难以入睡的。而且我有些担心,有些事情让我睡不着,我一直强迫自己瞪大眼睛。可是由于实在太劳累了,意识开始有些模糊了。毕竟离天亮还有很长时间。

"于是,最初我还不由得盼着听到钟声,结果过了很长时间,什么都没听到。正在我心中感到疑惑时,才意识到这样的地方哪来的山寺,不禁有些胆怯。

"如果将夜晚比作某种东西的话,那就是深渊。我有一种异常强烈的感觉，不是白痴那没节制的呼噜声，而是似乎有动物在屋外。

"似乎是兽类的脚步声，而且是从很远的地方来的。为了安慰自己，我只能想，在这样的山野之外除了猴子和癞蛤蟆，有兽类也正常，可我心里始终惴惴不安。

"过了一阵子，我感到有动物正靠近大门，而且还听到羊的叫声。

"我的枕头朝着这边，也就是说枕头边上就是门外。过了一会儿，右手边那开放的紫阳花下面，传来了小鸟振翅的声音。

"有类似老鼠的东西在屋顶上吱吱地叫着。伴随着牛的叫声，从远处有东西在逼近，使人觉得是穿着草鞋的两脚动物。我的天！形形色色的野兽把房子围得水泄不通！有二三十种动物的鼻息声和振翅声，还有窃窃私语的声音。简直该怎么形容呢？对，那张门板简直成了腋下的一个通往地狱的畜生道！对面鬼影憧憧，落叶萧瑟，混乱不堪。

"一声长长的喘息声从仓库传来，我赶紧屏住呼吸，那女子似乎在做着噩梦。

"她叫喊道：'今晚有客人的。'

"'不是说了有客人吗？'

"过了一会儿，第二次声音清楚而洪亮。用极小的声音说：'有客人。'之后传来女子翻身的声音。

"门外野兽似乎故作喧嚣，我感到一阵地动山摇。我赶紧平心静气地念起《陀罗尼》咒语：

> 不顺我咒者，说法人亦恼。
> 七分头颅破，形同阿梨树。
> 罪如弑父母，恶油殃亦如。
> 斗秤欺终生，调转僧罪破。
> 如犯此法师，罪祸当如是。

"咒语一念，顿时狂风乍起，刮向南方。转瞬之间屋外便寂静无声，女子的卧房也恢复了平静。"

二十四

"次日中午时分，在靠近村子的那个有瀑布的地方，我再次遇见之前去卖马的老叟。

"当时正好是我意乱情迷之时，我决定放弃修行，返回孤房，和那女子共度余生。

"说实在的，在来这里途中，我一直在思考这件事。幸好，没有再遇到蛇身桥和水蛭林。虽然道路艰辛且汗流浃背，但事到如今，我感到到处云游也很无趣。就算有朝一日身披紫色袈裟，入住大雄宝殿，又有何用。被人说是活菩萨，被信徒叩拜，也不过是因为人的热气而感到闷热和恶心罢了。

"说起来，这些话有些难以启齿。刚才说别的事情了，没说这件事。昨晚那女子让白痴睡下后，又回到炉边，劝我说何必受那修行之苦，这儿冬暖夏凉，不如在这条河边陪她共度一生。如果仅靠她这几句话就令我改变初衷，倒像是我着了魔似的。在这里，我能给自己找的理由便是：这个女子实在太可怜了。在深山的孤房中陪白痴度日，随着时间的推移，恐怕以后都不会说话了，这算什么事啊！

"特别是今早拂晓时分，我想要与她道别时，女子说道：真是舍不得您走啊！您再也不会回到这里见我了。您若以后在某处看到白桃花瓣在溪水中漂动，您就当是我的身体，我便是那破碎的千瓣万片，坠入山涧之中。女子说着，神情憔悴，但她还是亲切地给我指路：只要您沿着这条山溪走，不管多远，都能到达村庄。如果看到眼前水花翻滚，瀑布飞落，便离有人之家不远了，您就可以放心了。女子带着我走了好远，直到看不见那孤房。

"即便不能牵手相伴，只要能陪伴在她身边，朝夕相伴，以蘑菇汤佐餐，我也愿意啊。我烧柴，她做饭，我拾果，她剥皮，然后在拉门内外聊天、嬉笑，在山溪里游玩，女子裸露身子，暖暖的气息从我背后吹来。我被包围于带着异香的花瓣之中。如果是这样，我死而无憾！

"心中想着这些，每当看到瀑布时，我便难以忍受，不，是汗水如雨点般落下。

"况且，我精神涣散不堪，肌肉松弛无力，已经不愿意前行赶路。虽然靠近了村庄应该高兴才是，可遇到的只不过是一位满嘴口臭的阿婆和被招待了一杯粗茶。我已不愿进入村子，便跪坐在石头上。正好眼睛下方就是瀑布，后来一打听，这瀑布名为夫妻瀑。

"正中间有块尖尖的黑色岩石凸出来，像凶猛的鲨鱼张着大嘴。从上面奔涌而下的山溪水，碰到岩石上，分成两股，形成四丈高的瀑布，轰然落下。瀑布像在蓝天下织出白布，箭一般飞奔至村庄。被岩石阻断，山溪水变为两股，流动的样子稳而不乱。宽的有六尺宽，另一方稍窄则约三尺宽，瀑布下方排列着众多岩石，下落的水流像玉帘被击碎成千百条珠玑，在那块鲨鱼般的岩石上冲刷着。"

二十五

"瀑布分成男、女瀑布,女瀑布不惜越过岩石,也希望与男瀑布相抱。但是,由于中间被岩石阻隔,最终连飞沫也不能通过。于是女瀑布似乎痛苦万分,姿态扭曲变形。这女瀑布,连流动的声音都与众不同,让人觉得她如泣如诉,实在可怜。

"男瀑布那边却是汹涌澎湃,有击碎石头、贯穿地表之势,浩浩荡荡之形,男瀑布碰到第二块岩石分为左右两股落下来,其状令人震撼。女瀑布那令人心碎的姿态,仿佛一女子伏在男人膝盖上哭泣。哪怕人站在岸上,也浑身战栗,肌肉直颤,更何况这水的上游是我和孤房女子共同沐浴之处。可能是心理作用吧,女子那像画一般的姿态清晰地浮现在那条女瀑布中,时而被卷到瀑布里,时而沉下又浮起。她的肌肤随着这数千条水流化为齑粉,化作花瓣般散落。我忍不住大声惊叫。此时,女子又变为原先的完整姿态,脸、胸部、乳房、手足俱全。但是一下子又散落不见,又于转眼间出现在眼前……我忍受不了了,整个人想要头朝下跳入瀑布之中,紧紧抱住那条女瀑布。此时男瀑布发出隆隆巨响,带着山里的回声飞流而去。啊!男瀑布有如此力量,为何不去救她?

我什么都不管了!

"既然这样,与其投瀑布自杀,还不如返回原先的孤房。正因为有污秽的欲望,我有些犹豫。只要能见其面、闻其声,即便他们夫妻同寝时,我在一旁并枕而卧也无妨。这比起辛苦修行,当一辈子和尚要好得多。于是,我下定决心,打算回去,从石头上站了起来。这时,有人从背后轻轻拍了一下我的背。

"'嘿,大师!'由于心中正有非分之想,我大吃一惊,仔细一看,来的不是阎王派来的小鬼,而是那个老叟。

"老叟可能已把马卖掉,一身轻松,肩上挎着一个小包袱,手提一条鲤鱼,长约三尺,稻草穿腮,金色鳞片,尾巴晃动,十分鲜活。仓促之间我不知该说什么好,只能注视着他,老叟盯着我看了一会儿,随后发出一阵令人心生畏惧的冷笑。

"'您这是在干什么?身为修行之人,天气没有很热,不至于在岸上休息吧?从昨晚留宿的孤房到此地只有五里路,如果您一心赶路,应该早已进了村,正拜谒地藏菩萨了。

"'估计您是挂念我家小姐而产生烦恼了吧?哼!你就别瞒我了。即便我眼睛不好,也能一眼看穿。

"'本来呢,如果是个普通人,被小姐用手一摸,用水一浇，早已经不可能保持人形了。

"'一定会变成牛、猴子，或者癞蛤蟆、蝙蝠，总之，除了能飞能跳，再也别想做人了。那天看见你从山谷的溪边回来时，还是人的模样。真是吓死我了。幸亏你道心坚定，所以才得救的。

"'你看见我牵的马了吧？你不是说，在前来孤房的山路上遇到富山县那个卖还魂丹的人吗？你看，那马就是那个大色鬼变的，被我拉到马市上卖了钱，然后又买了手上这条鲤鱼。小姐最喜欢吃鲤鱼了，晚上就把它做成菜。你觉得我家小姐是什么人呢？'"

我不由得插话道："僧人？"

二十六

大师点了点头，低声说道：

"别急，你先听我慢慢说。那个孤房的女子原先跟我有些渊源。还记得我在即将进入可怕魔境之前曾遇到发大水吗？当时在岔路口的地方，有一个农夫告诉我，那里以前是一个医生的宅子，女子便是那医生家的小姐。

"听说在飞弹一带，当时也没有什么稀奇的事。特别要说不可思议之事的话，便是这医生家的小姐，生下来便洁白如玉。

"其母亲长相丑陋,脸部肥胖,眼角下垂,鼻梁塌陷,乳房外翘。人们都好奇,这孩子吸吮那样的乳房怎么会长得如此漂亮?

"后来流言渐起,说古代有传说提到,这种女孩不是房顶上被射入白翎箭,便是被狩猎的贵人看中,被召到宫中。

"其医生父亲颧骨很高,络腮胡子,爱面子,很傲慢。在农村,每当收割稻子时,经常有人将稻穗弄进眼睛里,然后就患了眼病。其实大多不过是眼屎多、眼睛充血、结膜炎之类的。这医生治疗眼病还可以,但说起内科急症,他根本不行。说起外科来,那更绝了,他只会往发油里滴几滴水,涂在伤口处了事。

"精诚所至,金石为开。总有些命不该绝的人痊愈了。此外,这里也没有竹庵、养仙、木斋那样的高人,所以找他看病的还是大有人在。

"特别是当那姑娘长到十六七岁时,正是一生之中最美的年华。人们开始流传一个谣言,说药师菩萨为了了解人间疾苦,降临在那个医生之家。于是,虔诚的善男信女,不,是病男病女蜂拥而至,前来看病,差点挤破他家的门槛。

"据说起因是,刚开始那个小姐每天和熟悉的病人见面,出于亲切与关怀,便问病人:'您的手还疼吗?怎么样了?'一边说一边伸出柔软的玉手抚摸一下。有个小伙子名叫次作哥,患了关节炎,经她一摸,竟痊愈了。有人说肚子疼,她用手揉一揉那人的肚子,喝生水腹泻的剧痛便消失了。刚开始只对年轻男子管用,渐渐对老人也管用了,后来许多女子的妇科病也可以靠这个治好了。即便治不好,疼痛也能减轻。就连切除脓疮这种事,一般的医生用生锈的小刀割开,病人疼得满地打滚,鬼哭狼嚎。但只要那小姐走过来,将胸部紧贴在那人的后背,按住他的肩膀,疼痛便可忍住。

"曾经有一阵子,黄蜂在竹林前的枇杷古树上搭了个巨型的蜂窝。

"医生家里住着一个二十四五岁的年轻人,名叫熊藏,既是家中仆人,也在药房负责打扫房间,还负责抓药配药,另外还兼任车夫送医生到各处出诊。他常常往稀盐酸中兑入糖浆,放入瓶中,偷偷藏在壁橱里。因医生很吝啬,被他发现的话会挨训,为了不被发现,于是熊藏会把紧腿裤、裙裤一起放在橱柜上,一有空便偷偷喝点儿。有一次他说去打扫庭院,便发现了那个大蜂窝。

"他来到走廊,跟小姐说:'我要做件有趣的事给您看。恕我无礼,只要你握一握我的手,我便把手伸进那个蜂窝去抓黄蜂。只要被你手摸过的地方，就算被蜇到也不疼。如果用竹扫帚使劲儿拍打，黄蜂会向四面八方飞散，就对付不了了，如果黄蜂都落到我身上，那我一定会当场死亡。'他嬉皮笑脸地硬是让小姐握了一握他的手。大步走过去时，传来可怕的蜂鸣声。不一会儿，他就走回来了，左手抓回来七八只黄蜂，有的在挥动翅膀，有的在蹬腿，也有正从指缝里往外爬的。

"被那只神手摸过后，仿佛子弹都打不穿。于是这种评价像撒开的蜘蛛丝般传向四面八方。

"或许她的妖术就是那时候开始习得的吧。因为某种内情，后来她委身于白痴，蛰居深山。之后，随着年纪增大，妖术越来越高，运用得更加得心应手。刚开始是摸身体，后来改为只用脚或只用手，最后即便有间隔，小姐吹口气，迷路的旅人也会按她所想，瞬间变化成任意形态。

"老叟询问我：'大师，你在孤房周围见过猴子、癞蛤蟆、蝙蝠、兔子、蛇了吧？那些畜生都是小姐沐浴山溪水时，将他们变成的。'

"可怜啊！我想起来那时候那位女子被癞蛤蟆缠住，被猴子抱着，被蝙蝠吸吮着，半夜被魑魅魍魉袭扰这些事。现在想来我感到胸口难受。

"老叟又说：'那个白痴是来医生家里看病的病人。当时还是孩子，其忠厚的父亲陪同他前来，由长头发的哥哥陪同他从深山里出来看病。他看病的原因是腿上长着很难治的肿疮。

"'他们租住在一间房里，为手术的事忧心不已。因为腿上肿疮可是大事，手术的话会流很多血，特别是孩子，要做手术需要先把身体养好。一开始一天让他吃三个鸡蛋，还配了些膏药助他宽心。

"'每次换膏药时，他父亲、哥哥或者旁边的人动手，会把结的硬痂连皮带肉一起扯下来，而换作小姐去的话，他会一声不吭地忍着。

"'其实，医生无法治疗他的病，便以自己身体虚弱为借口，把手术往后拖一天是一天。过了三天，细心的父亲只留下哥哥，自己穿着紧腿裤，从屋内玄关跪行着退到屋外，穿着草鞋，双手扶地，拜托医生一定要救自家小儿子的命。说完，他便孤身回山里，只留大儿子在这儿。

"'但是，事情依然毫无进展，七天之后，留下来照料的大儿子说现在正好是收割的季节，忙得不可开交，天气又好像要下雨，如果下个不停，稻子则会腐烂，自己一家就会饿死。他身为长子，是家中最能干的，不能就这样待在这里。

陈述完理由后，大儿平心静气地劝弟弟不要哭，然后撇下生病的弟弟，回山里去了。

"'这个留下的孩子其实已经十一岁了，但是登记在村长的户籍本上只有六岁。可能他父亲是这样打算的，如果儿子二十岁需要服兵役的时候，自己已经六十岁了，那兵役就可以免除了。尽管如此，因为孩子是在深山里长大的，村里的话都听不太懂，但他很聪慧，又很听话。他推测每天吃的三个鸡蛋在手术时全会变成血流失掉，他便大哭，但哥哥告诉他别哭，于是他只能忍着。

"'小姐同情他，便让他和自己家人一起吃饭，那孩子只顾叼着腌萝卜条，缩到角落里，让人心生怜悯。

"'终于要做手术了，夜里大家都睡下后，起来解手的小姐看到男孩抽泣，觉得他实在可怜，便抱着他睡了。

"'手术中，小姐像往常那样从后面抱着他，他流着汗，一直忍着刀割般的疼痛，令人佩服。也不知医生哪里失误了，伤口流血不止，眼看着病人脸色变了，生命垂危。

"'医生脸色苍白，惊慌大叫。幸好老天庇佑，终于保住了一条命，到第三天才止住血，但是孩子瘫痪了，不用说，是残废了。

"'男孩拖着身子，看着自己的腿，一副可怜的样子，仿佛蟋蟀将自己被拧断的腿含在嘴里一样，简直让人目不忍睹。

"'最后男孩大哭起来，医生顾忌名声，有些焦急，面目狰狞地瞪着他。只有小姐可怜他，将他抱在怀里，紧抱不放。这种情形令多年来治过许多病人的医生也折服了，医生长叹一口气。

"'不久，孩子父亲来接孩子，他觉得是因果报应，并没有特别责怪别人。但男孩怎么也不放开小姐的手。医生暗自庆幸，辩解了半天，为了安慰孩子父兄，便让小姐送男孩回家。

"'送回去的地方便是这座孤宅。

"'当时那里还是一个村庄，有二十来个住户。小姐来了一两天，被那孩子缠着不让走，从小姐逗留的第五天开始下起了大雨。大雨像瀑布倾泻一般毫不停歇，大家在家里都需要身着蓑笠。别提房顶的修葺，连大门都打不开了，邻居之间只能通过大喊来交流，知道还有人没死。困在雨中的八天堪比八百年，第九天半夜开始刮起大风，风势强劲时，这一带转瞬之间成为泥海。

"'不可思议的是，在洪水中幸存下来的只有小姐和那个男孩，加上我这个从村里一直陪伴他们过来的老叟。

"'因同一场洪水，医生一家人也全死了。于是，当地流言四起，说这么一个美女生在穷乡僻壤，定是社会巨变、改朝换代的前兆。

"'小姐无家可归，只身一人与那男孩一起留在深山中，如大师所见。而且，她一直陪着那个孩子，照顾得无微不至。洪水之后，至今已经十三年了。'

"老叟说完，又露出令人害怕的冷笑。

"'讲了小姐的身世，你可能会产生同情心，觉得小姐可怜，而要帮她砍柴挑水，却随便冠以慈悲、同情之名，想着回到山里，其实您不过是贪恋小姐的美色，想回去与她双宿双飞吧？这行不通的！我家小姐成为那个白痴的妻子后，便不问世事。小姐生活得如意自在，任意挑选男人，玩厌了便吹口气，将其变为野兽。特别是那次发洪水以来，这条溪流穿山而至，简直是天赐神水。没有一个禁得住诱惑的男性，更别提被夺走性命的。

"'常言道，天狗道①中也有三热之苦。小姐若头发散乱，面色苍白，胸脯变瘦，手脚变细的时候，只要到山溪水中沐浴，沐浴后便恢复如初，光艳夺目。其姿色无人能敌。小姐

---

① 天狗道，日本民俗传说中的一个轮回道。相传僧人修持佛法有小成傲慢自恃、不求精进，死后虽然免堕地狱道、饿鬼道、畜生道、修罗道，但不能升入天人道或者轮回人间道重新修行，遂堕入六道之外的天狗道转生为天狗。

招一下手，便有活鱼游来；小姐瞪一下眼，树上的果实便会落下；小姐遮一下衣袖，便会有降雨；小姐舒展一下眉头，风也会刮起来。

"'特别是小姐天生好色，尤其喜欢年轻男子。她肯定对您说过什么吧？你可不要当真，否则很快会被她玩腻。到时你会长出尾巴，手脚会变长，耳朵也变形。

"'我想让你看看小姐做好鲤鱼这道菜，盘腿而坐大口喝酒的可怕模样呀。

"'不要再有妄想，赶快离开这里吧。你能活命，这简直不可思议。那是我家小姐格外开恩呀。真是神佛保佑呀！大师尚且年轻，还应以修行为重。'老头又拍了拍我的背，拎着鲤鱼，头也不回地沿着山路向上走。

"目送着老头背影渐渐变小，直到被一座大山挡住。这时，酷热的天空中，从山顶处快速升起一个云团，瀑布声仿佛也静了下来，只听到隆隆的雷鸣声。

"我像丢了魂一般站立了很久。终于回过神来。我朝老头远去的方向拜了拜。之后在腋下夹好手杖，用手压低斗笠，转过身去，慌忙跑下山去。抵达村庄时，便看见山里已经下起暴雨。因为这场雨，老头带给妇人的鲤鱼会活着到达那孤房吧。"

关于这件事情，高野圣僧不敢另作解释并给予教诲。第二天早上，我们挥手告别时，我万分不舍地目送他在雪中登山前行，看着飞雪中他在山坡上渐行渐远，恍若行走于云雾之中。

李先瑞　译

黑　壁

泉镜花

　　席上的各位,在轮到我讲述之前,诸位所讲种种怪谈全都惊魂夺魄,各有价值。但是我所讲的物体只有一只眼,脖长六尺,鼻高八寸,虽不是残废的伪装式怪物,但很简单,一看便足以使人马上战栗,非常骇人。无须其他,在夜深人静、天际无声之时,撞见一女子不知何故,在路上独行恐怕可能性并不甚大。即便会感到战栗,也只是因为女方腕力微弱,担心会遭到某种迫害的缘故。

　　但是,男子与此不同。即便是我辈中腕力最弱之人,比较起来，他们也比妇人力量大。但是，与此自信并无干系，若在幽静之地突然遇到妇人，会感到一种所谓的阴森鬼气而不寒而栗，并感到自己毫无胜算。

在座的妇人们请赦免我失礼之罪，若让我毫无忌惮随便说的话，原本淑德、贞操、温良、怜爱、仁恕等所有施以真善美色彩的女性，实际上由于她们被阴险不吉的阴影笼罩，经常于半夜被侵占天地的妖魔所惑而抛头露面，正与地下蕴藏的磷素被雨水冲刷才会露出地表是同一道理。

不要气愤，不要觉得羞耻。整个社会并非所有人都会鬼迷心窍，要问责罪孽也只应当针对个人。阴险气质大概可称为女性的通病，而且是构成她们的一种元素。

但是，若说夜间是妇人发挥其特性的时段，一位妇人在三更无人时分丝毫不避讳其他人，认为除自己之外无其他人。这种时候诸位有跟妇人邂逅过吗？那种感觉怎么样呢？很不幸，我有这样的经历。

去年冬天十二月，我在加贺国首屈一指的幽静之地——黑壁这个地方，于半夜时分遇到一妇人，那时我感到一种无法名状的恐怖。黑壁，位于金泽市郊外约一里之处，以"魔境"之名而闻名加贺国。这大概是因为它处于野外山上幽暗森林之中的缘故吧。摩利支天①的神灵便安置于此。

除了有信仰的行者，白天这里人迹罕至，入夜后几乎无人靠近。我特意选了一个令人感到恐惧的夜晚前往黑壁。我也不知道为何这样做。不过是我凭血气方刚的一时冲动而已，至今我也难以明白为何当时要这样做。我曾于白天到达黑壁两三次，对此地理位置很熟悉。在灯笼光照射下，黑暗的夜路也毫不畏惧，跨越陡坡和经过险路，抵达目的地时已经是半夜十一点多了。

在参拜摩利支天祠堂之前，我路过一棵三人合抱才能抱住的杉树时，突然想起有人讲过一件事：这个世上有一种"丑时参拜"②的习俗，对男性有怨气，嫉妒心强的女子会来到这里参拜，在这棵杉树上钉上长钉。

确实会有这种事情，我手持灯笼，在杉树周围转了一圈。树干如同被弹雨扫射过的战场，布满了长钉拔出后的伤痕，从地上三四尺开始，到女性身高够不着之处，如同看到马蜂

---

① 摩利支天，二十四诸天之一。在佛教中为毗卢遮那佛的化身，有隐形的神通之力。原为印度教中猪首人身的光明女神，为藏传佛教吸收，变为三面八臂的独特造型，兼有除障及给予欢乐的双重能力。
② "丑时参拜"，指为了咒杀所恨之人，在丑时去参拜神社或寺院，相信在第七天满愿时，被诅咒的人会死去。参拜之人多身着白衣，头上倒顶三足火支架，在支架上插上蜡烛，胸前吊挂镜子，手执铁锤和钉子，将仿照对象制作的人偶钉在树木上。

窝般，满是钉子痕迹。即便认为这是迷信，或是未应验的诅咒，做出这种罪恶之事的女性的确卑鄙，而被诅咒的男性当真值得可怜。乍一看这棵杉树，我便极不愉快，马上将视线转向他方。我的视线冷不丁落到贴在树干中央的一张纸上。

仔细一看，纸上有文字，像是人写的。

我再仔细一看，茂密的树叶上如有雨滴，墨色更显鲜明。"巳之年巳之月巳之日巳之时出生。二十一岁之男子。"上面写了二十一个字。

从第一个"巳"字到"男"为止，二十个字，每个字上钉了五寸长钉，一看便觉得恐怖。仅仅"子"字没钉钉子。

仔细想来，按照传说的做法，立愿需过三七二十一日，昨夜便是第二十日夜，今夜便是诅咒之人愿望达成之夜，不是吗？我突然感觉像一桶冰水当头浇下。当我口中念道"巳之年巳之月巳之日巳之时出生"时，村泽浅次郎的名字突然浮现在我的脑海。

浅次郎今年的确是二十一岁，是巳年巳月出生。按理说来，这般人应该比较多，但是在我所知晓的天干地支中，巳年巳月出生，这种怪异的记忆使我第一反应便是想起浅次郎的名字。而且浅次郎曾经跟比他年长十余岁的美妇有交往，但日子久了，浅次郎发现她嫉妒心强，便心生厌倦。不，倒是因为妇人太过执拗，使浅次郎感到害怕，便躲到我家里。我断定"肯定是他"。我绝不相信文化、文政、天保年间广泛运用于传奇小说中的"丑时参拜"会奏效，但这种惨淡的光景与浅次郎联系在一起，绝不是什么令人开心的事。

浅次郎是个美少年，对女人而言是才子，作为富豪家中次子，是风流无双的年轻二少爷。

我并不讨厌他，反而怜悯他优柔寡断的性格。

他因浪费巨额钱财，被父兄逐出家门。现在他的情妇某某年纪三十，名叫"阿艳"，据说是某富商的遗孀。进入寡妇家中之后，浅次郎贪图享乐，一两个月尚可，到了三四个月，浅次郎精神恍惚，时常如喝醉一般，身体也变得虚弱，元气渐渐消耗殆尽。

因为浅次郎对这位妇人如火般的热情感到身心俱疲，甚至有些害怕。早已觉察到该情形的妇人推断，美少年浅次郎跟自己孩子年纪差不多大，他终于厌倦浓绿深沉，要红杏出墙寻找新欢。妇人心中愤怒的火焰更加炙热，如同烧红的铁块烘烤五体一般。美少年最终难以忍受，逃亡一般地离开了妇人的家。想回自己家，但自己已被逐出家门，而且害怕被那妇人搜出藏身所在，于是只得前来投奔我，我赶紧将之藏匿起来。

然而美少年仍不放心，说道："那位妇人可以说是一个魔法师。曾几何时，有使唤的婢女偷了钱财后出逃。阿艳却根本没有派人去追，而是施展了一种叫'禁足法'的法术。虽不知真假，但曾有人目睹，婢女逃走的第二天突然得了腿疾，寸步难行，只好藏到附近的人家中，但很快被捉了回去。其他的诅咒、禁忌等，应该也像是借助幽冥之力完成的。

"而且在吵架时，她也经常拿这件事威胁我，说：'你这混蛋，如果无情抛弃我，移情别恋，我一定会咒杀你。'那种骇人的脸色至今我仍历历在目。"

他反复叹息。我劝他说，这种怪力乱神的事情根本不会有的，他依旧战战兢兢，闷闷不乐，对此我也无能为力。但现在看到眼前的这棵杉树，我觉得他的顾虑可想而知。

上之二

于是，我为了这个可怜的美少年尝试着拔掉诅咒之钉。但是，这充满执念的铁钉根本不是靠手指之力能拔出的。

若是不靠足以令八岁龙女成佛的功力，一边念《法华经》一边拔钉子，估计很难拔掉。

我总觉得内心有愧，担心是否有人在偷窥，但还是想坚持一会儿，便把灯笼的火灭了。此时已到难辨五指的深夜时分，我有些茫然若失。此时，我看到远处的一点火光飘来。

过了片刻，我确认了那是一盏灯火。不一会儿，火光已到视线所及之处。

我之前问各位有无骇人的体验，便是指这个。

我说过，偶然撞破他人之秘密，是可以的。但秘密行事者避人耳目的行为被人看到，对发现其秘密之人显然不会善意相待。我并不想为此而背负上无缘无故的仇恨，自己也会感到麻烦。环视四周，寻找到一藏身之所，在这一带发现了很少见到的贯穿山腹的洞穴。

我赶紧转过身去，快速钻入洞穴中。这时，手提灯火之人来到近旁，是一个妇人。哎呀，从看见灯影开始，我便觉得今夜愿望达成的诅咒之人会来。

在寒霜凛冽的冬夜里，这位妇人好像是淋了水，令人看着都觉得冷，洁白的单衣如同贴了湿纸，皱皱巴巴紧贴在四肢上，透过衣服可清晰看到全身的肥瘦程度。湿润且有些发绿的黑发有些凌乱，分散在背部和胸部。想来，她大概刚在山涧的一条小河中沐浴过。那原本是前来参拜的行者们洁净身心之所，这个妇人大概也在那里洗净尘埃了吧。

仔细一看，妇人已来到一棵杉树下。

我在洞中看那个妇人。不用等我来说，诸位早已猜测到她是谁了吧。

我屏住呼吸从洞中窥视其所为。她旁若无人地在身旁放下类似于金属灯笼的手提灯火,双脚挺直,仰面而望,又弯下腰来伏在地上,合掌礼拜之后以头撞树干,一副深信现在是天地为我所有的样子。虽说她不知道有一双眼睛在盯着自己,但还是按照自己的意愿做着背离常理的奇异举动。

最后,妇人从口中吐出一枚长钉,将此钉摁到写着"二十一岁男子"的纸片上,用铁锤重重地敲上去。

此时万籁俱寂,地上连虫鸣也没有,天空将雨雪藏于云块之中,没有丝毫声响,也不知这即将降下之物是雨夹雪还是雪。在寂静中,我原本已快睡着之时,耳边响起的铁锤"叮当"敲击的声音,就像要将我鼓膜震破,直穿我的肠胃一般。

一声又一声的敲打声,使人直冒冷汗。我有些战栗,连脚都软了。

周围阴暗,妇人的裳裙下摆隐没在黑暗之中,腰部以上被火光照得雪白。她长发蓬乱地伫立着的姿态实在吓人。对此,我甚至感到幽灵与之相比都不可怕了。

敲打钉子的声音结束后,妇人踉踉跄跄地离开,如同之前固定的绳子突然松开一样,"扑通"一声双膝跪地。

如果我没猜错的话,这位妇人自达成愿望之时起,二十天来一直紧绷的神经一下子松弛了下来。过了一会儿,我看到她站起身来,沿着来路离去,已不像她之前来时的步伐,却有些踉跄。

李先瑞　译

无耳芳一的故事

小泉八云

这是七百多年前的事。平氏一族和源氏一族经历漫长的斗争，他们在下关海峡坛之浦进行了最后的战斗①。在坛之浦，平家一族的妇女儿童与幼帝（人们记得的安德天皇②）一起，尽数殒命。于是，七百年来大海和海边一直有怨灵作

---

① 坛之浦之战，1185年4月25日于日本长门国坛之浦（今山口县下关市）发生的一场战役，为源氏一族与平氏一族的最后一战，自此平氏一族灭亡。
② 安德天皇（1178—1185），日本第81代天皇，1180年至1185年在位，乃后白河天皇雅仁之孙、高仓天皇宪仁之长子，平清盛的外孙，其母为平清盛的女儿建礼门院平德子。在坛之浦一战中，与外祖母共同沉入海底。

祟。……我在其他地方给各位读者讲过平家蟹,是一种不可思议的蟹,这种蟹背上是人脸的形状,据说那是平家武士的魂魄。不可思议的现象可不止如此,海岸一带也存在着不少传说。深夜有成千上万幽灵火在岸边流离,或者在波浪上一闪一闪地飞行——也就是渔夫称的鬼火、魔火,泛着青白色的光。起风之时,巨大的叫声像敌人的叫唤声一样,从海面传来。

过去,平家的死者躁动程度远胜今日。夜里会站在划过的船帮上,想使船沉下去。此外,还会等候游泳过来的人,想把他们拖下水。人们为了安慰这些死者的亡灵而建了寺庙,即赤间关①的佛教寺院阿弥陀寺,其墓地也连接海岸而建。而且墓地里立了几块石碑,上面刻着被投海皇帝的名字和显赫大臣的名字。而且,为了安慰他们的灵魂,每年按时在这里举行佛教法会。自从建了寺庙和墓地之后,平家一族惹祸比以前少了。但即便如此,仍然不断有怪事发生,这是他们没有完全消停的证据。

这是几百年前的事了。在赤间关住着一位盲人,名叫芳一,该男子以擅长吟诵和弹琵琶而传颂于世,年少之时便超

---

① 赤间关,即现在的山口县下关市,是平氏的绝命之地,此地的特产是砚台。

过其师。作为一位专业琵琶法师,主要以吟诵平家和源氏故事著称。而且,据说他演唱坛之浦之战的谣曲时,连鬼神都会泪流不止。

芳一刚入行之时一贫如洗,但有好心朋友相助,也就是阿弥陀寺的住持。住持喜欢诗歌和音乐,经常招芳一入寺弹奏、吟诵。后来住持佩服这个少年令人惊叹的本领,提出让芳一以寺为家,芳一感谢住持,便接受住持的邀请。于是他们约定,住持给芳一提供食宿,作为回报,芳一在无特别事情的夜晚,会弹奏琵琶取悦住持。

某年夏天的一个夜晚,有位施主死去,住持被叫到其家中做法事。住持只留芳一在寺院,自己带着纳所①出去了。那天晚上很热,盲人芳一想要乘凉,便走到卧室前的廊台上,这个廊台可以俯瞰阿弥陀寺后面的小庭院。芳一等待住持归来,边练习琵琶边抚慰自己的孤独。半夜已过,住持还未回来,但空气相当炎热,屋内很不舒服,芳一便走到外面。不一会儿,后门传来脚步声,有人走近。有人横穿庭院,走向廊台,停在芳一跟前——此人不是住持。他声音浑厚,喊着盲人的名字——很突然,没礼貌,像武士传唤下人一般。

---

① 纳所,日本寺院中司理金钱、米谷等出纳之处,亦指掌管寺务之役僧。

"芳一!"

芳一大吃一惊,一时没有回答。那声音以严肃命令的调门喊道:"芳一!"

盲人芳一被这声音吓得缩成一团,回答道:"我在。我是盲人。不知哪位在叫我?"

陌生人放低声音说道:"你不用恐慌。鄙人住在这个寺庙附近,我受人指派,来你这里传达事情。鄙人的老爷身份高贵,现在老爷带领一众得力家臣住在赤间关,他们说想看一下坛之浦战场。他们今天参观了战场,可他们听说你擅长讲述那段战争故事,想听一下你的演奏。因此,你拿着琵琶马上跟鄙人一起去我那尊贵的老爷家,他在等着呢。"

当时,武士的命令不能轻易反抗。芳一穿着草鞋拿着琵琶,和陌生人一起出去了。尽管此人巧妙地引领芳一,但芳一必须疾步行进。此外,他那引领的手像铁钳似的。武士嘎嗒嘎嗒的脚步声显示此人佩戴着甲胄。他可能是某位老爷的卫士。芳一最初的惊慌散去,现在开始考虑自己的幸运了。究其原因,因为芳一想起这位仆人说过"老爷身份高贵"这句话,他觉得希望听自己弹奏的老爷肯定是第一流的大名。然而,在镇子里除了阿弥陀寺的大门之外,没想到还有别的大门,他觉得不可思议。武士大声喊"开门",于是传来拔门栓的声音，两人进到门内，经过宽阔的庭院后再次来到一个入口处，停下了。武士在此处喊道："门内是何人？我把芳一带来了。"于是传来许多声音，有快步行走的脚步声，有打开拉门的声音，有开护窗板的声音以及女人的说话声。芳一从女人们的话语中得知，武士是这个高贵家族的仆人。但芳一不知道自己被带到了何处，也没时间考虑这些。他的手被拉着，登上几级石台阶，在最后一级台阶按照指示脱掉草鞋；接着，一名女子领着他穿过擦得锃亮的广阔的铺木地板区域，绕过数不清的柱子，走过大得令人惊讶的铺榻榻米的地板——他被领到巨大房间的中央。芳一觉得那里聚集了很多人。丝织物摩擦的声音像森林里的树叶声，此后又听到很多叽里呱啦的声音——他们在低声说话。而且话语是宫中用语。

他们吩咐芳一尽量放松，芳一知道他们已为自己备好坐垫。于是芳一在坐垫上坐好，调试琵琶的调门时，一个女人——芳一判断这个女人是位老妇人，即负责监管女子事务的女佣头目——对芳一这样吩咐道："现在，我们希望您弹着琵琶讲述一下平家的故事。"

将平家的故事完全讲述，需要几个晚上，因此芳一进一步问道："故事全讲完有些困难。你们希望我讲哪一段？"

女人回答说:"请讲坛之浦之战那一段,那一段最为哀切。"

芳一提高嗓门,唱了激烈的海战之歌。用琵琶弹出各种声音:划着船桨,发出船只行进的声音;箭矢嗖嗖飞舞的声音;人的叫声、踏步声;刀剑碰到头盔的声音;被打入海底的声音;等等。芳一演奏时发出这些令人惊异的声音,演奏断断续续,芳一听到自己左右发出轻轻的赞叹声。"这位琵琶师真是高明!""在自己乡下没听过这样的琵琶弹奏!""整个日本没有比芳一弹得更好的人了!"于是芳一勇气大增,弹得更好,唱得更卖力。周围的人惊讶得寂静无声。但是在讲到美人和弱者的命运时——妇女儿童哀切的临终,二位尼抱着幼帝入水的情景——听者全部发出长长的战栗苦闷之声,然后他们都失声痛哭起来。芳一为自己所引发的强烈悲痛而感到惊讶。哽咽声持续了一段时间。但是,哀哭之声渐渐消失,紧接着在一片寂静之中,芳一听到了自己判断为老妇人的那个女子的声音。女子这样说道:"我们听说您是琵琶名人,在歌唱方面也无人能及;今晚得以实地聆听演奏,方知您的水平远胜传闻。我们家老爷跟我说,他很喜欢您的弹奏,打算给您丰厚的奖励。不过,今后六天时间,您需要每天晚上在老爷面前演奏;那之后,或许老爷才会踏上归途,所以明晚的同一时刻，请您到这里弹奏。今天领您来的那位仆人还会去接您……此外，我家老爷还有一事要我向您传达。即您待在赤间关期间曾来过我家老爷这里，希望您不要跟任何人提起此事。我家老爷秘密出行，希望不要跟任何人讲……现在您可以自由回到宝刹了。"

芳一充分表达谢意，之后被一女子拉着手走到家门口，之前领自己进来的仆人已在此等候，芳一被仆人领回阿弥陀寺。仆人将芳一带到寺庙后面的走廊处，在这里告了别。

芳一回到寺庙时已接近黎明，没有人注意到他离开过寺庙。住持回来很晚，他以为芳一睡觉呢。芳一白天稍做休息，没提一句那件不可思议的事情。次日半夜，芳一又被仆人带去参加那高贵的集会。芳一再次弹奏吟唱，取得跟上次同样的成功。但第二次弹奏时，芳一离开寺庙之事被偶然发现，所以他早上回去后被住持叫到跟前。住持语气柔和地训斥他。"芳一，我们都很担心你，你眼睛看不见，一个人走那么远，太危险了。为何不打完招呼再前往呢？如果要去，让寺内听差的陪你前往便好，后来你又去了哪里？"

芳一难为情地回答："住持，对不起。我有些私事，这些事其他时间无法处理。"

芳一默不作声，住持比起担心来更多的是惊讶。住持感到事情太不自然了，是不是有什么坏事发生？住持担心这个盲人少年被恶魔缠身或者被骗了，但没有多问。住持悄悄嘱托寺内仆人注意芳一的行动，天黑以后，如果芳一再出寺庙，要跟着他。

第二天晚上，男仆们看到芳一离开寺庙，马上提着灯笼尾随而去。但那天晚上天色昏暗，男仆们还未走到道路上，芳一的影子已经消失。芳一走路的确很快——考虑到他是盲人，这很不可思议。因为道路不好，男仆们急忙穿过镇子，去芳一常去的家中探访，那里无人知道芳一的情况。最后，男仆们从海边的道路回到寺庙，阿弥陀寺的墓地里，传出用力弹奏琵琶的声音，大家大吃一惊。暗夜里除了在那里能看到两三个鬼火忽明忽暗之外，那一带漆黑一片。但几个仆人马上疾步进入墓地，他们借助灯笼的光发现了芳一。芳一在雨中独自坐在安德天皇的纪念墓碑前，弹奏着琵琶，高声吟唱着坛之浦海战的谣曲。在其周围四面八方的墓地上，死者的灵火像蜡烛一样到处点燃着。迄今为止从未见过这么多鬼火……

"芳一！芳一！"男仆们跟他打招呼，"你是被什么迷住了吧！……芳一！"

但是，盲人芳一好像没听见。芳一用尽全力在吱吱嘎嘎弹着琵琶——芳一吟唱坛之浦海战的谣曲越来越卖力。男仆们抓住芳一，对着他耳朵喊道："芳一！芳一！快和我们一起回去！"

芳一训斥似的对男仆们说——"你们在高贵的人面前这样打扰我，不可原谅！"

尽管事情有些恐怖，但男仆们不由得笑了出来。芳一的确被什么迷住了，他们抓住芳一，将芳一抬起来，用尽全力快步将芳一带回寺院。在住持的命令下，芳一脱掉淋湿的衣服，穿上新衣服，寺庙给他提供了食物和茶水。而且住持逼迫芳一务必好好解释他这一令人惊讶的行为。

芳一很长时间踌躇不语。但是他终于明白自己的行为威胁到待人亲切的住持，使住持生气了，芳一决心打破自己的缄默，将武士来访之后发生的所有事情告诉了住持。

于是，住持说道："可怜的孩子。芳一，你现在处境危险！你没有更早些将此事讲给我，这太不幸了！你高超的音乐弹奏技艺将你带入不可思议的麻烦之中。有一点你必须要注意到，你绝不是在拜访人家，而是在平家的墓地里过了夜。今夜，男仆们看到你坐在雨中，那是安德天皇的墓前。你想象的全是幻影，除了死者来访一事。你既然听信死者说的话，你的身体就任由他们摆布了。如果你继续听信他们的话,那么你的身体将会被他们搞得四分五裂。但是不管怎样,你早晚会被杀掉……然而,我今夜无法和你待在一起,有人叫我去做一个法事。去之前为了保护你的身体,我必须在你身上写满经文。"

天黑之前,住持和纳所将芳一衣服脱光,二人用笔在芳一的胸部、背部、头部、面部、颈部、手脚,也就是在芳一整个身体上,连脚底板上都写了《般若心经》①的经文,写完之后,住持这样跟芳一说。

"今夜我出去之后,你马上坐到走廊上等着。会有人来接你。但是,不管发生任何情况,都不可回答,也不能动弹。请不要开口,静静地坐下——像进入禅定一样,如果动弹或者稍微发出声响,你会被碎尸万段。别害怕,也不可以喊人救你——即便你喊救命,也没人来救你。如果你准确无误地按照我说的来做,危险就会过去,坏事不会再有。"

天黑之后,住持和纳所出门了。芳一按照住持所言坐在走廊上。他把琵琶放在自己旁边铺好的木板上,以坐禅的姿势,静静地坐着,一动不动。他很小心,既不咳嗽,也不大

---

① 《般若心经》,又称《摩诃般若波罗蜜多心经》,佛教经典,简称《般若心经》或《心经》。

声喘气。就这样等了好几个小时。

结果,从道路那边传来了脚步声。脚步声穿过大门,横穿庭院,靠近廊台处停下了——就在芳一的正前方停下了。

"芳一!"一个浑厚的声音喊着。但盲人芳一屏住呼吸一动不动地坐着。

"芳一!"再次响起那可怕的声音。终于在第三次时,对方用凶狠的声音喊道:"芳一!"

芳一像石头一样静静不动。于是,传来了发牢骚的声音。

"没人回声儿!——这怎么可以!……你这家伙在哪里?我要好好找找你!"

登上走廊的沉重脚步声传了过来,蹑手蹑脚地靠近,停在芳一旁边。然后过了很长一段时间——这期间,芳一感到全身随着心脏的跳动而颤抖。周围一片寂静。

终于在芳一旁边响起了粗暴的声音,说道:"这里有琵琶。但是,琵琶师只有两只耳朵啊!……怪不得不回答我。他没有嘴,无法回信儿。除了双耳之外,琵琶师的身体什么也没留下……好吧,我把这双耳朵拿给老爷。尽可能证明我按老爷的吩咐来找过了……"

那一瞬间,芳一感到自己的双耳被铁一般的指头揪着,被揪下来了。他疼得厉害。即便如此,芳一也一声没吭。沉重的脚步声穿过廊台,来到庭院,出现在道路的方向,最终消失了。芳一感到头部两侧滴淌着浓稠的东西。但他没敢抬起双手去摸。

天亮之前住持回来了。急忙走到后面的走廊处去看,他踩到了某种黏糊糊的东西,吓得毛骨悚然。住持借助灯笼的光亮看到了黏糊糊的血。但是,住持确认芳一以坐禅的姿势在那里坐着——伤口处仍有血在流淌。

"好可怜,芳一!"受了惊吓的住持说道,"这究竟是怎么回事……你受伤了?"

听了住持的声音,盲人芳一放心了。芳一突然哭起来。他含着泪讲述了昨晚的事情。住持叫道:"可怜,可怜哪,芳一!全是我的失职!我的严重失职!我在你全身一处不落地写了经文,可是唯独耳朵上没写!我把在耳朵上写经文的事拜托给纳所了。但我没有确认纳所是否确切无误地在耳朵上写了经文,是我不好!哎呀,现在已经毫无办法。现在只有尽可能早些治你的伤。芳一,你高兴点!现在危险已经过去。你不必再受那种客人的骚扰了。"

在一位好心医生的帮助下,芳一的伤没多久就治好了。这不可思议的故事很快传开了,芳一一下子出名了。很多权贵去赤间关听芳一吟唱。芳一收到很多钱,成了有钱人……

但是,这事件发生后,人们便只称呼他为"无耳芳一"了。

　　　　　　　　　　　　　　　　李先瑞　译

雪 女

小泉八云[①]

武藏国某个村庄有两名樵夫,分别叫茂作和巳之吉。这个故事发生时,茂作已老态龙钟,巳之吉是他家的规定年限的长工,当时仅十八岁。他们每天一起去村外约十五里的森林中伐木。在去往森林的路上必须跨过一条河,只有一个渡口有渡船过河。渡口处曾多次架设桥梁,但每次发洪水时,

---

[①] 小泉八云(1850—1904),作家、学者,本名拉夫卡迪奥·赫恩,出生于希腊的英国人。1890年到日本,与岛根县松江人小泉节子结婚,后入日本籍,先后在松江中学、第五等学校、东京大学任教,著有评论《来自东方之国》《心》《神国日本》,小说《怪谈》等。

桥梁都会被冲走。

在一个极其寒冷的夜晚，茂作和已之吉在回家路上遇到猛烈的暴风雪。到达渡口时，才发现船夫把小船拉上了岸，人也回去了。这个季节不能游泳，于是两人在船夫搭的临时小屋里避难——他们认为找到挡风避雪之处已十分幸运。小屋里没有火盆，也没有烧火的地方。小屋只有两张榻榻米大小，没有窗户，只有一个门。茂作和已之吉关上门，穿上蓑衣，躺下休息。最初他们没觉得有多冷，他们还认为暴风雪马上会过去。

年迈的茂作不一会儿就睡着了，但是少年已之吉却长时间睁着眼睛，听着恐怖的风声和暴风雪不断拍打门的声音。河流上方的风呼呼作响，小屋如同海上的日本船在摇晃着，发出咯吱咯吱的声响。暴风雪太恐怖了，空气一点点变冷。已之吉在蓑衣下瑟瑟发抖，但是终于顾不上寒冷，也睡着了。

雪花如阵雨般地落在他的脸上，已之吉醒了。小屋的门被强行挤开。借助雪光，已之吉看到房间内有个一身白色装束的女子。女子在茂作身体上方弯着腰，对着茂作吹气——她的气息像一缕明亮的白色轻烟。几乎同时，那女子回头向已之吉方向看，在已之吉上方弯下腰。已之吉想叫喊，但没能发出任何声音。白衣女子腰弯得越来越低，脸颊几乎要蹭到巳之吉的脸了。巳之吉看到女子，她长得美丽动人，但眼睛十分恐怖。女子凝视着巳之吉。片刻之后，她微笑起来，轻声说："我本想像对付其他男子一样对你，但是又不由得觉得你很可怜。你还年轻……巳之吉，你是美少年。我不会再害你。但是，如果你把今夜看到的事跟谁——比如跟您的母亲说了，我会知晓的。我一定会杀掉你……请记住我说的话。"

女子这么说着，转过身去，出门离去。那时，巳之吉知道自己还能动，便跳起来向外望去。但是，女子已不见踪影。狂风夹着飞雪刮进屋来，巳之吉关上小屋的门，用几根木棍子戳在门上顶着门。难道是风将门吹开的吗？他觉得这或许是做梦，自己错把入口处积雪的白光误认为是白衣女子。他呼喊茂作，老人没有回答，他大吃一惊。巳之吉手朝暗处摸去，摸到茂作的脸，竟然如冰块般僵硬。茂作已经冻僵而死……

黎明时分，暴风雪停了。日出之后不久，船夫回到小屋时，发现巳之吉躺倒在茂作冰冷的尸体旁边，已经失去知觉。船夫马上照顾巳之吉，巳之吉很快恢复了神志。但是，由于这个恐怖的寒夜，他长时间患病，又因为老人茂作的死而备受惊吓。但关于白衣女子出现之事,他没提及半句。他恢复健康后马上又回去干活了——每天早上独自去森林,傍晚带着捆好的木柴回来,母亲帮他卖柴。

第二年冬天的某个夜晚,在回家途中,巳之吉和往常一样走着,在同一条路行走的一位年轻女子从后面追了上来。那少女身材高挑苗条,容颜清秀。巳之吉向她打了声招呼,她回答巳之吉寒暄的声音宛如莺声细语,非常悦耳。之后巳之吉和她并肩前行,边走边闲聊。通过交谈,巳之吉得知,少女名叫"阿雪",双亲已经去世,打算前往江户,那里有几个穷亲戚,他们会帮她找个女用人的活计。通过交谈,巳之吉感到这位少女很亲切,越看越觉得她美丽。巳之吉问少女有没有未婚夫,少女笑着回答说没有。少女又问巳之吉是否已结婚,有没有婚约。巳之吉回答说:"有一位要赡养的母亲,自己还年轻,娶妻的问题还没考虑呢。"……两个人开诚布公说了一阵子,之后默默无语缓步同行。可正如谚语所言:"若有情时,眉目亦可传情。"抵达村子之前,他们已彼此喜欢。回村后,巳之吉跟阿雪说,暂且在自己家里歇息一下吧。一时之间,阿雪害羞得有些犹豫,但还是跟巳之吉去了他家。巳之吉的母亲热情地欢迎她,为阿雪准备了热腾腾的可口饭菜。阿雪的举止得体,巳之吉母亲相当满意,劝她将江户之旅后延。自然，阿雪终究没去江户。她留在这个家里，成了巳之吉的媳妇。

巳之吉明白阿雪是位非常好的妻子。在巳之吉母亲去世之前，阿雪在这个家里生活了十五年。母亲临终时，对儿媳妇赞不绝口。阿雪给巳之吉生了十个孩子。无论男女，都是皮肤白皙、面容俊美。

村里人认为阿雪天生和自己不同，是个不可思议的人。一般的农家之女衰老得比较快。但是阿雪生了十个孩子之后，仍像刚来村子时一样年轻，看起来水灵灵的。

一天晚上，等孩子们睡着之后，阿雪借助灯笼的光做针线活。巳之吉一边凝望着她，一边说："看到你脸上映着灯光做针线活，我不由得想起我十八岁时遇到的一件怪事。那时候，我曾看到和你一样美丽且肤色白皙的女子。那女子和你一模一样。"

阿雪做着针线活，头也不抬地回答说："请您讲一下那个人的故事……您在哪里遇到的？"

于是，巳之吉给阿雪讲了在船夫小屋经历的骇人之事——包括白衣女子俯身望着自己、浅笑着发出警告，以及老茂作离奇的死亡等等——全都一股脑儿地告诉阿雪了。之后他又说:"不管是睡着的时候还是起床在家的时候,能看到像你这样漂亮的,只有那一次……当然那不是人类,那位女子很恐怖,但是也很有趣……实际上我在做梦时还是看到过那女子呢,至今仍无法确定。"

阿雪扔掉手中的针线活,站起来走向巳之吉的身边,在他身旁弯下腰,对着巳之吉的脸,幽怨地说道:"那是我,是我,是我……是现在的阿雪。而且那时我说了,那件事你哪怕提一句,我会杀了你……

"如果孩子们没在那里睡觉,我会马上杀了你。不过,现在你最好对孩子们好一点。如果孩子们受了委屈,我打算让你得到报应!"

阿雪尖叫的时候,她的声音变细了,宛如风的呼啸声。她变成一缕闪光的白色烟霞,飘到屋顶的横木上,然后穿过烟囱,颤动着离去了。从此,再也没有人见过她。

李先瑞 译

妖 婆

芥川龙之介

　　或许您不相信我所说的。不,您肯定认为我在说谎。过去有无此事,不得而知,接下来我要说的是大正时代的事,而且是您同样住惯了的东京的事。走到屋外,电车和汽车穿梭行驶。进到屋里,电话铃声响个不停。打开报纸,上面有同盟罢工和妇女运动的消息——在这样的一天,在大都会的一隅,发生了在爱伦·坡①和霍夫曼②小说中出现的令人毛骨悚然的事情,空口无凭,您不相信,也属当然。但是,即便东京城的灯火有好几百万,但随着天黑,也无法彻底照亮被遮蔽的夜晚,使之重返白昼;与此相同,不管无线电通信和飞机如何征服了自然,也无法揭开潜藏于自然深处那神秘世界的地图。那么,又凭什么断言在文明阳光照耀下的东京,平常只有在梦里活跃的精灵们的秘密力量,就不会呈现出奥尔巴赫③作品中魔窟般的不可思议现象呢?这种神秘力量不受时间和场合限制。让我说,如果您仔细注意,令人惊讶的超自然力量简直像夜间开放的花朵,始终出没于我们左右。

比如,冬日深夜里您走在银座大街上,必定会看到落在柏油路上的纸屑,数量有二十来片,它们聚集一处,在风中形成旋涡飞舞。仅此而已的话,我也没什么可说的。请您尝试着数一数打转飞舞的纸片有多少。从新桥到京桥之间,左侧必定有三四处,右侧必定有一处。而且它们毫不例外地接

---

① 爱伦·坡(1809—1849),全名埃德加·爱伦·坡(Edgar Allan Poe),19世纪美国诗人、小说家和文学评论家,美国浪漫主义思潮时期的重要作家。
② 霍夫曼(1776—1822),德国小说家、作曲家、法官,除擅长写幻想小说外,同时还活跃于歌剧、绘画等领域,创作有小说《魔鬼的万灵药》、童话《黄金壶》、歌剧《水中仙子》等。
③ 奥尔巴赫,即埃里希·奥尔巴赫(1892—1957),德国语文学家、文学批评家。代表作为《摹仿论》。

近十字路口。说这跟气流有关，倒也无妨。但是仔细观察会发现，每一处打转飞舞的纸屑中，必定有一片是红色纸。或许是电影广告，或许是千代纸的碎片，抑或是火柴商标。在众多纸张中必定有红色纸。红色纸张像众多纸屑的首领，一阵风刮来，它会率先飞舞。于是，微尘中传来了轻轻的私语声。散落在各处的白色纸屑转瞬间便消失在柏油路上空。不是消失，而是一下子轻盈地画出圆弧，流动般飞舞着。风停下来时亦是如此。根据之前我的观察，红色纸片落在前边，这样一来，即便是您，也会不由得心生疑惑。我当然会心生疑惑。我曾两三次站在马路上，一直打量着从附近橱窗照射出来的大束灯光，看到灯光中不停飞舞的纸屑。实际上，那时我这样观察之后，连平时肉眼难辨之物，像混入黑暗的蝙蝠等，虽然朦朦胧胧，也觉得隐约可辨了。

但是，东京让人觉得不可思议的，不仅是落在银座大街的纸屑，在深更半夜乘坐的市内电车上，也会遇到匪夷所思的奇妙事情。其中让人可笑的是，行驶在毫无人烟街道上的红灯电车[①]和绿灯电车[②]，会停在无人上车的车站。这和前面

[①] 红灯电车，路面电车的末班车，因其目的地标示牌上亮着红灯，故名。
[②] 绿灯电车，路面电车当中，末班电车（红灯电车）的前一班电车，目的地标示牌用绿灯光进行照明。

提到的纸屑一样，如果您对此持怀疑态度，今夜请您试着去看一看。同样是市内电车，据说动坂线和巢鸭线这两条线路此类情况居多。四五天前晚上，我乘坐的红灯电车突然停靠在无人上下车的车站，站名是动坂线的团子坂下。而且，乘务员手拉铃绳，向着大街方向探出上半身，例行公事地招呼道："有人上车吗？"我在乘务员近旁，马上从窗户向外张望。结果外面只有被薄云遮蔽的朦胧月光，车站柱子下面空无一人，两侧的住家也都落锁安寝。深夜宽阔的大路上更是空空如也。正觉得奇妙呢，那一瞬间乘务员拉响车铃，电车启动了。我仍然从窗户朝外看，随着车站渐远，在我眼中总感觉那儿的月光里面有渐渐变小的人影。不用说，这也许是我的错觉。明明没有人乘车，那急速朝前行驶的末班车乘务员为什么在车站停车呢？而且，不仅是我，我的熟人中也有三四位遇到过此类怪事。这样看来，不能说乘务员每次停车都是精神恍惚。实际上，据说我的一位熟人曾抓住乘务员责问："不是没有人上下车吗？"乘务员满脸疑惑回答说："我以为有很多人上下车呢。"

此外，仔细数来还有一件事情。比如炮兵工厂烟囱的烟逆着风向流动，尼古拉教堂那无人敲打的钟，却在半夜突然响起，两辆同样号牌的电车前后相随驶过日暮时的日本桥。

或者在空无一人的日本国技馆，每晚都能听到喝彩声——所谓"自然之夜的侧影"，恰似美丽的飞蛾飞来飞去一样，不断出现在繁华东京的大街小巷。所以，实际上如您所想，接下来我要说的话并非脱离现实世界，并非彻头彻尾不可能发生的事。不，如果现在您大致了解了东京夜晚的秘密，您也不可能随便轻视我的话。如果您再次听我讲完，仍觉得有"鹤屋南北①"般的鬼火味道，那么与其说是因为事件本身有假，不如说因为我讲故事的本领无法跟坡和霍夫曼相比。究其原因，是这个事件的当事人在某个夏夜与我相对而坐，他说遇到过这样那样不可思议之事。他给我讲的时候，我感觉有种阴森森的妖气笼罩在我们周围，至今难忘。

这位男性当事人是位于日本桥一带某出版商的少东家，他平时常出入我这里，商量完事情便匆匆回去。但那天正好傍晚突然开始下雨，他最初打算等雨停再走，可不知不觉便坐住了。这位少东家肤色白皙，双眉紧凑，瘦骨嶙峋，正襟危坐于檐廊前点亮的盂兰盆会灯笼的微光之下，山南海北跟我闲聊了很多，一直聊到晚上十点多。闲聊中，少东家看似担心地缓慢说道："有件事我无论如何也想请先生听一下。"

---

① 鹤屋南北（1755—1829），日本小说家、剧作家，著有《东海道四谷怪谈》。

说话间穿插的，不用说便是本文的妖婆故事。少东家穿着上等麻布做的夏季短和服，和服肩头印染着一抹淡墨。面对西瓜盘，像害怕别人听见似的小声说话的样子，我清楚地记得。这么说来，还有一件事难以忘怀，挥之不去。头顶点亮的盂兰盆会灯笼，圆鼓鼓地映出秋草花纹，远处雨刚停，夜空中散乱着黑压压的云团。

这个重要故事的发端是：少东家新藏（为避嫌，暂且这么称呼吧）二十三岁，那年夏天，新藏有心事，便前往当时住在本所①一丁目的跳大神婆婆家祈求神谕。这便是事情的发端。听说是六月上旬的某一天，新藏将在那一带经营和服店的商业学校时期的朋友拉出来，一起去了与兵卫寿司店。他们在那里喝酒时，新藏不打自招般地说起自己的担心来，那位朋友阿泰突然一脸认真，热心地劝他："那么你去请岛婆婆掐算掐算吧。"问了详情，得知这位跳大神婆婆两三年前从浅草一带搬到现在的住所，既算命也做法事，极其灵验，有巫女般的法力。"你也知道吧。就在前几天，'鱼政'那家店的退休老板娘投海自尽了。尸体怎么也不上浮。从岛婆婆那里讨了一个神符，从头道桥那里往河里一丢，尸体当天便

---

① 本所，东京都墨田区南部的工商业地区。

浮上来了，而且就在抛下神符的头道桥的桥墩处。当天傍晚恰好涨潮，是偶然经过的运石船船老大发现的尸体。人们嚷嚷着'有浮尸啊''闹水鬼啦'，立刻跑到桥头警亭报案。我路过时警察已经到了现场。从人群外围朝里一看，刚被捞上来的老板娘躺在地上，身上盖着破席子。破席子下面露出的，你猜是什么？那个神符紧贴在肿胀的脚底板上。我确实有些毛骨悚然。"——听朋友说这话时，新藏也感到脊背发凉，什么傍晚潮汐的颜色啦，桥墩的形状啦，还有桥墩下面浮起的老板娘的身影啦——感觉这些东西一下子浮现在眼前似的。发凉归发凉，新藏还是借着酒势说道："真有意思！我一定找岛婆婆掐算掐算。"说着便向前挪起身子来。"那么我来领你去吧。前几天我刚找她算过财运，算是跟她有几分交情了。""请多关照！"——情况就是这样，两人叼着牙签走出与兵卫寿司店，用草帽遮住梅雨放晴后的夕阳，穿着夏季短和服，肩并肩溜达着前去跳大神婆婆的住所。

在此说一下新藏所担心之事，家中使唤的用人之中，有位女佣名叫阿敏，她和新藏相差一岁，互有好感。不知为何，阿敏去年年末去探望生病的伯母后一去不返，杳无音信。不仅新藏感到奇怪，平时照管阿敏的新藏之母也很担心，从保人那里开始，找了各种关系打探，还是不明行踪。哎呀，有人说看到她当护士了，也有传闻说她成了别人小妾。虽然有各种议论，但细究起来，阿敏究竟怎样了，全然不知。新藏刚开始有些担心，后来有些生气，最近意志有些消沉。母亲隐隐约约感觉到新藏和阿敏的关系，新藏无精打采的样子使母亲格外担心。母亲劝其去看戏，去温泉疗养，或者以父亲的名义参加商业应酬酒会——像这样，母亲费尽周折，想方设法使不开心的新藏心情愉悦。有一天，母亲借口让新藏到本所一带的小卖店转一转，实际上是让他散散心，还往纸袋里放了几张零钱纸币。幸好东两国这个地方有新藏的发小，新藏便将发小阿泰拽出来，到久违的与兵卫寿司店喝了一杯。

正因心里怀着阿敏之事，新藏虽然微醉，其内心去岛婆婆那里卜卦的目标仍然明确。从头道桥旁边向左转，朝着二道桥方向沿着行人稀少的竖川河岸走一百多米，有一个格子门建筑，夹在泥瓦匠铺和杂货铺之间。该建筑有竹制格子窗，上面布满灰尘——当听说这便是跳大神的岛婆婆家时，新藏觉得自己与阿敏的命运要由这奇怪婆婆的一句话来决定了，一种不祥的预感让新藏的酒彻底醒了。实际上那位岛婆婆的家，是廊檐低矮的平房建筑，看外表让人灰心丧气。因为最近的梅雨天，从屋檐下面雨台的青苔来看，上面湿漉漉的，简直可以长出菌类了。而且，这房子和旁边杂货铺之间有棵一抱粗的垂柳。垂柳枝头低垂，将窗户遮蔽。只要屋瓦上落下阴影，便觉得隔着一层拉门的屋里阴森恐怖，感觉里面藏着非同一般的秘密。

　　但阿泰根本不在乎，他停在竹格子窗前，回头看了新藏说："终于要见这个鬼婆婆了啊。你可不要惊慌啊！"阿泰又一次吓唬新藏。新藏自然是一副嘲笑态度，满不在乎地回答道："我又不是小孩子，能被一个老太婆吓到？"对于他的回答，阿泰回以不满的眼神，说道："什么呀！看一个老太婆自然不会惊讶。这里有一位你根本想不到的绝色美人。所以我才提醒你的。"阿泰这么说着，已将手放到窗格子上，声音洪亮地问道："有人吗？"随即有人声音含混地回答："有人。"悄悄打开拉门，在门槛处跪坐的是位十七八岁可爱的姑娘。诚然，这样看来，阿泰说"别吓着！"也可以理解了。姑娘皮肤白皙，五官端正，面容娇小，发际线优美，特别是那双眼睛，水灵灵的——可这张面孔显得特别憔悴，上身穿漂亮的藏青碎白花纹单褂，感觉连那淡红色的绉绸和服带子都在挤压她的胸部。阿泰看着姑娘的脸，摘掉麦秸草帽问道："你母亲呢？"姑娘现出无能为力的样子，回答说："不凑巧，我母亲出门了。"感觉自己做错了事情似的眼眶湿润了。突然她冷眼转向窗外，脸色大变，低声叫道："哎呀！"想要站起身来。阿泰心里觉得这个地方不一般,会不会遇到过路歹徒呢?阿泰赶紧回头看,之前一直站在夕阳下的新藏已不见踪影。阿泰已无暇惊悚,跳大神婆婆的女儿紧抓着阿泰袖兜,她直喘气,拼命喊着:"请您一定告诉刚才您的同伴,千万不要再来这里,否则性命堪忧。"据说姑娘说这话时断断续续,阿泰感觉一头雾水,一时之间呆然站立。总之,他是受人之托,便应了句"好的,你说的我照办",说完狼狈而逃。连麦秸草帽都没戴,突然跳到外面,追着新藏跑出五六十米。

五六十米开外正好是凄凉的石河岸前,河岸上方竖着一根夕阳照耀的电线杆,此外别无他物——新藏无精打采地伫立在那里,双臂交叉,瞅着脚下。阿泰终于跑过来,上气不接下气,说道:"可不是开玩笑啊!我要你别吓着,结果我被你吓得够呛。你究竟和那个美人怎么了——"说话间,新藏已经步履蹒跚地朝头道桥方向走去,边走边激动地回答:"我当然知道。你知道吗?那人就是阿敏。"阿泰又吓了一跳,当然会吓一跳。毕竟他让岛婆婆卜卦来帮着寻找行踪的那位女子偏偏是岛婆婆的女儿。但是阿泰也不能因为姑娘的嘱托而成天担惊受怕。于是阿泰戴上麦秸草帽,把阿敏的话有模有样学给新藏听。新藏静静地听着阿泰的话,不一会儿皱起眉头,用奇怪的眼神生气地说道:"她说让我们别去,这能理解，但说起去那里会性命难保，也太不可思议了。不是不可思议，简直是粗暴。"阿泰只是在替人传话，也没问什么缘由便跑出岛婆婆家。即便他想安慰对方，除了罗列一些随便的敷衍话之外，也没有更好的办法。事到如今，新藏像跟自己无关似的默不作声，加快了脚步。走着走着又来到与兵卫寿司店旗子下面，他突然回头看阿泰，用遗憾的口吻说道："我要是见一下阿敏就好了。"当时，阿泰以调侃的口吻若无其事地说："那么，我们再去见一下阿敏吧。"——事后想想，那时新藏内心热切地想见阿敏，其程度如烈火般炙热，阿泰那句话不啻于火上浇油。不一会儿，新藏跟阿泰道别后马上中途折回，回到回向院前的"和尚斗鸡"菜馆，在那里喝了两三壶酒，边喝边等天色暗下来。天彻底暗下来，新藏这时又一次冲出菜馆，喷着酒气，将夏季短和服袖子撩到后面，径自来到阿敏的住所——跳大神的岛婆婆家。

这天夜里漆黑一片，不见一颗星星。地上水汽蒸腾，时常有凉风吹过。这是梅雨季节常见的天气。新藏心里窝着火，他心想：听不到阿敏的真心话我是不会回去的。在泼了墨一般的黑暗天空下柳树高耸，柳树下竹格子窗户里点着灯。虽说这家的样子有些瘆人，但新藏毫不在乎，他突然咣当一声打开格子门，直挺挺地站在狭小的土间，大声喊道："晚上好!"可能是因为听到这个声音便马上能推断出是谁吧。那个轻柔而含混的回答声当时似乎有些颤抖。很快拉门静静地打开了,隔着门槛可看见阿敏双手扶地,身形憔悴。她沐浴着其他房间露出的灯光,无精打采地出现在那里,像仍在哭似的。但新藏原本就酒足饭饱,他戴着麦秸草帽,刻薄地俯视着阿敏,装糊涂说道:"哎!你母亲在家吗?我有事想让她帮着看一下,我就来了。帮我看一下如何?请通报一声。"——新藏当时是多么痛苦!阿敏仍然双手撑在地上,有气无力地耷拉着肩膀,说了声"好的",忍住没哭。新藏又吐出酒气,想说"请通报一声",这时隔着隔扇,从另外一间传来癞蛤蟆低声叫一般的声音:"是哪一位?外面那个。别客气,进屋来吧。"这是岛婆婆的声音,有气无力,在鼻腔中哼哼。说"外面那个",也太荒唐了。你这藏匿阿敏的罪魁。新藏怒气冲冲地猛蹿上来,心想要先惩罚这个老太婆,脱掉短袖和服,把草帽扣在欲阻止他的阿敏手上,昂然阔步进到屋里。可怜的是留下来的阿敏,阿敏身体紧挨着隔扇门,顾不上收拾新藏的短袖和服和草帽,眼含泪水的明眸一直盯着天井,纤弱双手交叉于胸前,看起来像在不停祷告似的。

新藏走到里屋,毫不客气把坐垫垫在膝盖处,态度蛮横地环视四周,屋内正如想象,房间八叠大小,天花板和柱子都熏黑了，十分寒碜。正面有一片六尺见方的地板，墙上挂着画轴，画轴上写着"婆娑罗大神①"五个汉字。画轴前供着一面镜子，一对酒壶，还毕恭毕敬地装饰着三四扎由红黄绿三色纸剪成的小纸币——其左手的走廊外边紧挨着竖川。可能是心理作用，虽然拉门紧闭，但也能听到细微的水流声。欸？我要找的岛婆婆呢？地板右方有个柜子，里面摆放着点心盒、汽水、白糖袋、折叠鸡蛋盒等舶来品，柜子下面岛婆婆像魍魉一般坐在榻榻米上。岛婆婆身材高大，齐肩短发，鼻梁塌陷，嘴巴很大，皮肤青肿。她的黑底单衣没有领子，紧闭着睫毛稀疏的双眼，浮肿的双手交织在一起。刚才说过，这个婆婆的说话声像癞蛤蟆低声叫。看她这样坐在这里，新藏想这样形容她：岂止是癞蛤蟆，简直是癞蛤蟆精装成人的模样，欲在那里喷毒气。连新藏都觉得内心凄凉，感觉头上的电灯灯光都变暗了。

当然，这些事是在有充分心理准备的情况下发生的，新藏很干脆地说："那就请您帮我看一下，看一下姻缘。"——可能是没听见新藏的话，岛婆婆终于微睁双眼，一只手放在

---

① 婆娑罗大神，即阿婆娑罗（Apsaras），阿婆娑罗是古印度"吠陀"和印度教神话中的半神女性灵体，主要居于天界，亦栖身于世间（河流、山峦等）。

耳边，重复道："什么？姻缘？"她仍然声音模糊，从一开始便讥笑道："客官，想要女人了？"新藏着急得冒火，但他忍着，说道："正因为想要女人，才让你看姻缘的。如若不然，谁会来你这种地方……"新藏发着火，说着与他身份不符的话，他自己也不服输，对岛婆婆报以讥笑。但是岛婆婆泰然自若，她把一只手放在耳边晃动，像蝙蝠的翅膀似的，说道："你别生气！没有口德是我的毛病。"她半冷笑地想要堵住新藏说话，但不一会儿便换了语气，貌似认真地问道："多大年纪？"

"男子二十三岁——鸡年生人。"

"女子呢？"

"十七岁，兔年生的。"

"出生的月份是？"

"算了，光知道出生年也可以算卦。"

岛婆婆说着，像是数星星一般，将放在膝盖上的手指弯曲了两三下。不一会儿，她抬起皮肤松弛的双眼，紧紧盯着新藏，很夸张地吓唬新藏说："不成，不成，大凶，大凶。"之后又自言自语低声嘟哝："你要结了这个姻缘，不管男方还是女方，必定有一人会命丧黄泉。"说得很肯定，新藏听完火冒三丈，他看透了阿敏说什么性命攸关完全是岛婆婆教唆的，新藏再也无法忍受。新藏转过身去，打着酒嗝说："大凶也无所谓，既然男人爱上了女人，豁出性命又有何妨？你要知道，正因为火海刀山、洪水滔天险阻在前，方能显出爱得有多深沉。"新藏乘势追击。结果岛婆婆仍然半闭着眼，蠕动着厚厚的嘴唇讥笑着说："可是，男人先死了，女人怎么办？更别说死了女人的男人，那也是悲泣号啕、痛不欲生呀！"老婆子，我看你敢动阿敏一根指头试试——新藏狠狠地瞪着岛婆婆，愤慨地驳斥她说："男人与女人同死便是。"结果岛婆婆仍然双手交叉于胸前，抽动着色泽难看的腮帮子，讥笑着反问道："那么女人呢？"新藏后来说，当时他不由得感到毛骨悚然。的确，是这位婆婆跟我下战书呢，我心里肯定发毛。而且，岛婆婆那样反问新藏之后，她看着新藏胆怯的样子，猛地扯了一下黑色单衣的衣领，嗲声嗲气地说："不管你如何揣测，人的力量毕竟无法胜过自然。别瞎忙活了。"说完突然翻起白眼，之后又把双手放在耳边，好像事情重大似的嘟哝道："瞧瞧，证据在眼前。你听不到有人在叹息吗？"新藏不由得身体僵硬，侧耳静听。除了藏在隔扇对面阿敏的气息，他什么也听不到。这么一来，岛婆婆更加双目圆睁，说道："你听不到吗？听不到跟你一样的年轻人在石河岸上叹息吗？"岛婆婆向前膝行几步，映在身后衣柜上的影子渐渐变大。不一会儿,新藏闻到了老太婆的怪味,紧接着,拉门、隔扇、酒壶、镜子、柜子、坐垫等,所有东西马上在阴森的妖气中呈现出与之前完全不同的怪异形态,岛婆婆说:"那位年轻人也跟你一样色迷心窍,违抗婆婆罗大神附体的岛婆婆,所以立刻受到神的惩罚,转瞬之间命丧黄泉。你好好看看他的下场,认真听听吧。"她的声音像无数只苍蝇在振翅,从四面八方震动着新藏的耳鼓。这时,拉门外面传来有人跳入竖川水中挣扎的声音,这种声音划破夜空传来。新藏被此事吓破了胆,他再也待不下去了,匆匆忙忙甩下几句话,似乎忘了哭泣的阿敏,踉踉跄跄冲出岛婆婆家。

新藏回到位于日本桥的家中,次日早晨刚起床,便看到报纸上刊登着昨夜竖川有人投河的消息——报道说:投河者是龟泽町鳟鱼店主的儿子,原因是失恋,投河的地点是头道桥和二道桥中间的石河岸。这消息让新藏受不了,新藏突然发起烧来,之后三天时间一直卧床。可是,即便新藏躺在床上,他心里还是惦记阿敏。现在看来,当然不是阿敏变心了。阿敏突然请假以及让新藏再也别来这一带,这些肯定是岛婆婆的阴谋。事到如今还怀疑阿敏,新藏觉得自己有些可耻了。

另一方面,新藏百思不得其解,跟自己无冤无仇的岛婆婆为什么会想出那种计策呢？但是，这个岛婆婆看别人投河而见死不救，阿敏如果跟她一起生活的话，阿敏可能很快便赤身裸体地被五花大绑在客厅那个祭祀婆娑罗大神的老柱子上，点上松枝烤了。这样一想，新藏感觉有些坐立不安了。第四天，新藏刚起床便想着前往阿泰那里，让阿泰帮忙出主意。这时，阿泰正好从家里打来电话，而且这个电话讲的不是其他事情，正是阿敏的事。电话里说，昨夜天黑以后阿敏来到阿泰家里。阿敏说一定要见一下这位公子，说明详情。阿敏说她不能直接给东家打电话，便委托阿泰帮忙传话。新藏也想见阿敏，所以新藏几乎贴着电话听筒，急切地问道："她说在哪里见面？"能说会道的阿泰故意卖关子："这个嘛……"之后他说："毕竟只见过两三次，可性格内向的阿敏说要来找你。我实在想不出好办法，同时我也彻底被她感动了，马上想到让你俩见面。她在岛婆婆面前谎称要去洗澡，便出了家门。她说河对岸有些太远，除此之外也没个合适的去处，我说我把二楼房间腾出来给你吧。她说太难为情了，死活不答应。我觉得她有顾虑也理所应当。我问她自己有没有什么想去的地方，她突然脸红，小声问道明天傍晚能不能让少东家来一下石河岸。真是野外幽会的话很好。"听阿泰的声音，是忍着没笑。不过，新藏可笑不出来，他焦急地叮嘱阿泰说："就定在石河岸见面啦！"阿泰的回答是：我没办法，就这么定吧。时间是晚上六点到七点，见完面请顺便也来我家一趟。新藏答应了阿泰，同时道了谢，马上挂了电话。从现在到明天傍晚这段时间，让人觉得漫长难熬。新藏打了会儿算盘，帮人核对账目，吩咐人送中元节礼物——这期间他一脸焦急模样，眼睛盯着位于账房格子上方钟表的指针。

　　下午五点前，夕阳西照，此时新藏痛苦地跑出店去。当时发生了奇妙的事，新藏趿拉着小伙计摆好的晴天木屐，他刚从散发着油漆味的新刊书籍广告牌后面迈步走到柏油路，便有两只蝴蝶擦着他的草帽沿儿飞过。可能是大凤蝶。黑色翅膀上闪着蓝光，有些恐怖。当然新藏当时并没有特别在意，两只蝴蝶嬉戏着飞向夕阳，直至看不见踪影。新藏只是瞟了一眼，便跳上恰好通过这里开往上野的电车。他在须田町换乘，在国技馆前那一站下车。下车一看，在草帽周围飘飘飞舞的仍是那两只黑蝴蝶。他觉得那两只蝴蝶总不至于从日本桥追踪至此，此时他也没太理会此事，离约定的时刻还有些时间，在拐到第一条巷子途中，他发现了一家干干净净的荞麦面馆，招牌上写着"薮"字，他边吃饭边准备约会。当然，此日他滴酒未沾，但他觉得胸口堵得慌，大喝一口凉麦茶，在日头落山时分，他像躲避他人目光的逃犯似的，悄悄从荞麦面馆出去了。走到外面时,那一对蝴蝶像对他紧追不放似的快速赶来,新藏感到很惊讶,蝴蝶在新藏的鼻子前面呈一字形飞舞。这对凤蝶黑丝绒般的翅膀上像刷了蓝色粉末一样。当时可能是心情所致,透过傍晚冰凉清澄的空气,新藏觉得在额头前振动翅膀的一对蝴蝶有鸟那么大。他大吃一惊,不由得停下脚步,眼看着蝴蝶逐渐变小,相互追逐着消失在苍茫暮色中。对于反复出现奇怪的蝴蝶,新藏也确实感到害怕,弄不好自己来到石河岸时也会产生投河的想法,新藏有些犹豫不前。不过,新藏也担心今晚来这里的阿敏,于是马上又重新振作起来,黄昏时分来到回向院前的大路上,目不斜视地直奔约会地点,此时黄昏的人影看起来像蝙蝠一样模糊。跑到石狮子像横排的石河岸时,从空中翩翩飞来两只蝴蝶。两只蝴蝶闪着蓝光互相追逐,一会儿又被风吹拂,在残留着微光的电线杆根部消失了。

  因此,新藏在石河岸前来回溜达等阿敏到来的时候,心情七上八下的。一会儿重新戴戴草帽,一会儿看看藏在袖兜里的怀表,近一个小时时间,新藏觉得比起刚才在账房格子后面来更让人焦急。可是无论怎么等,迟迟见不到阿敏的影子。新藏不知不觉离开了石河岸,朝岛婆婆家的方向走了五十多米时,右侧有个澡堂,刷着仿唐油漆的招牌上画着巨大的仙桃，上面写着：根治百病桃叶汤。新藏心想，阿敏借口去澡堂离开了家，是不是这个澡堂呀——正在这时，掀开女澡堂门帘来到昏暗马路上的，不是别人，正是阿敏。阿敏的打扮跟之前没有变化，腰系瞿麦花纹的薄毛呢带子，身着藏青碎白花纹单衣。因为刚洗完澡，气色很好，光鲜亮丽，银杏卷发髻的双鬓处头发未干，还留有梳痕，乌黑润泽。阿敏将湿手巾和肥皂盒轻轻捧在胸前，像是害怕什么似的，眼神不安地环视道路四周。她已看到新藏，但仍然看似有些担心地冲新藏莞尔一笑，轻盈地走到新藏身边，若有心事地说道："让您久等了。"新藏回答说："哪里，没等多久。倒是你，总算能出家门了。"新藏说着，跟阿敏一齐朝着刚才走过的石河岸方向缓缓走去。看样子阿敏仍然心绪不宁，神色慌张，一个劲地朝后看。新藏故意开玩笑说："你怎么了？好像有人追赶似的。"阿敏突然脸红，有些不安地答道："哎呀，您好不容易来一趟，我还没道谢呢——您来了，太好了。"新藏有些担心，在到达石河岸之前的那段时间，新藏问了许多详情。阿敏露出苦笑，只是回答道："我们在这里见面，要是被人发现了，不仅是我，连您也会遭殃的。"二人快到达石河岸时，阿敏看了一眼在昏暗处蹲着的石狮子，放心地长吐一口气。

他们从石狮子下面走下河岸，那里横躺着很多从船上卸下来的根府川石料。来到这里，阿敏终于停下脚步。新藏战战兢兢从阿敏后面来到河岸，躲在石狮子后面，幸好行人看不到这里，新藏很随意地坐在傍晚时分带有湿气的根府川石料上，催促阿敏回答刚才的问题："你说与我性命攸关，说我要倒霉，究竟是怎么回事呀？"阿敏环视着浸泡着青黑色石墙的竖川水，口中默默祷告着什么。不一会儿，阿敏把目光转向新藏，她才开始微笑着小声说道："已经到这里了，不要紧了。"新藏像是被狐妖缠身似的，一言不发，回眸望着阿敏的脸。然后阿敏也坐在新藏身旁，断断续续悄声说着什么。听他们说话，看来他们的确面临着恐怖的敌人。若时机和场合选择不当，很可能丢掉性命。

原本人们都以为那个岛婆婆是阿敏的母亲。实际上她是阿敏的远房姨母，听说阿敏父母生前甚至不跟她来往。阿敏的父亲及其祖上历代都是神社木匠，照阿敏父亲的话："那个婆婆不是人类，如若不信，你看她的侧腹，上面长满了鱼鳞。"阿敏父亲在街上遇到岛婆婆时，要么点燃驱邪火，要么会撒盐。阿敏父亲去世后没多久，母亲的外甥女，也是阿敏的儿时伙伴———一位病魔缠身的孤儿成了岛婆婆的养女，很自然两家开始了亲戚般的来往。但这种来往只维持了一两年，阿敏母亲去世后，阿敏身边也没有需要照料的兄弟，母亲去世不到百日，阿敏便到了位于日本桥的新藏家中当用人。自那以后，阿敏和岛婆婆也断了联系。为什么阿敏又开始去那个岛婆婆家，回头再说详情。

可说起岛婆婆的身世来，去世的父亲知道一些，阿敏却一无所知。只是母亲听别人说过，岛婆婆从前是个女巫师。阿敏认识岛婆婆之后，岛婆婆一直借助婆娑罗大神之法力进行加持和占卜。这个婆娑罗大神像岛婆婆一样，不明来历，有各种传说，有人说是天狗转世，有人说是狐狸变身；阿敏却听供奉当地神灵的天满宫神官说，那婆娑罗必是某种水神。可能是这个缘故，每晚凌晨两点闹钟一响，岛婆婆都会从后面的走廊借助梯子下到竖川里，头和身子都浸入河中，一泡就是半个多小时。若是现在的阳春三月倒也能够忍受，寒冬腊月仍是一件浴衣，在雨夹雪纷纷落下之时，她像一只人面水獭似的，扑通一声钻入水中。有一次阿敏担心她，一只手拿着电筒打开护窗板，偷偷往河中一瞧，只看到河对岸的一排仓库顶上残留着皑皑白雪，更显得岛婆婆留着垂肩短发的脑袋像个浮巢似的在黑黢黢的水面上漂浮。不过，说到岛婆婆，不管是加持还是占卜都很灵验——表面上看全是好的一面，但也有很多人使钱雇佣她，咒杀父母、丈夫和兄弟。事实上，听说前一阵子从这个石河岸投河的男子便是被那位岛婆婆轻而易举咒死的。岛婆婆受了大米批发店老板的委托，因为该老板与死者迷上了柳桥的同一名艺伎。但是，不知出于什么难解的理由，像石河岸这样的场所，岛婆婆一旦咒死一人，在那个地方其咒术将不再灵验，无法加害周围的人。不仅如此，现场的事情也能瞒过如同千里眼一般的岛婆婆。于是阿敏才特意将新藏叫到这石河岸的。

要说岛婆婆为什么如此这般要拆散阿敏和新藏这一对恋人，实际上是因为今年春天开始，有位证券商来请岛婆婆占卜股票行情。那个人看到阿敏格外漂亮，便用大把金钱打动岛婆婆，最终岛婆婆答应让阿敏做他的小妾。但是，假若仅此而已，倒也能用钱财解决。这里有一个不可思议的障碍，即岛婆婆一旦离开阿敏，她便不再会加持和占卜了。岛婆婆一旦开始工作，首先会请婆娑罗大神降临到阿敏身上，然后从神灵附体的阿敏口中逐一发出指令。当然，理论上讲，岛婆婆也可以让神灵附在自己身上，但是进入那种亦真亦幻的恍惚之境，即便在那一刻通晓了人类无法知晓的仙界消息，可一旦醒来，之前的事情会彻底忘记。没办法，岛婆婆才让婆娑罗大神附体到阿敏身上，听阿敏说话。既然有这种事情，不得不说岛婆婆对阿敏不撒手也算理所当然。证券商认为是个机会，既然要纳阿敏为妾，岛婆婆肯定也会跟过来，那就可以让岛婆婆占卜股票行情，搞好了很可能富甲天下，财色两得。

但是在阿敏看来，即便是在似真似幻中说的话，可岛婆婆所做的坏事全是按照自己吩咐所为，没有良心的人很难明白是怎么回事。自己被用作工具，内心肯定会害怕。这样说来，前边提到的岛婆婆的养女，被领养后一直被岛婆婆当这种角色使唤，本来就虚弱，越来越体弱多病。最后那个养女难以忍受良心的苛责，趁着岛婆婆睡觉的间隙，上吊自杀了。阿敏跟新藏家里请假，正是那个养女死后不久。可怜的姑娘给发小阿敏留下遗书，恰巧岛婆婆很早以前就打算让阿敏接这姑娘的班，便借此机会巧妙地让阿敏请假，使其待在现在的住所，之后便面目狰狞地对阿敏说，死活都不会让你回去的。阿敏毕竟与新藏有过海誓山盟，当晚便打算逃出来；可岛婆婆也十分小心，阿敏多次窥视门口的格子门，门口总会有一条大蛇盘卷，阿敏终究还是没有勇气跨出一步。后来阿敏多次准备乘机逃走，但总是发生不可思议之事，愿望没有达成。最近没有办法，阿敏觉得凡事皆靠缘分，便放弃了，每天哭着按照岛婆婆的吩咐去做。

可前一阵子新藏来过以后，穷凶极恶的岛婆婆知道了二人的关系，已经不仅仅是对阿敏恶语相向了，还时常殴打、拧掐阿敏。到了半夜，岛婆婆会使出法力，将阿敏胳膊吊到半空，让大蛇缠住阿敏脖颈，用听起来毛骨悚然的手段折磨阿敏。更让阿敏痛苦的是，在折磨阿敏的间隙，岛婆婆会狞笑着面目可憎地吓唬阿敏：这样你还不死心的话，即便是让新藏短命折寿也不让你回去。事既至此，阿敏便也一筹莫展；此前种种，尽皆认命便是，可若是连累新藏也大祸临头，却是万万不能；想到此节，阿敏终于下定决心，将事情原委一五一十地告诉新藏。新藏听完事情经过，方知岛婆婆竟如此心狠手辣，厌恶、蔑视之情溢于言表。阿敏此时方才真正意识到，在鼓起勇气赶往阿泰家之前，自己是多么的迷茫无措。

　　阿敏说完后像往常那样抬起苍白的面庞，一直盯着新藏的眼睛看，说道："我是苦命之身，不管多么痛苦悲伤，也只能痛断情丝，回到从前那样，就当我们未曾相识。"看来阿敏已无法忍耐，她紧紧依偎在新藏膝旁，咬着衣袖哭了起来。新藏对此无能为力，一时之间只能抚摸着阿敏的后背，虽然他对阿敏又是斥责又是鼓励，但面对岛婆婆这样的对手，怎样才能平安无事喜结连理呢？很遗憾，只能说他们俩没有胜算。但是为了阿敏，新藏此时不能露怯，他强打精神说道："没关系。不用怕。过不了多久便会见分晓。"新藏说了些敷衍的安慰话。阿敏暂时止住泪水,离开新藏膝前,声音哽咽地说:"如果时间还长,倒也还能设法挽救,但那个岛婆婆说后天夜里又要请神了。如果那时我突然说走了嘴——"显得无可奈何。听了阿敏的话,新藏大吃一惊,好不容易打起的精神也不由得变得沮丧。话说后天岛婆婆请神,今明两天如果不想出法子,不仅是自己,连阿敏都将坠入无法挽回的不幸深渊。可是仅仅两天时间怎么能够想法子制服那个奇怪的妖婆呢?即便到警察那里告她,法律也管不着幽冥界的犯罪。再说,对岛婆婆做的坏事,社会上的舆论也只是作为可笑的迷信而置之不理。这样一想,事到如今新藏除了双手一揣茫然若失之外别无他法。持续了一段痛苦的沉默之后,阿敏抬起泪眼,凝望着星星微微闪烁的暮色天空,以微弱的声音嘟哝道:"干脆我死了算了。"不一会儿又提心吊胆地环视四周,筋疲力尽地说:"回去太晚又要被岛婆婆骂,我要回去了。"的确,这么说来,阿敏到这里已经超过半小时,伴着潮水的味道,夜色笼罩在二人周围,河对岸的柴堆和它下面系着的苫席船都隐藏在一片苍茫暮色中,只有竖川水像巨大的鱼腹一样,蜿蜒逶迤微微泛着白光。新藏搂着阿敏双肩,轻轻吻着阿敏,之后拼命给自己壮胆,说道:"总之明天傍晚请你再来这里。在那之前我尽可能想出办法。"阿敏轻轻用湿手巾擦拭面颊的泪痕,一言不发,悲伤地点了点头,又悄悄从根府川石料上站起身来。和精神彻底萎靡的新藏一起,想要经过石狮子下面走到大路上时,阿敏突然涌出了泪水。阿敏露出夜里都显得美的脖颈后发际,难过地低着头,又一次喃喃细语:"我干脆死了算了。"就在那一瞬间,刚才两只黑蝴蝶消失的电线杆根部仿佛突然显现出一只巨大的人眼,这只人眼没有睫毛,蒙着浅蓝色薄膜,瞳孔浑浊,也不知在看哪个方向,大小有三尺多吧。刚开始像水泡一样突然出现,之后在离地面稍高处像飘动一般模模糊糊停留片刻,那浑浊的煤烟色瞳孔便马上斜着向眼角方向靠近。而且,令人不可思议的是,虽然这巨大的眼睛混入大街上的夜色中,显得朦胧,但看起来它隐藏着难以言表的恶意之光。新藏不由得握起拳头,护着阿敏的身体,拼命盯着这个幻影。实际上,那时新藏汗毛倒竖脊背发凉,感觉背部有寒风吹入。甚至连呼吸都觉得困难。想发声说话,舌头也无法动弹。幸好那眼睛暂时将憎恶拼命聚集在瞳孔处,回望着这边。但眼看着那只大眼形象模糊,最后那像贝壳一样的眼眶脱落,只剩下电线杆在那里,看不到任何怪物。只有那黑羽蝴蝶似乎在翩翩飞舞。说不定是从地上掠过的蝙蝠。后来新藏和阿敏简直像噩梦初醒,惊慌失色,面面相觑,转瞬间两人从彼此眼中读出恐怖的准备赴死的念头，两人不由得紧紧握住对方的手，哆哆嗦嗦浑身直抖。

又过了三十来分钟，新藏仍旧神色慌张，在通风很好的里间客厅，新藏向店主阿泰低声讲述了今夜发生的各种不可思议之事。两只黑蝴蝶、岛婆婆的秘密、大眼睛的幻影等——这些在现代青年看来只能认为是荒诞无稽之谈，但阿泰已经领教过岛婆婆那怪异的诅咒之力，他丝毫未存疑虑，一边劝新藏吃冰淇淋一边屏气凝神听着。"那个大眼睛一消失，阿敏脸色苍白，说道'怎么办？我来这里与你相会，已经被岛婆婆发现了'。但我却张狂地说：'既然已经这样了，我们和岛婆婆之间的战斗就算开始了。不管她知道还是不知道，又有什么关系？'但让人为难的是，刚才我也说过，我和阿敏约好明天还在那个石河岸见面。但是，假如今夜的见面被那个老妖婆发现了，我觉得她明晚不会再放阿敏出来。所以，即便有妙计能从老妖婆魔爪之下救出阿敏，即便今明两天能想出妙计来，若明天晚上见不到阿敏，所有妙计都会泡汤。

"这样一想，我觉得自己被神佛抛弃了。与阿敏分别后走到这里的这段时间，我感觉我的双脚不着地，飘飘忽忽的。"新藏讲完了详情，好像才想起来似的摇着团扇，满怀心事地瞅着阿泰。但出人意料，阿泰毫不慌张，他只是望着吊在屋檐前的葱草，看了一阵子葱草在风中打转，最后将目光移向新藏，紧皱眉头说道："也就是说，你要达成目标有三重难关。第一，你必须从岛婆婆手中安全地夺走阿敏，第二是在后天之前务必实施。然后，为了实施计划而碰面，你必须于明天之内见到阿敏——这是第三道难关。我觉得这第三道难关嘛，只要第一、第二道难关顺利攻破，第三道难关也就不难了。"阿泰以颇有自信的口吻说道。听了阿泰的话，新藏仍然一脸不悦，满怀狐疑地问道："为什么？"于是阿泰露出令人恼火的镇定劲儿，说道："没有为什么！如果你见不到的话——"阿泰突然环视四周才说："这个嘛。不到最后我不会说的。

"刚才说过，那个老妖婆好像在你周围布下了天罗地网，请你最好不要说漏嘴了。实际上，我觉得这第一、第二道难关，也并不是牢不可破——算了，算了，一切包在我身上。今晚我们喝点啤酒，好好壮壮胆儿。"阿泰最后以貌似轻松的笑声来掩饰。新藏当然对阿泰的做法感到既焦急又生气，可开始喝啤酒后，新藏开始觉得阿泰的小心合情合理。因为他俩当时闲聊了一些不开心的家常话，阿泰突然发现新藏桌上的熏鲑鱼碟子没动一筷子，啤酒杯里虽然泡沫已经消失，但仍然满满的，没喝一口放在那里。阿泰拿起滴水的啤酒杯，催促新藏说："来，我们愉快地干杯吧。"新藏若无其事地举起酒杯，刚要一口气喝下去时，直径两寸的圆啤酒杯表面上映出天井的电灯和后面的帘门。

就在这一瞬间，啤酒杯表面映出一张陌生人的脸。说得准确些，那只是一副陌生面孔，不清楚是不是人的面孔。照我说，那张面孔似鸟似兽，似蛇似蛙。而且，与其说是面孔，莫如说是面孔的一部分，特别是从眼睛到鼻子那一块，简直像是隔着新藏的肩膀偷偷窥视酒杯一般，面孔将灯光遮掩，将影子清晰地投入杯中。这样说来，那面孔似乎窥视酒杯有一阵子了。前面也说过，这不知为何物的面孔，其眼睛在那一瞬间从直径二寸的啤酒杯口窥视了新藏的眼睛，马上便消失了。新藏将端到嘴边的酒杯放下，东张西望环视四周，电灯依然明亮，屋檐前的葱草依旧在风中打转，这清凉的里间客厅也看不到带妖气的东西。阿泰问新藏："怎么了？是不是酒里爬进了虫子？"被这么一问，新藏没办法，他擦拭了额头上的汗水，害羞地回答道："没什么，一张怪面孔映入酒杯了。"听了新藏的话，阿泰像回声似的重复道："怪面孔映入酒杯？"说着便往新藏的酒杯中瞅。原本现在除了阿泰的面孔，杯中并无像面孔的影子。

"你是不是神经过敏啊？那老妖婆总不至于把手伸到我

这里来吧。"

"可是你自己刚才不是说过吗？老妖婆在我身体周围布下天罗地网。"

"极有可能。但老妖婆总不至于——总不至于把舌头伸到啤酒杯中喝一口吧。那也无所谓，干脆让她喝干。"

阿泰像这样想方设法激励新藏那郁闷的心情，可新藏越发郁闷，还没喝完啤酒便开始准备回去了。不得已，阿泰亲切地再三劝说新藏千万别灰心，阿泰觉得新藏坐电车不放心，还给新藏叫了人力车。

那天晚上新藏睡下后光做奇妙的梦了，多次被吓醒。终于挨到早上，新藏马上给阿泰打电话，顺便对昨晚之事道谢。出来接电话的是阿泰店里的掌柜。掌柜寒暄道："我家老爷一大早就出去了。"新藏想，阿泰大概是去岛婆婆那里了吧，但自己也不能明着问，即便问了，掌柜的肯定说不知道，新藏便拜托掌柜，让阿泰一回来便通知自己，之后挂了电话。

终于到了中午时分，这次打来电话的是阿泰。果不其然，阿泰早上去了岛婆婆家，让她看房屋风水。"运气不错，见到阿敏了。我把我的计划写到纸上悄悄递给阿敏了。不到明天不知道她会怎样回复。毕竟是非常时期，看样子阿敏也会接受的。"——听阿泰这样说，新藏觉得一切都会往好的方向发展。新藏想知道是什么计划,便问道:"你究竟打算怎么办?"阿泰仍像昨夜那样,在电话里嬉笑着说道:"哎呀,你再等两三天。对手是那个老妖婆,打电话也不能马虎。回头我打电话给你吧。再见。"新藏挂掉电话,像往常那样坐在账房格子后面,一想到这两天就要决定自己和阿敏的命运,新藏的心情说不上是害怕还是焦急,更说不上是兴奋,只是内心奇妙地充满期待,连账簿和算盘都拿不稳。那一天他以烧未退为借口,中午开始在二楼起居室睡觉。在此期间,新藏一直有担心事,他觉得有一个人一直盯着自己的一举一动,不管是睡觉还是起床,那个人一直执拗地纠缠着他。实际上,下午三点左右确实有人蹲在二楼的楼梯口处,隔着帘门朝这边看。新藏马上跳起来出去探个究竟,只有窗外的天空模模糊糊映在擦得锃亮的走廊上,看不到任何人影。

如此这般到了第二天,新藏越发心神不宁,一直等阿泰打电话来,等了很久,到了跟昨天相同时刻,新藏如约被叫去接电话。接起电话,阿泰的声音比昨天更加精神,他很得意地高谈阔论起来:"新藏,你看啊,阿敏终于有回信了,一切按照我的计划在进行。什么?你说为什么阿敏会答应我?我随便找个事儿,出马前往老妖婆家。因为昨天用书信联系过,负责传达的阿敏马上悄悄把回信交与我手。她的回信很有趣。她用平假名写道'我知道了'。"可是今天很奇妙，阿泰说话途中，不仅有阿泰的声音，还有另外一个人的声音。这个声音究竟在说什么，新藏全然不知。总之，这个声音跟阿泰洪亮的声音相反，瓮声瓮气，有气无力，无精打采，似在喘息，在阿泰说话的间隙穿插着，从电话听筒的对面传来，两种声音就像阴阳两面一样，正好相反。刚开始新藏以为是电话串线，并没在意，他催促阿泰说："还有什么？还有什么？"拼命想知道令人怀念的阿敏的消息。可能阿泰在这期间也听到那种声音了吧，便问道："好像挺吵的！是你那边吗？"

"不，不是我这边。是串线吧。"

新藏回答后，阿泰有些咂舌，说道："那我先挂了，再打一次。"

阿泰说着，对接线员发了两三声牢骚，说完又耐心地让接线员连线。又听到了癞蛤蟆叫一般的嘟嘟哝哝声。阿泰最后也泄了气，说道："没办法呀！好像哪里出了故障——那个重要的正事儿哈，阿敏终于答应了，我想一切会按计划成功的，你就放心等好消息吧。"阿泰又继续说刚才的话题。新藏还是担心阿泰的计划，又一次像昨天那样问道："你究竟是怎么打算的？"阿泰还是像以往那样，若无其事地半开玩笑地说:"你再忍一天。等到明天这个时候,我一定会通知你——哎呀,你别那么着急,你就稳坐钓鱼台吧。不是说'有福之人不用忙'吗?"阿泰的声音还没结束,另一个模糊不清的声音突然传入耳鼓:"别瞎折腾了!"明显是在嘲笑。阿泰和新藏不由得同时从电话的一方问道:"什么呀?刚才的声音。"之后听筒中便一片寂静,甚至完全听不到那个哼哼声。"这可不行,你知道,刚才的声音是那老妖婆的。搞不好连好容易定的计划都要——嗨,一切看明天了。我先挂电话了。"阿泰说着挂了电话,他的声音里明显能感受到一丝狼狈。实际上,假如岛婆婆注意到两人打电话,那么她当然也一定注意到阿泰与阿敏在秘密进行书信来往,所以阿泰慌张也属自然。更何况在新藏看来,即便不知道他是什么打算,既然阿泰这无可替代的计划被岛婆婆识破,只能万事皆休了。新藏离开电话后,简直像丢了魂似的,昏昏然走到二楼起居室,眺望着窗外的蓝天,一直到天黑。可能是心情所致,新藏觉得天空中时常有几十只黑羽蝴蝶,它们成群结队飞舞着,交织出令人恐怖的印花布花纹。新藏身心俱疲,对那些不可思议的景象已经麻木不仁。

那天晚上,新藏还是不断做噩梦,没能睡好觉。但天亮之后,新藏又恢复了些许生气,如同嚼蜡地吃完早饭后,马上给阿泰打了电话。阿泰还有几分睡意，慵懒地诉苦说："你起床也太早了。现在这个点儿，你给我这个爱睡懒觉的人打电话，太残酷了！"新藏也不回答他，像个撒娇任性的孩子固执己见地说道："我呢，自从昨天打过那通奇怪的电话，家里是一刻也待不下去了。接下来我马上去你家。不行，只在电话里听你讲话，我心神无法安定。等着，我马上过去。"听了新藏那过于兴奋的口吻，阿泰也没有办法，便乖乖答应："那你就来吧，我等你。"新藏挂了电话，对担心的母亲也只是面露难色，也不告诉母亲前往何处，便马上飞奔出店铺。

出门一望，天空阴沉沉的，东方天空云彩之间闪烁着赤铜色光芒，天气出奇地闷热。新藏原本没有余暇顾及天气如何，他马上跳上电车，幸好有空位，便在正中间的位子坐下了。那看似一时恢复的疲劳不怀好意地卷土重来，新藏仍旧心情郁闷，甚至觉得头疼得厉害，仿佛坚硬的草帽逐渐箍紧脑袋似的。新藏想排遣忧愁，目光从之前一直盯着的木屐尖儿转向邻座，他发现这列电车也很奇怪。之所以这么说，是因为车顶两侧整齐排列的吊环随着电车的震动，都像钟摆似的在晃动。只有新藏跟前的吊环自始至终停在一处，一动不动。

新藏最初只是觉得有些奇怪，没太在意。坐着坐着感觉有人凝视自己，自然而然，令人不悦的心情强烈起来。他觉得不能坐在这个吊环下面了，便特意转移到对面角落的空座位上。转移后突然抬头一看，刚才还在晃动的吊环突然像固定在上面一样不晃动了。相反，刚才座位上面的吊环像获得自由后很高兴一样，使劲儿晃起来。尽管怪事见多了，但新藏这次感受到无法形容的恐怖，甚至忘了自己的头痛。他不由得像求救似的向四周张望着其他乘客的脸，结果发现斜对面坐着一位像隐士一样的老太太，她戴着金丝眼镜，越过黑纱披风直愣愣地反扫了新藏一眼。

当然，这位老太太肯定跟那位跳大神的老妖婆没有任何关系。看到老太太视线的同时，新藏马上想起岛婆婆那青肿的脸庞。他按捺不住了，突然把车票递给列车员，比失手的小偷都要快地跳下电车。毕竟电车在行驶，速度太快，新藏脚刚着地草帽便飞了，木屐的带子也断了，而且由于身体向前倒，膝盖擦破了皮。岂止这些，要是新藏起身再晚一会儿，他就会被扬着沙尘飞驰而来的货车轧着。新藏浑身是泥，被喷了一脸汽车尾气。望着从横侧疾驰而过的货车后面涂成黄色、像商标一样的黑色蝴蝶形状，新藏感觉自己能捡条命真是上天眷顾。

那是距离鞍挂桥车站还有一百来米的地方，幸好有一辆等人的人力车路过,新藏心想,总之先上车吧,但仍露出惊慌之色,急忙朝东两国方向而去。但在途中新藏心跳得厉害,双膝的伤也剧痛,而且因为今天发生了这样的骚动,新藏有种不祥的预感,觉得这人力车不知何时很可能会翻倒,几乎无路可活。特别是人力车来到两国桥①时,在国技馆上空重叠着银灰色边缘的黑色云彩,宽阔的河面上帆影交织,像蚬蝶翅膀一样。看到这个景象,新藏发觉自己和阿敏的生死离别即将临近,被这种悲壮的情绪所触动,不由得泛出泪光。所以,人力车走过鞍挂桥,即将在阿泰家门口停下时,新藏内心五味杂陈,不知是高兴还是悲伤,他快速把超额的车钱递到只是一味呼吸急促、满脸狐疑的车夫手中,便仓皇钻入店铺之中。

阿泰看到新藏的脸色,呵护着将他领到内厅。不一会儿,阿泰注意到新藏手脚上的伤痕,发现他的夏季短外褂蹭破了,吃惊地问道:"你这个样子,是怎么回事?"

"我从电车上掉下来,在鞍挂桥那里跳车没跳利索。"

"你又不是乡下人,也太不机灵了。可是你为什么在那

---

① 两国桥,东京都墨田区的桥梁。其东西两侧古时分属武藏国(东京都、埼玉县、神奈川县东部地区)和下总国(东京都隅田川东岸、千叶县北部、茨城县部分地区),故名"两国桥"。

个地方跳车呢?"

于是，新藏把电车内遇到的不可思议之事一一讲给阿泰听。阿泰认真听完整个过程，跟往常不同，他皱起眉头，自言自语起来："形势越来越不妙啊。我原以为是阿敏搞砸了。"新藏听到阿敏的名字，突然感觉心跳加快，像诘问似的问阿泰："你说阿敏搞砸了？什么意思？你究竟让阿敏干什么了？"但阿泰不回答新藏的问题，相当困惑地叹了口气，说道："说起来事情变成这样或许是我的罪过，我要是在电话里不跟你讲我给小敏递书信的事，那个老妖婆肯定也不会察觉到。"新藏越发受不了，声音颤抖着埋怨起阿泰："事到如今你仍然不把你的计划告诉我，你也太残酷了吧。都怨你！我必须得受二茬罪。"阿泰说了声"好了！"以劝阻新藏的手势说："你说得有理，这点我也知道。但既然我们的对手是老妖婆，你就当作这是不得已的事。实际上我刚才也说了，给阿敏递书信的事，如果我一声不吭不告诉你，我觉得也许一切会进展得更加顺利。因为你的一举一动都被老妖婆看穿了。不，说不定前一阵子那个电话之后老妖婆也开始恨我了。不过，就目前的情况来看，我身上发生的怪事没你多，所以还不能断言我的计划就一定失败了，事情有个分晓之前，即便被你怨恨，我还是想把一切藏在心里的。"阿泰对新藏又是教导又是劝慰。可新藏虽然这么听着，即便他赞同阿泰所说，他担心阿敏安危的心情不可能有变。他仍然表情严峻，像声音卡住似的叮嘱阿泰："可是，阿泰，阿敏身体无恙吧。"阿泰仍然以担心的眼神说了句"怎么说呢"，一时之间陷入沉思。

过了一会儿，阿泰瞅了瞅里屋的钟表，下定决心说道："我也担心得要命，即便去不了那个老妖婆家里，我们还是到她家附近侦察一下吧。"实际上新藏也这样坐了很久，正心烦意乱呢，自然不会拒绝。两人一拍即合，没过五分钟，两人穿着夏季短外褂肩并肩匆匆走出阿泰家。

可是，离开阿泰家还没走出五十米，有人从后面吧嗒吧嗒跑来。两人同时回头一看，并不是什么怪人，而是阿泰店里的一个小伙计肩上扛着一把蛇目伞，追赶着主人快速跑来。

"送伞来啦？"

"是的。掌柜的说看样子要下雨，让您等等。"

"那样的话，你要是连客人的伞也准备了就好了。"

阿泰苦笑着接过蛇目伞，发现小伙计大大咧咧地挠了挠头，很不自然地鞠了个躬，快步跑回店里。这么说来，他们头上的天空比起刚才来，一大片黑色积雨云滚滚向四方弥漫，云的间隙漏出的光线宛如磨得锋利的钢铁一般，带着令人恐怖的阴森。新藏和阿泰一起走着，凝望着天空的模样，他们又被不祥的预感所袭扰。很自然，他们没有心思跟对方说话，只顾快步前行。所以阿泰总是落在后面，始终小跑跟着，还时不时忙乱地擦汗。可能是走着走着终于放弃了吧，阿泰任凭新藏在前面走，自己在后面拎着蛇目伞，时不时同情地望着朋友的背影，悠闲地走着。

两人从头道桥桥畔向左拐，来到新藏和阿敏黄昏时分看到虚幻巨眼的石河岸前时，后面开来一辆车，从阿泰身旁驶过。看了车上客人的样子，阿泰突然紧锁眉头，"喂、喂"地尖声叫住新藏。新藏不得已停下脚步，很不情愿地回头看着阿泰，心烦地问道："什么事呀！"阿泰快步追来，问了很奇妙的事："你看到刚才坐车通过的人的脸了吗？""看到了，是那个瘦瘦的戴黑色眼镜的男子吧。"——新藏这么诧异地说着，又快步走起来。阿泰更无顾忌，用比之前更加庄重的语气说了意想不到的话："你要知道，那可是我家的大主顾，名叫键惣，是个证券商。说要把阿敏纳作小妾的，就是这个男子吧。你觉得呢？也没什么特别的根据，只是有这种直觉。"可新藏仍然语气稳重："你只是那样觉得吧。"扔下这句话，新藏也不看那个桃叶汤招牌，径直往前走。阿泰用蛇目伞指着前方说道："未必只是感觉。你看！那辆车不是正好停在岛婆婆家门前吗?"阿泰很得意地回头看着新藏。仔细一看，实际上刚才那辆车停在阴暗的垂柳枝条下，那带金徽的一面朝这边放着，车夫好像坐在踏板前，优哉游哉地将车把放下。新藏看到这个，才开始在不悦的面孔下现出一点点热情。即便如此，他仍然以最初那懒洋洋的口气，烦躁地说："也不尽然吧，你想，来找老妖婆占卜的证券商，未必就只有那个叫键惚的一人。"

说话之间，二人已来到与岛婆婆家相邻的泥瓦匠铺附近。阿泰也不再分辩，小心谨慎地注意周围，简直像护着新藏身体一般，两人肩并肩慢慢通过岛婆婆房前。路过时二人用眼角扫了扫岛婆婆房中情况，跟平时不一样的只有键惚乘坐的那辆车，这辆车近在咫尺，正好在泥瓦匠铺的泄水口处，橡胶车轮很宽，威严地停着，车夫耳后夹着蝙蝠牌香烟头，煞有介事地看着报纸。除此之外，竹格子窗、入口处熏黑的格子门，乃至苇帘未换的格子门里老旧的拉门颜色，不仅所有一切都跟往常相同，室内也跟往常一样，感觉笼罩着阴森的寂静。更别说侥幸能看到阿敏的影子，甚至连阿敏那可爱的藏青碎花纹衣裳都没看到。所以他们二人通过岛婆婆家门前来到隔壁杂货铺时，之前的紧张缓解了。另外，他们也很失望，因为热切的期望落空了。

可他们来到杂货铺前面时，发现那里摆着浅草纸、龟仔棕刷、洗头粉等货物，此外还吊着一大排红灯笼，上面写着蚊香字样——伫立在杂货铺店头跟老板娘说话的不正是阿敏吗？两人不由得面面相觑，几乎一秒钟都没犹豫，两人撩起短外褂下摆，大模大样地走进杂货铺。阿敏发现有人，朝两人的方向回头瞅，眼看着阿敏苍白的面庞现出红晕。当着杂货店老板娘的面，阿敏不得不有所掩饰。垂到屋檐下的柳树条搭在阿敏肩上，阿敏似乎是在强忍着内心的激动，轻轻发出"哎呀"的惊叫声。结果阿泰相当镇静地把手搭在草帽檐儿上，若无其事地跟阿敏打招呼："你母亲在家吗？"

"在家呢。"

"那，你在干啥呀？"

"应客人的要求，我来买些半纸①。"

阿敏的话还没说完，被柳树遮挡的店头更加阴暗了。阿泰刚这样想，马上便有雨丝掠过写着蚊香字样的红灯笼，冷冰冰的，斜刺里闪着光芒。同时轰隆隆响起雷声，震得柳树叶子直晃。阿泰趁此机会返回店铺外面，说道："请你跟你母亲捎个话儿。说我还有事要请她给掐算一下。刚才我在门

---

① 半纸，一种宽24至26厘米、长32至35厘米的日本纸。

口喊了好几声,没有回音。原以为有什么事儿呢,原来你这个传话的人在这里磨洋工呢。"阿泰看看阿敏,再看看杂货店老板娘,潇洒快活地笑了起来。当然,杂货铺老板娘什么都不知道,自然无法看穿阿泰的高超演技,于是赶紧催促阿敏:"小敏,你快去吧。"因为下雨,老板娘自己也赶紧去收拾写着蚊香字样的红灯笼。于是阿敏也留下一句话:"那么,阿姨我们回头再见。"说完,阿敏夹在阿泰和新藏中间出了杂货铺店门。三人自然未在岛婆婆家门前停步,而是用蛇目伞挡着啪嗒啪嗒落下来的大雨点,快速朝头道桥方向奔去。实际上,在这几分钟时间内,新藏和阿敏就不用说了,连平时精神饱满的阿泰也觉得终于到了决定命运的时刻了。在到石河岸之前,三个人像商量好似的低着头,对于眼见着浇下来的瓢泼大雨都浑然不觉,默不作声地继续前行。

　　走着走着,他们来到石狮子跟前,阿泰终于抬起头,回头看着新藏和阿敏说:"听说这里最安全,我们在这里边休息边等雨停吧。"于是三人聚到一把伞下避雨,穿过堆积起来的石料堆,来到石河岸边一间石工干活的草棚下。此时雨下得越来越猛,白茫茫一片,连竖川对岸都看不清楚。单靠这个草棚,根本不可能不漏雨。不仅如此,像雾一般的雨的飞沫伴着湿泥土的味道,朦朦胧胧从外面吹进来。

虽然三个人都进到草棚里,他们仍然依靠一把蛇目伞,一个挨一个地坐在一尊像门柱一样开始剥蚀的花岗岩上。新藏马上开口说:"阿敏,我原以为再也见不到你了。"新藏说话时响起了雷,像劈开云朵似的雨中斜着闪出青白色电光。阿敏不由得将银杏卷发髻伏在膝盖上,一时间一动不动。不一会儿,阿敏抬起惊慌失色的面庞,她恍惚的眼神出神地望着外面的雨脚,她语气吓人般平静地说道:"我已经做好精神准备了!"殉情——这极其不祥的文字像白磷涂写一般,刻在新藏的脑海。那真是听了阿敏话语那一瞬间的事。但是坐在两人中间撑着蛇目伞的阿泰困惑地望着两边,声音倒是蛮洪亮:"喂,我们必须要坚强,阿敏你也要打起精神来。因为这种时候死神往往会来纠缠。话说今天来的客人是一个叫键惣的证券商对吧。我对他多少知道一些。说想纳你为小妾的不就是这个男子吗?"阿泰很快把话题转移到实质性话题上。阿敏也好像如梦初醒,清澈的眼睛注视着阿泰的脸,遗憾地回答。

"是的,是那个人。"

"你看!果然如我预料。"

阿泰说着,得意地回头看着新藏,马上又以认真的口吻,劝慰般地对着阿敏说:"雨下这么大,键惣就算再忙,也得在岛婆婆家再待上二三十分钟。阿敏你讲一下这段时间我的计划怎么样了。如果万事皆休了，那就靠男子汉放手一搏，我直接进去跟键惚谈判。"阿泰斩钉截铁地说，让新藏听着也觉得可靠。其间，雷鸣越发厉害，虽说是白天，但大幅闪电几乎不停歇地拍打着瓢泼大雨。阿敏甚至忘了悲伤，做好了拼死相搏的准备。她的面庞与其说美丽，倒是带有几分冷峻。阿敏颤动着未曾变色的鲜艳嘴唇，用细弱而通透的声音回答说："大家被老妖婆算计，一切全完了。"之后阿敏在这下着雷雨的草棚下很遗憾地喘着粗气，她听着阿泰断断续续讲的故事，才知道阿泰的计划在昨夜一夜之间变得这么曲折，彻底失败了。

阿泰刚开始听新藏说岛婆婆让阿敏神仙附体，祈求神谕这件事的时候，阿泰心里突然想到的是，让阿敏做出神灵附体的样子，好好收拾一下岛婆婆，这是最直截了当的办法。于是，如前所述，阿泰借口让岛婆婆看家宅风水去了岛婆婆家，当时阿泰将写着那样信息的书信交给了阿敏。阿敏也觉得执行这个计划如同过危桥，但当下毕竟除了这个计划之外，也想不出好主意以度过眼前危机。

第二天早上，阿敏下定决心，递给阿泰一个纸条："我知道了！"可是那天晚上十二时，岛婆婆像往常那样在竖川水中泡过之后，终于开始祈求婆娑罗大神显灵之时，阿敏知道存在着人力根本无法解决的障碍。要说起其中详情，必须要讲一下岛婆婆施法术时的情况，真是不可思议，简直无法想象。岛婆婆开始请神时，竟然只让阿敏裹一层浴巾，并将其双手反剪着吊起来，披肩散发，熄着灯朝北跪坐在房间中央。然后岛婆婆自己也光着身子，左手点燃蜡烛，右手拿着镜子，叉着腿挡在阿敏身前，嘴里念着秘密咒语，将镜子用力推向对方，专心致志地在祈祷。若是普通女人，仅这一点就被折磨得肯定要发疯了。其中还经常高声念咒语，这时岛婆婆会竖起镜子，一点点逼近，最后可能是被镜子的气势所压倒，在双手被反绑的阿敏被逼着仰躺在榻榻米之前，岛婆婆双手不停，不肯罢休。不仅将阿敏放倒，岛婆婆还像食腐肉的爬虫类一样，爬着压到阿敏胸上。在蜡烛光减弱之前，岛婆婆一直让阿敏向上仰视这恐怖的镜子。

　　没多久，那个婆娑罗神如同古潭底升起的瘴气一样，毫无声息地潜入暗处，偷偷附在阿敏身上。阿敏渐渐目光发直，手脚抽动，在岛婆婆连珠炮一般的逼问下，阿敏就会持续不停地说着秘密。所以那天晚上岛婆婆也是打算严格按照这个步骤祈求大神降临，但是阿敏严守与阿泰的约定，虽然外表上显得疯疯癫癫，但内心丝毫不敢大意，她内心打算瞅准机会煞有介事地假传神谕，叫岛婆婆不要妨碍她和新藏的交往。

　　当然，阿敏对于岛婆婆刨根问底式的问题，决定装作不能抗拒神的旨意，一概不答。可是，在微弱烛光照耀下，阿敏盯着闪闪发光的镜面，她想恢复正常意识，但不自觉地会心神恍惚，不知何时置身于忘我这种危险之中。而岛婆婆在念咒时也丝毫不松懈，一直观察阿敏的神色。所以阿敏不可能乘机把视线离开镜子。这期间，那面镜子像吸引阿敏视线似的，越发放着奇怪的光，像宿命似的，一寸寸渐渐朝这边逼近。而且那个满脸青肿的老妖婆不间断低声念咒语的声音，像一张看不见的蜘蛛网，从四面八方缠住阿敏的心，欲使阿敏意识朦胧。这究竟用了多长时间，阿敏事后觉得连模糊的记忆都没留下。

　　总之，阿敏做了一整晚的法事，其苦心没得到回报，坠入那个老妖婆设置的陷阱中。在微弱烛光闪烁之中，大大小小各种各样无数的黑蝴蝶画着圆圈快速飞到天井，眼前的镜子马上不见了，阿敏跟往常一样又陷入死人般的沉睡中。

　　在雷鸣和暴雨声中，阿敏双眸闪烁、嘴唇激动地讲完了事情的整个经过。刚才一直在倾听的阿泰和新藏，此时像商量好似的长叹一口气，微微交换了一下视线。即便之前有计划可能失败的精神准备，但他们仔细听了详情后，痛彻地感受到绝望的威力。一时之间二人沉默不语,像哑巴似的,只是一味茫然地听着从天而降的暴雨声。这时阿泰看起来是鼓起勇气了,可能是刚才过于兴奋的反作用力吧,阿泰面对看似面容忧郁的阿敏,鼓励一般地问道:"前一阵的事情完全不记得了吗?"阿敏低着头回答道:"是的,全都——",但是阿敏马上又战战兢兢流露出哀诉一般的眼神,看着阿泰的脸,充满怨恨地加了一句,"终于恢复意识时,天已经亮了。"说完她马上以袖掩面偷偷哭泣,有些哽咽。

说话间外面天气不仅看不到晴天,头顶上方雷声轰鸣,眼见着雨就要落下来。每当这时,灼人眼球的电光不间断地在草棚外闪耀着。刚才一动没动的新藏似乎是想起了什么,突然站起来,一副骇人的凶相,走向狂暴的大雨和闪电中。而且,他不知何时手中拎着一把凿子,这凿子可能是石工忘在这儿的。阿泰见此情况,马上扔下蛇目伞,拼命从后面追上新藏,抱一般地搂住新藏的肩膀,不由得怒斥新藏:"你疯了吗?"怒斥着硬把新藏往回拉。这时新藏判若两人,突然拼命尖声叫道:"放开我!事已至此,不是我死,就是她亡,别无他法。"

"别说傻话。首先今天不是键惣正好也在吗?所以我才去她家。"

"键惣算什么东西！那个欲纳阿敏做小妾的家伙，怎么可能听你的话！你还是放开我吧。看在朋友的分上放我。"

"你忘了阿敏了吗？你这样鲁莽，阿敏怎么办？"

两人这样争执不休时，新藏感到阿泰那友善的两条胳膊颤抖而强有力地搂着自己。后来新藏看到阿敏泛着泪光的清澈双眸中充满无限悲凉的光，在注视着自己。最后在雨声的间隙，他听到阿敏用几乎听不到的声音讲："让我俩一起死！"与此同时，可能有落雷，随着炸裂天空一般的霹雳声，紫色火花散乱在眼前。新藏被恋人和朋友抱着，昏昏然失去意识。

几天过后，新藏终于从近似于漫长噩梦的昏睡状态中醒来。在日本桥自己家二楼，新藏头上敷着冰袋静静地躺着。枕边放着药罐和体温计，同时还有一盆牵牛花，开着很可爱的琉璃色花朵。可能还是早上吧，大雨、雷鸣、岛婆婆、阿敏——模模糊糊追踪着这些记忆，新藏突然将视线转向旁边。意想不到的是，这个苇帘门旁边，阿敏梳着银杏卷发型，脸色苍白，头发散乱，令人担心地坐着。不仅是坐着，看到新藏恢复意识，阿敏马上红着脸恭谨地说道："少东家，您醒过来了？"

"阿敏。"

新藏仍感觉像在做梦，低声叫着恋人的名字。这时在枕边突然听到阿泰的声音："哎呀！这下终于放心了——别动了，别动了，你必须要静养。"

"你也在呀。"

"我也在。你母亲也会过来。医生刚刚回去。"

就这样一问一答，新藏的目光从阿敏那里收回来，宛如看远处事物一般，出神地望着对面。果然，阿泰和新藏母亲宽心地对视着，就近坐在枕边。可是，恐怖的暴雨过后，刚恢复意识的新藏完全不知道自己是如何回到二道桥家里的，一时之间只是茫然地望着三人的脸。其间母亲慈爱地盯着新藏的脸，安慰道："一切都已风平浪静，接下来你要好好养身体，尽早恢复健康。"紧接着阿泰也说道："你放心吧。你们二人的心意已经传递给神灵。岛婆婆和键惚说话时，已经被雷劈死了。"语气比平时愉快。新藏听到这意外的好消息时，一股难以名状的感情涌上心间，不由得流下热泪，从而闭上了双眼。

看护新藏的三个人以为新藏昏厥过去了，又骚动起来。新藏再次睁开眼时，刚刚起身的阿泰回头看着两个女人，故意哑舌说道："啧啧。吓唬人呢——放心吧，刚才的哭鸦已经笑了。"实际上，当新藏想到这个世上不再有奇怪的老妖婆时，自然嘴角浮现出笑容。新藏在之后一段时间里，享受着这幸福的微笑。后来新藏看着阿泰，问道："键惚呢？"阿泰笑着说："键惚呀！键惚只有干瞪眼的份儿了。"不知为什么，阿泰说话时有些犹豫，但他好像马上改了主意，很惊讶地说道："昨天我去探望键惚，是他亲口说的。阿敏被神灵附体时，阿敏嘴里反复说，如果岛婆婆妨碍两人恋爱，就会性命难保。

可是岛婆婆以为阿敏胡说，第二天键惚去岛婆婆家时，她怒气冲冲口出狂言，说即便大开杀戒也要拆散你们二人。这样看来，我的计划虽属失败无误，事实走向却仍与计划一致。但是，岛婆婆认为阿敏在说诳语，结果自取灭亡，这件事无论怎么琢磨都出人意料。这样一来，搞不明白婆娑罗大神究竟是善是恶了。"

听了阿泰的话，新藏不由得对玩弄自己于股掌之中的幽冥界怪力感到惊讶。他马上想起来那个雷雨天以后自己究竟怎么了。便问道："那我……"这次阿敏心平气和地替阿泰回答说："那天我们马上用车把你从石河岸带到附近的医院。可能您是被雨淋了，高烧不退，天黑您回到家里时仍然完全没有恢复意识。"听了阿敏的话，阿泰很满足地向前挪身，说道："多亏你母亲和阿敏，你的烧总算退了，到今天整整三天，你光说胡话了。为了照顾你，别说阿敏了，你母亲也没合过眼。当然了，岛婆婆那边，出于追善之心，葬礼我还是给她办了。所有事情都由你母亲来照料。"阿泰最后鼓励似的连续说着。

"妈妈，谢谢！"

"什么呀！你倒是应该谢谢阿泰。"

说话时，他们母子、阿泰、阿敏都热泪盈眶。阿泰毕竟是男子汉，他马上精神饱满地说："都三点了。我该回去了。"说完就要起身，新藏充满疑惑，紧锁眉头，问了句很奇怪的话："三点？现在还是凌晨吧。"阿泰吓了一跳，说道："可不能开玩笑！"说着从腰间取出怀表，打开盖子给新藏看。

他看到新藏的眼神落到枕边的牵牛花上时，突然浮现出灿烂的微笑。阿泰对新藏说道："这个牵牛花在岛婆婆家时，阿敏便精心栽培。可真是奇了，只有那个雷雨天开的深蓝色花朵至今不败。阿敏反复说她相信，只要这朵花开着，你便会恢复。苍天不负有心人，你恢复正常了。虽然同样不可思议，但这件事充满了温情。"

李先瑞 译

齿　轮

芥川龙之介

一、雨衣

为了赶上一位熟人的婚礼，我手拎皮包，从避暑胜地乘车飞奔到东海道某车站。汽车行驶的道路两旁几乎全是茂密的松树。能不能赶上北上列车，实在难说。除了我之外，汽车里还坐着一位理发店老板。他留着短胡须，圆圆的脸像个枣似的。我操心着时间，时不时跟他聊两句。

"事情真奇怪呀！听说××先生的宅邸大白天都有幽灵

出现。"

"白天也有幽灵?"

我眺望着对面夕阳照耀的松山，漫不经心地应和着他。

"听说天气好时幽灵不出现，下雨天幽灵出现最多。"

"下雨时幽灵是来淋雨的吧。"

"您真会开玩笑……不过听说是穿着雨衣的幽灵。"

汽车鸣着喇叭横停在某车站。我与那位理发店老板道了别，进入内部。果然，北上列车刚发车两三分钟。候车室长凳上坐着一位身穿雨衣的男子，他心不在焉地眺望着外面。我想起了刚才听到的幽灵故事，微微苦笑一声，为了等下一趟列车，决定到站前的咖啡馆坐坐。

这家咖啡馆不怎么样，能不能叫它咖啡馆都值得考虑。我坐在角落的桌旁，要了一杯可可。桌上铺的布是白地上用细蓝线条画了大格子的油布，但油布很多地方露出有点儿脏的帆布来。我喝着有些胶臭味的咖啡，环视着人烟稀少的咖啡馆。满是灰尘的咖啡馆墙壁上张贴着什么"鸡蛋鸡肉盖饭""炸肉排"等字条。

"本地土鸡蛋、煎蛋卷。"

我从这些字条上感受到与东海道线相近的乡村风情。那是乡下，电气机车行走在麦田和洋白菜田之间……

坐上下一班北上列车时已经接近黄昏时分。我经常坐二等座。但有特殊情况时，我会选择坐三等座。

列车车厢很拥挤。而且，我前后坐着的全是去什么大矶郊游的小学女学生。我点上香烟，眺望着这群女生的嬉闹。她们都很快活，还唠叨个不停。

"摄影师，什么是亲热场面？"

坐在我前面的摄影师似乎是跟着来郊游的，他在用话搪塞。但是，一位十四五岁的女学生还在问这问那。① 我突然觉得她有鼻窦炎，不由得微微一笑。之后，我旁边的一位十二三岁女学生坐在年轻女教师腿上，一只手搂着老师脖子，另一只手摸着老师的脸。而且，在别人说话间隙，她时不时会跟老师这样说：

"好可爱呀！老师。您的眼睛好可爱！"

不是女学生，而是成年女人，这是她们给我的感觉——如果抛开她们连皮啃着苹果、剥奶糖纸等举动的话。一位年纪稍大的女学生从我身边通过时好像踩了谁的脚，她说了声："对不起。"正因为只有她比其他女学生早熟，反而让我觉得她更像女学生。我嘴里叼着香烟，感受到这种矛盾，不由得

---

① 本文创作之时，日本的小学采用的是"6+2"学年的学制，十四五岁的小学生并非罕见。

对自己发出冷笑。

　　列车开着灯，终于到达郊外的某个车站。我下到寒风凛冽的站台，过了一座桥，决定等待省线电车。我在等电车时很偶然遇到某公司的T君，谈到了经济不景气的事。T君当然要比我熟悉这种问题。但是，他结实的指头上戴着土耳其宝石戒指，似乎跟不景气不相干。

　　"您戴的戒指不得了啊！"

　　"这个吗？这是去哈尔滨做买卖的朋友硬卖给我的。那家伙正一筹莫展呢。因为他跟合作社的生意无法进行了。"

　　幸好我们乘坐的省线电车没有列车那么拥挤。我们并排坐下，谈了很多事。T君今年春天刚从巴黎的公司回到东京。所以我们也常说到巴黎。像凯劳夫人的话题、螃蟹料理的话题、出国访问的某殿下的话题等等。

　　"在法兰西生活并不难过，出人意料。只是，法国人原本就不爱缴税。内阁总是倒台。"

　　"好像法郎也暴跌了。"

　　"报纸上是那么报道的。但是，你到巴黎待待看，那里的报纸上无休止地说日本又是地震啦又是洪水啦。"

　　于是，穿雨衣的男子一个人来到我们对面坐下来。我有些害怕，觉得自己有一种想跟T君讲之前听到的幽灵故事的心情。T君将眼前手杖柄转向左边，脸朝前，小声跟我说道："那里有位女的吧。披着鼠灰色毛线围巾。"

"是那位梳着西洋发式的女人？"

"是的。抱着一个包袱皮的女人。那女人今年夏天在轻井泽，穿着很时髦的洋装。"

但是，在大家眼里，她的穿着十分寒碜。我和T君说着话，偷偷望了望她。她的脸庞看起来眉宇之间有种疯子般的感觉。而且，从她的包袱皮中露出豹纹海绵。

"在轻井泽时她和一个年轻的美国人跳舞来着……叫摩登，还是什么来着？"

在我和T君分别时，穿雨衣的男子不知何时不见了。我还是拎着提包，从省线电车的某车站去了某宾馆。道路两旁基本上是高楼大厦。我走在那里突然想起松树林来。不仅如此，一种奇妙的东西映入我的眼帘。奇妙的东西？……就是指不断转动的半透明齿轮。之前我也经历过好几次这样的事。齿轮数量渐渐增多，半挡住我的视线。时间不长，一会儿便消失了。但这次我开始感觉有些头痛——以往也是这样。每当有这种错觉时，眼科医生都会命令我禁烟。可是，二十岁之前我没喜欢上香烟，那时我便见过这种齿轮。我心想，又来了！为测试左眼视力，我用一只手挡住右眼。左眼果然没什么事。但是右眼的眼睑里有好几个齿轮在转动。我快步行走在道路上，觉着右眼里的高楼大厦渐渐消失。

走进酒店大门时，齿轮已经消失，但我还感到头痛。我把外套和帽子存好，要了一间房，然后给某杂志社打电话商量钱的事。

好像婚礼晚宴早就开始了。我坐在桌子的一角，开始动刀叉吃起来。正对面的新郎新娘以及就座在凹字形白色桌旁的五十多位，大家都喜气洋洋的。但是，在明亮的灯光之下，我的心情渐渐变得忧郁。为了摆脱这种心情，我跟旁边的客人搭话。这位老人像只狮子一样，两颊上留着长长的胡须。不仅如此，他还是位汉学者，我知其大名。所以不知何时我们的话题又落到古典上了。

"麒麟其实就是独角兽。而凤凰就是叫不死鸟的鸟。"

这位知名的汉学者好像对我的话很感兴趣。在我的机械式聊天过程中，我感到自己渐渐产生了病理性破坏欲。我不仅将尧舜说成杜撰的人物，还说《春秋》的作者是时代更为晚近的汉代人。于是这位汉学者露骨地显示出不愉快，完全不看我的脸，像虎啸一般截住我的话。

"假如尧舜也不存在的话，那么就是孔子说谎了，圣人不可能撒谎的。"

我当然默不作声了。然后我又想用刀叉吃桌上的肉，结果发现一只蛆静静地在肉的边缘蠕动。我头脑中想起蛆的英文叫 worm。这个单词肯定像麒麟和凤凰一样，意味着某种传说中的动物。我放下刀和叉，发现不知何时我的杯子里倒满了香槟。

晚宴终于结束之后，我为了到事先订好的房间休息，走在见不到人的走廊上。比起酒店，走廊给我一种监狱的感觉。但幸好我的头痛不知不觉减轻了。

提包就不用说了，我把外套和帽子都拿到房间里了。挂在墙上的外套让我觉察到自己站立的姿态，急忙把外套扔进房间角落的衣柜里。之后我走到镜子前，一直在镜中盯着自己的脸。我映在镜中的脸露出皮肤下的骨骼。我的脑子里马上清晰地想起了蛆。

我打开房门来到走廊，漫无目的地走着。结果发现在通往前厅的一个角落里，有个绿色灯罩的台灯，台灯清晰地映在玻璃门上，这给我内心带来平和的感觉。我坐在前边的椅子上，想了很多事。但是在这里没能坐上五分钟，穿雨衣的男子这次又在我旁边的长凳子背后有气无力地脱着雨衣。

"这样的寒冬天气，他居然还……"

我想着这种事情，又返回到走廊。走廊角落的侍者房间没见一位侍者。但他们的说话声却从耳边掠过。那是句答应别人问题时的英语——All right。"All right",一时之间,我为了弄懂这句话的意思而很焦急。"All right"?究竟是什么"All right"?

我的房间寂静无声。但打开门进入房间却让我感到恐惧,十分奇妙。我犹豫片刻之后,终于鼓足勇气进入房间。然后我尽量不看镜子,坐到桌前的椅子上。椅子是安乐椅,皮面是接近蜥蜴皮的山羊皮面。我打开皮包拿出稿纸,想继续写某部短篇小说。但蘸了墨水的钢笔一直也用不成。不仅如此,刚能写字了,又总是写同样的字:All right... All right... All right,sir... All right...

这时,床边的电话突然响起,我吓了一跳,站起来拿起听筒问道。

"哪位?"

"是我,我……"

打电话来的是我姐姐的女儿。

"怎么了?出什么事儿了?"

"哎呀,出大事儿了。所以……因为出大事儿了,我给舅妈也打了电话。"

"大事儿?"

"是的。所以舅舅您马上来。马上啊。"

电话就此挂住。我像原先那样把听筒放好,条件反射式地摁了铃。但是我自己清楚,我的双手在颤抖。比起焦急来,我更感到痛苦,摁了好几次铃。终于明白了命运告诉我的"All right"的意思。

那天下午,我姐夫在距离东京不太远的乡村被轧死了,而且死亡时姐夫披着不合季节的雨衣。我现在仍在宾馆房间里继续写之前的短篇小说。深夜走廊里无任何人通过。但时常能听到门外振翅的声音,或许什么地方饲养着鸟。

二、复仇

早上八点左右,我在这个宾馆醒来。当我要下床时,拖鞋不可思议地只剩一只了。这一两年,这种现象总是给我带来恐怖和不安。不仅如此,这种现象使我想起只穿一只凉鞋的希腊神话中的王子。我摁铃叫来侍者,让他找另一只拖鞋。侍者一脸惊讶,在狭窄的房间里到处找起来。

"拖鞋在这里呢。在浴室里。"

"拖鞋怎么又跑到那儿了!"

"或许是老鼠拖走的。"

侍者走后,我喝了没放牛奶的咖啡,开始着手完成之前的小说。窗户正对着积雪的庭院，窗户四边用凝灰岩砌成。每当我停下笔时，我会呆呆地望着积雪。在带苞蕾的瑞香花下，因都市的煤烟，雪有些脏。这景色给我的心带来伤痛。有时候，我吸着香烟，也不运笔，想着很多事情。想着妻子、孩子们，特别是姐夫。

姐夫自杀前蒙受纵火罪名，实际上这也没办法。他在自家房子被烧之前买了房屋价格两倍的火灾保险。而且之前还因犯了伪证罪被判缓刑。但让我不安的是，比起他的自杀来，我每次回东京都会看到着火。我有时从火车里看到山上着火，有时会从汽车里（当时和妻儿一起）看到常磐桥一带着火。在他家房子着火之前必然会给我一种要着火的预感。

"今年家里可能要着火。"

"说这么不吉利的话……要是着火了，那就惨了。也没好好上保险……"

我们谈论了这些事情。但我家没有被烧——我努力排除妄想，想再次动笔，却连一行都没写。我终于离开桌前，躺倒在床上，开始读托尔斯泰的《波里库什卡》。这部小说的主人公虚荣心、病态倾向和名誉心兼具，性格复杂。而且，只要将他一生的悲喜剧稍加修改，完全是我这一生的讽刺画。特别是我在他的悲喜剧中感受到命运的冷笑，这使我逐渐感到恐惧。还没躺一小时呢，我便从床上跳了起来。刚跳起来，我便用力把书扔到垂着窗帘的房间角落。

"去死吧！"

这时，一只大老鼠从窗帘下面沿地板斜着跑进浴室。我一个箭步跨到浴室门前，进浴室找老鼠。白色浴缸后面没看到老鼠踪影。我有些恐惧，急忙换下拖鞋穿上鞋子，走到没有人的走廊上。

今天的走廊依然像牢狱一般，令人忧郁。我低着头沿着台阶走上去又走下来，不知不觉走进厨房。厨房格外明亮，一排灶里有好几个燃着火。我穿过那里时，感觉戴着白色帽子的厨师们在冷冰冰地看着我。同时我也觉察到自己坠入的地狱。"上帝呀！请惩罚我吧。您不要生气。估计我将灭亡。"——这一瞬间我很自然地做出这样的祈祷。

我走到这家酒店外面，快速走在青空映照下的融雪道路上，朝姐姐家走去。沿路的公园树木枝叶都已发黑。而且每棵树都像人一样，有前脸和后背。比起不快来，每棵树都给我带来近似恐惧的感觉。我想起但丁描写的地狱中变成树木的灵魂，我决定走在高楼林立的电车线路的对面。但在那里我也没能安全走上一百米。

"碰巧路过这里，抱歉！"

那是位穿着金色纽扣制服的青年，二十二三岁。我默默地盯着青年看，发现他鼻子左侧有个黑痣。他摘下帽子，怯生生地跟我说：

"您是 A 先生吗？"

"是我。"

"我就觉得是您。"

"什么事？"

"不，只是想见见您。我也喜欢读先生的作品。"

我当时已经摘下帽子，离开他走了。先生，A 先生——这是最近我感到最不快的词语。我相信我犯了所有罪恶。而且他们一有机会就不断称我为先生。我不由得感受到某种嘲笑我的意味。是什么呢？——可是，我的物质主义不能不拒绝神秘主义。两三个月前，我曾在某个很小的同人杂志上发表过这样的话——"我没有任何艺术的良心及其他良心。我有的只是神经。"……

姐姐和三个孩子一起在甬道后面的临时房屋里避难。贴着褐色纸张的临时房屋里面比外面还冷。我们双手在火盆上烤火，谈了很多事情。姐夫身体健壮，他在本能上很轻蔑比常人瘦很多的我。不仅如此，他还公开声称我的作品不道德。我总是冷冰冰地蔑视这样说话的他，从没有开诚布公地跟他交谈过。但是，在和姐姐交谈过程中，我意识到姐夫也像我一样坠入地狱了。实际上姐夫也说在卧铺车上看到了幽灵。我点上烟卷，尽可能只聊金钱的事。

"反正都这个时候了，我想把东西全卖了。"

"是的呀。打字机能卖几个钱吧。"

"对。另外还有画。"

"顺便也会卖掉 N（姐夫）的肖像画吗？……但那个是……"

我看着一幅挂在临时房屋墙上没有边框的素描画，觉得不能稀里糊涂开玩笑了。听说姐夫是被火车轧死的，脸部全变成肉块了，只剩下点胡子了。这件事本身肯定也有些恐怖。他的肖像画虽然每个部分都画得很完整，但不知为何只有胡须处有些模糊。我原以为是光线强弱所致，便决定从各种位置端详这幅肖像画。

"你在干什么？"

"没什么……只是看这肖像画嘴角周围……"

姐姐微微回头看了一眼，像是什么也没发现似的回答说：

"只有胡须处有些变薄了，对吧？"

我看到的不是错觉。但假如不是错觉的话——我没等吃午饭便决定离开姐姐家。

"哎呀,吃了饭再走吧。"

"等我明天再吃……今天我要去青山。"

"啊!去青山?你身体不舒服了?"

"还是光吃药。哪怕只吃安眠药也够受的。什么弗洛纳、诺洛纳、特里奥纳、诺马尔……"

大约过了三十分钟,我进入某大楼,乘电梯上到三楼,然后想推开某饭店的玻璃门进去。但是玻璃门推不开。而且玻璃门处还挂着一个用油漆写的"公休日"的牌子,我越发不快。看到玻璃门对面桌子上放着苹果和香蕉,我决定再次来到大路上。来到路上发现有两个公司职员模样的人快活地聊着天,他们要进大楼,与我擦肩而过。其中一人好像说:"真让人着急啊!"

我站在大路上,等出租车路过,但出租车很少过来。而且来的车全都是黄色车(不知为何,黄色出租车会给我造成交通事故等麻烦)。等的过程中,我看到一辆很吉利的绿色出租车,便决定姑且前往距离精神病院很近的青山墓地。

"很焦急。tantalizing... tantalus... inferno..."

坦塔罗斯①实际上是隔着玻璃门看水果的我自己。我两次诅咒着浮现在我眼中的但丁的地狱，一动不动地望着出租车司机的后背。望着望着，我又感到所有一切皆是谎言。政治、实业、艺术、科学——对于这样的我而言，所有一切无非是隐藏着恐怖人生的杂色磁漆。我逐渐感到呼吸困难，一直开着出租车车窗。但是，心脏被紧紧勒着的感觉却挥之不去。

绿色出租车终于开到神宫前。那里应该有一条通往某精神病院的小巷。可不知为何，今天我不知道怎么走了。我让出租车沿着电车线往返了好几遍之后，终于放弃了，下了出租车。

我终于找到那条小巷，穿行在泥泞的道路上。不知何时走错了路，来到青山殡仪馆前。算起来十年前参加了夏目先生的告别仪式之后，我一次也没从这个建筑物门前走过。十年前的我也不幸福，但至少生活安稳。我眺望着铺着沙子的门内，想起"漱石山房"门前的芭蕉，不由得感到我的一生告一段落了。不仅如此，我还不由得感觉到了十年前将我领

---

① 坦塔罗斯，希腊神话中主神宙斯之子，起初甚得众神的宠爱，获得别人不易得到的极大荣誉，后变得骄傲自大，侮辱众神，因此他被打入地狱，永远受着痛苦的折磨。

到这墓地的某种东西。

出了某精神病院的门,我决定坐之前的汽车回到之前的酒店。但是,在这家酒店门前下车时,发现一位穿雨衣的男子侍者在吵着什么。和侍者吵架?——不,那不是侍者,是穿绿色衣服的汽车司机。进入这家酒店,我感到某种不吉利,赶紧从刚才来的路返回。

我来到银座大街时,已接近黄昏。面对并排在道路两旁的商店和眼花缭乱的人流,我不由得感到更加忧郁。特别是道路上的行人好像不知道自己有罪似的,走路很轻快,对此我感到不快。在外面微亮的光线和电灯光交织之中,我一直朝北走着。其间,堆满杂志的书店吸引了我的视线。我进入这家书店,心不在焉地看了几层书架,之后决定浏览一下《希腊神话》。黄色封面的《希腊神话》似乎是为孩子们写的。但是,我偶然读的那一行很快将我打垮。

"最伟大的宙斯神也敌不过复仇之神。"

我离开这家书店走到人群中。我感到复仇之神正不停地盯着我那不知何时开始微驼的后背……

三、夜

我在丸善书店二楼书架发现了斯特林堡的《传记》,浏览了两三页。那本书写的内容和我的经历大同小异。而且它的封面也是黄色的。我把《传记》放回书架，接着随手拽出一本很厚的书。但这本书里的一页插图上，画的全是有鼻子有眼睛的齿轮，跟我们人类没有区别。（这是某个德国人收集的精神病患者的画集）我感到我在忧郁中产生了反抗精神，像一个自暴自弃的赌博狂，打开各种书。不知为何，每一本书的文章和插图中必定藏着针。每一本书？——就连读过不知多少遍的《包法利夫人》，我将它拿在手里时，也产生一种异样感：说到底，我本人与中产阶级包法利先生也是一路货色。

接近黄昏时的丸善书店二楼，除了我之外似乎没有客人。灯光中，我徘徊于书架之间。之后我驻足于写着"宗教"的书架前，浏览了一本绿色封面的书。在这本书目录的某一章，写着这样的词语："四个恐怖的敌人——猜疑、恐怖、傲慢、官能欲望"。我一看到这种词语，觉得自己的反抗心更强了。至少对我来讲，这些被称作敌人的东西无非是感性和理智的代名词。但是，像近代精神一样，传统精神使我不幸，对此我越发忍受不了。我手拿这本书，突然想起自己曾用作笔名的"寿陵余子"。那是《韩非子》里面提到的一名青年，他邯郸学步不成便已忘了寿陵之步，最后匍匐回乡。在今天人们的眼中，我肯定是"寿陵余子"。但是，还没坠入地狱的我曾用过这样的笔名——我背靠一个大书架，努力排除妄想，走进我正对面的宣传画展览室。其中一张宣传画上画着圣乔治①骑士，他一人正在刺杀长着翅膀的蛟龙。而且骑士头盔下面半露出一张苦脸，这张脸近似于我的敌人。我又想起《韩非子》里面屠龙之技的故事。我没穿过展览室，而是走下很宽的楼梯。

天已黑，我走在日本桥大街上，一直考虑屠龙这个词。这个词也是我砚台上的铭文。这个砚台是某年轻实业家送我的。他做了很多实业，都失败了，去年底终于破产。我仰望星空，在无数星光中，地球是何其渺小。所以我又联想到我自身是多么渺小。但是，白天曾晴朗的天空不知何时彻底阴下来。我突然感到某种东西对我产生了敌意，便决定到电车线路对面的咖啡馆避难。

那肯定是"避难"。我在咖啡馆蔷薇色的墙上感受到某种东西，接近于祥和，终于在最里面的桌子前舒舒服服坐下。很幸运，除了我之外这里只有两三位客人。我喝了一口可可，

---

① 圣乔治（Saint George），约公元260年出生于巴勒斯坦，为罗马骑兵军官，骁勇善战。他因试图阻止戴克里先皇帝治下对基督徒的迫害，于公元303年被杀。

像平常一样抽起香烟来。香烟在蔷薇色墙壁上微微升起蓝色烟雾。这种温柔协调的色调令我愉快。过了一会儿，我发现左侧墙壁上挂着拿破仑肖像画，心中又不安起来。拿破仑还是学生时，在他的地图册最后一页写道："圣赫勒拿，小小的海岛。"那或许如我们所说，是偶然，但是这肖像让拿破仑自己都感到恐怖，却是实情。

我盯着拿破仑肖像，开始考虑自己的作品。我首先想起的，是《侏儒的话》里的格言（特别是"人生比地狱还地狱"这句话）。然后还有《地狱变》中的主人公——良秀这位画师的命运。然后……我吸着香烟，为了摆脱这种记忆，我环视了这家咖啡馆。仅仅五分钟前，我是来这里避难的。但这家咖啡馆的样子在很短时间内彻底变了。尤其让我不愉快的，是仿桃花心木的椅子和桌子，与周围的蔷薇色墙壁格格不入。我害怕再次陷入人们看不到的痛苦之中，扔下一枚银币便要匆匆离开那家咖啡馆。

"喂，要两毛钱……"

我扔出去的是铜币。

我感到屈辱，一个人走到大街上。其间我突然想起位于远处松树林中的我家。那不是我养父母位于郊外的房子，而是以我为中心，给家里借的房子。大约十年前开始，我就一直在这房子里生活。但是,因为某件事情我轻率地跟父母同住了。与此同时,我变成了奴隶、暴君、无力的利己主义者。

回到原来那家酒店时,大约已经十点。我走了很长的路,已无力回房间,便坐在点燃着大粗圆木的炉前椅子上,然后开始考虑我计划要写的长篇小说。这部小说以推古时代①到明治时代的百姓为主人公,将三十多篇短篇小说按照时代顺序连接而成。我看着炉火的火星往上蹿,突然想起宫城前的某个铜像。这个铜像穿着甲胄,高高地骑在马上,似乎象征着他的忠义之心。但他的敌人是——

"谎言!"

我又从遥远的过去滑落到眼前的现代,此时幸好巧遇某位先辈雕刻家。他仍然穿着天鹅绒外套,短短的山羊胡子有些向外翘。我从椅子上站起来,握住他伸出的手。(这不是我的习惯,是遵从在巴黎和柏林待了半辈子的他的习惯。)奇怪的是,他的手像爬虫类动物的皮肤一样湿润。

"你住在这里?"

"是的……"

"是来工作?"

---

① 推古时代,指飞鸟时代中推古天皇在位的时期。

"哎，也是为了工作。"

他直直地看着我，我在他的眼中感受到近似于侦探的表情。

"怎么样？来我房间聊聊？"

我带有挑战意味地说道。（我平时缺乏勇气，但突然采取挑战态度是我的一个坏习惯。）于是他微微一笑，反问道："你的房间在哪里？"

我们像密友一样肩并肩，穿过正在安静说话的外国人中间，回到我房间。他一到我房间，就背对着镜子坐下，之后跟我说了许多事。各种事情——但是，大部分是关于女性的话题。我因为犯了罪，肯定要坠入地狱。但正因为如此，道德沦丧的话题使我更加忧郁。我暂时成了清教徒，开始嘲笑那些女子。

"你看S子的嘴唇。那是和多人接吻的缘故……"

我突然缄口不言，盯着镜中他的背影。他耳朵下面贴着黄色膏药。

"是好多人吻这里的缘故？"

"看起来像是那种人吧。"

他微笑着点了点头。我觉得他内心是为了知道我的秘密而不断注视我的。但我们的话题没有离开女人。我不是憎恨他，反倒是为自己的软弱而感到可耻，不由得更加忧郁。

他终于回去了，我躺在床上开始看《暗夜行路》。主人公的思想斗争让我感同身受。比起《暗夜行路》的主人公来，我觉得我更傻，不知不觉流下热泪。与此同时，泪水又给我的心情带来平静，但是时间持续不长。我的右眼再次感觉到半透明的齿轮。齿轮转动着，数量不断增加。我害怕再次头痛，把书放在枕边，吃了0.8克安眠药，总之决定好好睡一觉。

我在梦中看见一个游泳池。男孩和女孩们在这里游泳或潜水。我离开游泳池朝松树林走去。这时后面有人喊我："孩子他爸。"我回头一看，发现站在游泳池前的是我妻子。

"孩子他爸，需要毛巾吗？"

"不需要毛巾。你好好看管孩子。"

我又开始往前走。但是我走的路不知何时变成了站台。它看起来是乡间站台，种着长长的树篱笆。一个叫H的大学生和一位上年纪的女性伫立在那里。他们看到我，走到我跟前，纷纷跟我说话。

"着大火了！"

"我也好不容易逃出来了。"

我觉得之前见过这位上年纪的女性。不仅如此，跟她说话我会感到某种令人愉快的兴奋。正在这时，火车冒着烟静静地横停在站台。我一个人坐上火车，走在两侧垂着白布的卧铺之间。看到某个卧铺上有个近似木乃伊的裸体女人，她躺在床上朝这边看。她肯定是我的复仇女神——肯定是某个疯子的女儿……

我刚一醒来就从床上跳下来。我的房间仍然因电灯光而明亮。但是不知哪里传来了振翅声和老鼠啃咬声。我打开房门来到走廊上，急忙走到炉前。然后坐在椅子上望着摇曳不定的火苗。这时，一位穿白色衣服的侍者走进来加炭火。

"几点了？"

"三点半左右。"

对面的大厅一角，有位美国女人在独自看书。从远处看，她穿着绿色裙子。我感觉自己得救了，决定一直等到天亮。我像长年受病痛折磨，静静等死的老人一样……

四、还没完？

我在这家酒店房间里终于写完之前的短篇，决定送到某杂志社。不过我的稿费还抵不上一周的旅居费用。我完成了工作，很满意，为了寻求某种精神上的兴奋剂，我决定前往银座某书店。

在冬日照耀的柏油路上，好几团纸屑在滚动。可能是光线原因，这几团纸屑全是蔷薇色。我感受到某种好意，进入那家书店。书店也比平时要漂亮。只是有个戴眼镜的小姑娘跟店员说话，这让我很在意。但是我想起落在路上的蔷薇色纸屑，决定买《阿纳托尔·法朗士对话集》和《梅里美书简集》。

我抱着两本书进入某咖啡店，然后坐在最里面的桌前，等咖啡上来。我对面坐着两个人，像是一对母子。那男子看起来比我还年轻，跟我很像。而且母子像恋人似的贴近脸在交谈。我在注视他们时发现，那个男子至少意识到了自己在性的方面也给了母亲以安慰。对我来说这也是一种有亲和力的行为，但同时也是使现实坠入地狱的一种意志。可是——我害怕自己再次陷入恐惧之中，幸好此时咖啡端上来了，我便开始阅读《梅里美书简集》。梅里美在他的书简集中也像小说中一样，展现出犀利的格言。这些格言曾几何时像铁一样使我强壮。（容易受其影响也是我的弱点之一。）我喝完一杯咖啡，心想"管它呢，随便来吧"，快速离开了咖啡馆。

我走在大街上，窥视着各式各样的装饰窗。某家镜框店的装饰窗上挂着贝多芬肖像。肖像里的贝多芬头发倒竖，颇具天才特色。我不由得感到这个贝多芬很滑稽……

走着走着，突然遇到高中时代以来的旧友。这位应用化学专业的大学教授抱着一个折叠式皮包，一只眼睛红红的，布满血丝。

"怎么了？你的眼睛。"

"这个吗？这只是结膜炎。"

我突然想起，这十四五年来，每当我感受到亲和力的时候，我的眼睛也会像他的眼睛一样起结膜炎。但是我什么也没说。他拍了拍我的肩膀，聊起朋友们的事。然后我们继续聊天，他把我带到某个咖啡馆。

"好久没见啊！自从朱舜水①的立碑仪式以来一直没见。"

他点上香烟，隔着大理石桌子，对我说道。

"是啊！是那个朱舜……"

不知为何，我无法正确读出朱舜水这个人名的读音。我是用日语读却仍读不好，此事让我颇感不安。但他毫不在意，跟我说了很多事情。比如小说家K、斗牛犬、毒瓦斯的事情。

"好像你根本写不下去呀。我看你的《点鬼簿》……那是你的自叙传吗？"

"是的，是我的自叙传。"

---

① 朱舜水（1600—1682），中国明代遗臣，开展反清复明运动，失败后流亡日本，对水户学曾产生影响，著有《舜水先生文集》等。

"那本书有些病态呀。最近你的身体好吗？"

"还是成天吃药。"

"最近我也患上了失眠症。"

"我也？你为什么说'我也'呢？"

"不是你自己说老失眠吗？失眠症是很危险的。"

只见他那充血的左眼浮现出近乎微笑的表情。我在回答他之前便感到我无法正确将失眠症的"症"字发音。

"对于疯子的儿子来说，很正常。"

谈了不到十分钟，我又回到大街上。落在柏油路上的纸屑看起来像我们人类的脸。这时从对面过来一名剪短头发的女子。从远处看，她很美。但来到跟前一看，不仅有皱纹，面部也很丑陋。而且好像还怀孕了。我赶紧把脸扭向一边，转到宽阔的巷子里。走了一会儿，感觉痔疮疼起来了。这个病很疼，除了坐浴没办法治。

"坐浴？贝多芬也坐浴过……"

用于坐浴的硫黄味道马上朝我鼻子袭来。但大街上到处都看不到硫黄。我又一次想起蔷薇色的纸屑团，尽可能走得稳当些。

大约一小时过后，我闷在房间里，对着窗前的桌子，着手写新小说。钢笔在稿纸上迅速地写着，让我觉得不可思议。

但两三个小时过后,我好像被一个看不见的东西制止了似的,停下了笔。不得已,我离开桌前在房间里到处走着。这种时候我的夸大妄想症最明显。在这种野蛮的欢乐中,我觉得自己既无父母也无妻儿,只有从我的钢笔笔尖流淌出来的生命。

但在四五分钟之后,我必须得打电话了。电话里的几次回答也只是反复传递着暧昧的词语,但有一个词"莫尔"肯定没听错。我最终离开电话机,又一次在房间里走起来。但是"莫尔"这个词语让我有些担心,很奇妙。

"莫尔……Mole..."

莫尔是鼹鼠的英语表达。这个联想使我不愉快。两三秒后,我反复把"Mole"改拼成"La mort"。"La mort"——这个法语词是死的意思,这立刻使我不安起来。就像死亡迫近姐夫一样,死亡也在迫近我。但我在不安之中感觉到某种滑稽。这种滑稽因何而起?——我本人也不知道。时隔很久我站在镜前,和自己的影子面对面。我的影子当然是在微笑。我盯着影子看时,想起了第二个我——很幸运,德国人所谓的"Doppel gänger"(二重身)在我身上并没看到。但是,已成为美国电影演员的 K 君夫人在帝国剧场的走廊上发现了第二个我。(有一次 K 君的夫人突然对我说"前几天没顾上打招呼",我感到十分困惑。)后来,人已去世的某独脚翻译家也在银座某香烟铺发现了第二个我。死亡或许会找上第二个我,而不是第一个我。即使死亡找上我,我也——我背对着镜子,回到窗前的桌子那里。

用凝灰岩砌成四角形的窗户面对着枯草棚和水池。我眺望着这个庭院,想起在远处松树林中烧掉的几个笔记本和未完成的戏曲。之后我拿起笔来,再一次开始写起新小说来。

五、赤光

太阳光开始使我痛苦,实际上我像鼹鼠一样把窗帘放下,白天也开着电灯,继续快速写着之前的小说。后来工作疲劳时,我会打开泰纳写的《英国文学史》,浏览一下诗人们的一生。这些诗人全是不幸的。甚至连伊丽莎白时代①的巨人们——一代学者本·琼森也是如此。他患有神经性疲劳,他甚至在他的大脚趾上观察罗马和迦太基战争的开展情况。我不由得对他们的不幸感到一种充满着残酷恶意的喜悦。

在某个东风劲吹的夜晚(这对我而言是好兆头),我穿过地下室走到大街上,决定探访一位老人。他在某圣经公司的阁楼当勤杂人员,同时认真祈祷和读书。我们在火盆上烤

---

① 伊丽莎白时代,指伊丽莎白一世女王统治英国的一个时期,常常将其描绘为英国历史的黄金时代。

火，于挂在墙上的十字架下谈了很多。为什么我母亲发疯了？为什么我父亲的事业失败了？又为什么我受到惩罚？——知道这些秘密的他脸上浮现出严肃的笑容，一直在听我倾诉。不仅如此，他还时常用简短的话语描绘人生的讽刺漫画。我不能不对这位阁楼里的隐士心怀尊敬。但是，和他交谈的过程中，我发现他也被亲和力所左右着。

"那位花木店老板的女儿既漂亮脾气又好——对我也很和善。"

"多大年纪？"

"今年十八岁。"

这也许是一种父亲般的爱，我不由得在他眼中感受到热情。而且他劝我吃的苹果，不仅果皮发黄，还现出独角兽的姿态。（我经常在木纹处或咖啡杯的龟裂处发现神话中的动物。）独角兽无疑是麒麟。我想起有个对我有敌意的评论家称我为"二十世纪一〇年代的麒麟儿"，觉得挂着十字架的这个阁楼亦非安全地带。

"怎么样，最近？"

"仍然是神经焦虑。"

"靠药物可不行。有没有打算成为信徒？"

"如果我也能成为信徒的话……"

"没什么难的。只要相信神，相信神的儿子基督，相信基督所完成的奇迹……"

"我倒是可以相信恶魔……"

"那么，你为什么不相信神呢？你相信影子的话，那么你也应该相信光啊。"

"但是，也有没有光的黑暗。"

"你所说的黑暗是？"

我只能保持沉默了。他也像我一样走在黑暗中。但是他相信，既然有黑暗，那么也会有光明。我们理论的不同之处只有这一点。但至少对我来说，这是难以逾越的鸿沟。

"但是，光必然是有的。其证据是有奇迹发生……所谓奇迹，现在也经常发生。"

"那是恶魔显现的奇迹……"

"为什么又提恶魔呢？"

我感到一种诱惑，想把这十二年间自己经历的事情讲给他听。但是，他会把话传到我妻儿那里，我必定也会像母亲那样害怕进精神病院。

"那个地方是什么东西？"

这位健壮的老人回头看了一眼古老的书架，显出一副牧羊神的表情。

"是陀思妥耶夫斯基全集。你读《罪与罚》吗?"

当然,我十年前就很喜欢陀思妥耶夫斯基的四五本书。很偶然,他说的《罪与罚》这句话使我很感动,便让他借给我,之后回到先前的酒店。灯光闪烁、行人稀少的大街让我觉得不快。特别是遇见熟人,这一点难以忍受。我尽量选择黑暗的道路,像个窃贼一样行走。

但是没过多久,我便感到胃疼起来。只需一杯威士忌便能止住胃疼。我发现一家酒吧,便要推门进去。但是,狭窄的酒吧里烟雾缭绕,颇有艺术家风范的年轻人们聚在一起喝酒。而且他们之中有位梳成覆耳发型的女子,很起劲地弹着曼陀林①。我突然觉得有些困惑,没进酒吧便折回来了。结果我发现我的影子在左右摇晃,而且照射我的光线是恐怖的红光。我站在大街上,但我的影子跟之前一样左右摇晃。我战战兢兢回头看,终于发现这家酒吧的屋檐下吊着彩色玻璃吊灯。因为风大,吊灯在空中缓缓晃动。

接下来我进去的是某地下室餐馆。我站在餐馆的吧台前,要了一杯威士忌。

"你要威士忌?这里只有'Black and White'(英国高级

---

① 曼陀林,是一种小型的弦乐器,形状与鲁特琴相似,演奏时一般采用塑料拨片拨动琴弦发声。

威士忌)……"

我往苏打水中加入威士忌,默默地一口口开始喝起来。我旁边有两位三十来岁新闻记者模样的人在小声说话,而且他们用法语交谈。我背对着他们,全身都感受到他们的视线。实际上,那视线像电波一般,使我的身体感受到强烈刺激。他们其实知道我的名字,似乎在谈论我。

"Bien... très mauvais... pourquoi..."(好……非常糟糕……为什么……)

"Pourquoi... Le diable est mort..."(为什么……恶魔死了……)

"Oui, oui... d'ender..."(哦,是吗……地狱的……)

我扔出一枚银币(这是我身上最后一枚银币),决定离开这个地下室到外面去。夜风吹过的大街使我胃疼多少减轻一些,我的神经变得坚强。我想起拉斯科尔尼科夫①,产生了任何事情都想要忏悔的欲望。除了我之外——不,除了我家人之外,都肯定会产生悲剧。不仅如此,连这种欲望是否真实都值得怀疑。只要我的神经像常人一样坚强——为此我必须去某个地方。去马德里,去里约热内卢,去撒马尔

---

① 拉斯科尔尼科夫,俄国作家陀思妥耶夫斯基长篇小说《罪与罚》中的男主人公。

罕……

想着想着,挂在某家店铺房檐下的白色小型招牌使我感到不安。那是个商标,画的是汽车轮胎上长着翅膀。我从这个商标联想到借助人工翅膀的古希腊人。他虽飞上天空,但是被太阳光烤化,终于溺死在海里。去马德里,去里约热内卢,去撒马尔罕。我不能不嘲笑我的这种美梦。同时又不得不考虑被复仇之神追逐的俄瑞斯忒斯①。

我沿着运河走在黑暗的大街上。走着走着,我想起了位于郊外的养父母家。养父母当然也等着我回去。大概我的孩子们也在等我回去——但是,如果我回去,我会不由得害怕束缚我的某种力量。运河那波涛起伏的水面上横停着一艘大船。这艘大船底部发出微弱的光亮。肯定也有好几户人家在那里生活。他们都既相爱,又互憎……但是我再一次唤起战斗精神,感受着威士忌带来的醉意,决定回到之前的酒店。

我又回到书桌前继续看《梅里美书简集》。这本书不知不觉给我以生活的力量。但是,当我知道梅里美晚年时期成为新教徒时,我突然感觉到假面背后的梅里美。他也和我们一样,是行走在黑暗中的人。黑暗之中?——《暗夜行路》

---

① 俄瑞斯忒斯,希腊传说中的人物,为阿伽门农和克吕泰涅斯特拉之子。

对于这样的我来说，开始变为恐怖之书。我为了忘掉忧郁，开始阅读《阿纳托尔·法朗士对话集》。但是这位近代的牧羊神也背负着十字架……

大约一小时后，侍者出来交给我几封邮件。邮件中有一封是莱比锡书店给我的书信，要我写篇小论文《近代日本女人》。为什么他们非要让我写这篇小论文呢？不仅如此，英文书信在最后，还添有一段亲笔书写的附注："您只要勾勒出日本女性的肖像画即可，即便像日本画那样，除黑白之外再无其他色彩，也没关系。"读到这一行，我想起"Black and White"这种威士忌，便把书信撕得粉碎。之后我随手拿起一封信撕开，浏览了黄色书简纸。写这封信的是我不认识的青年。还没读三行呢，"你的《地狱变》……"，这样的词语不由得使我焦躁不安。打开第三封信，那是我外甥寄来的。我终于喘了口气，他写的是家事。但是外甥的信看到最后，突然将我击垮。

"现寄去歌集《赤光》[①] 的再版。"

赤光！我感觉到某人的冷笑，决定到我房间外去避难。走廊里不见人影。我一只手扶着墙，好不容易走到大厅。之

[①] 《赤光》，和歌集，斋藤茂吉著，1913年出版，以写实为基调，以官能的角度描写对人生珍惜与悲哀的强烈感情。

后我坐在椅子上，点上一支香烟。不知为何，香烟是飞船牌的。（我在这家酒店安定下来后，一直抽星牌香烟。）人工之翼再次浮现于我的眼前。我把对面的侍者叫来，买了两盒星牌香烟。虽然我相信侍者，但不凑巧的是，星牌香烟卖完了。

"倒是有飞船牌香烟……"

我摇了摇头，眼睛巡视着宽阔的大厅。我对面有四五个外国人围着桌子交谈。而且，他们之中有一位穿着红色连衣裙的女性在小声跟他们说着话，还不时看着我。

"Mrs Townshead…"

似乎是某种我看不见的东西在向我低语。唐斯海德女士，这名字我当然不会知道。即便它是坐在对面的女士的名字——我又从椅子上站起来，害怕自己会发狂，决定先回房间。

我打算一回到自己的房间就给精神病院打电话。但进精神病院对我而言跟死差不多。我犹豫良久，为了排遣我的恐惧，我开始阅读《罪与罚》。偶然打开的一页是"卡拉马佐夫兄弟"那一节的内容。我原以为拿错书了，目光落在书的封皮上。《罪与罚》——没错，是《罪与罚》。我觉得是印刷厂装订错了——我正好打开装订错的那一页，我感到这是命运的手指所为，没办法，便读了下去。但是我还没读完一页呢，我便觉得全身战栗。书中有一节描写了深受恶魔折磨的伊万。描写伊万,描写斯特林堡,描写莫泊桑,或是描写在房间里的我……

只有睡觉能够挽救这样的我。但是安眠药不知不觉一包不剩了。不睡觉持续痛苦,我终于忍受不了,产生绝望般的勇气,既然让人拿来了咖啡,我便决定拼命动笔写作。两张、五张、七张、十张——眼看着稿纸上写满内容。我的小说世界充满着超自然的动物。而且,我还把其中一只动物刻画成我自己的模样。但是疲劳渐渐开始使我的头脑模糊。我终于离开书桌前,仰躺在床上。之后好像睡了四五十分钟。但是我觉得有人在我耳边这样嘟哝过,我突然睡醒站了起来。

"Le diable est mort."(恶魔死了。)

凝灰岩的窗户外边天已微亮,冷冰冰的。我伫立于门前,环视着空无一人的房间。因外面空气,对面窗户玻璃有些斑驳模糊,上面呈现出小小的风景。那一定是发黄的松树林对面海岸的风景。我战战兢兢走到窗前,发现形成风景的实际上是庭院的枯草坪和水池。但是我的错觉不知不觉唤起了近似于乡愁一般的东西。

一到九点钟,我便给杂志社打电话,我跟杂志社要了钱之后,下定决心回趟家。把书和稿纸塞进桌上的包里。

六、飞机

我从东海道某车站乘车飞奔到里面的避暑胜地。天气这么冷，不知为何司机却穿着旧雨衣。我对这种巧合感到恐惧，决定尽量不看司机，把目光投向窗外。结果发现在低矮松树的对面——大概在一条古老街道上，有一列送葬人通过。糊着白纸的灯笼和龙灯似乎没加入其中，但用金银纸做的人造莲花静静地在轿前摇曳。

我终于回到家，之后两三天在妻子和安眠药的帮助下，过得非常安稳。从我家二楼透过松树林隐约可见大海。我只有上午坐在二楼桌前，听着鸽子的叫声工作。鸟儿们除了鸽子和乌鸦之外，还有麻雀飞到走廊来。这对我来说也是件愉快之事。"喜鹊入堂"——我手拿钢笔，每每想起这句话。

某个微暖的阴天下午，我前往某杂货店买墨水。店里全是暗褐色墨水。暗褐色墨水总是使我不快。不得已，我只好离开杂货店，一个人在行人稀少的大街上徘徊。正在这时，一位眼睛近视，四十岁左右的外国人耸着肩从对面走来。他是住在这里的瑞典人，患有受害妄想症。而且他的名字也叫斯特林堡。我和他擦肩而过时，感觉肉体上受到了刺激。

这条路只有两三百米长。但是，在我走这两三百米时，四次遇到半张脸呈黑色的狗从我旁边经过。我拐进胡同，想起黑与白威士忌来。而且我还想到，刚才斯特林堡系的领带也是白色加黑色。这对我来说绝非偶然。如果不是偶然——我感觉只有脑袋在走，便停在路上。路边铁栅栏里扔着一个微带彩虹颜色的玻璃碗。这只碗底部画着翅膀模样的东西。这时，从松树树梢飞来好几只麻雀。当我来到这只碗跟前时，麻雀像商量好似的全逃向空中……

我去妻子娘家，坐在庭院的藤椅上。庭院一角的金属网里，有好几只白色来航鸡安静地行走。还有一只黑狗横卧在我脚边。我着急解答谁也不知道的疑问，外表看似冷淡地跟岳母和妻弟聊着家常。

"来到这儿，真安静啊！"

"这儿确实比东京安静。"

"这儿也有让人烦的事儿吗？"

"毕竟这儿也是社会嘛。"

岳母这么说着笑了。实际上这个避暑胜地肯定也是社会的一部分。虽然仅仅一年时间，但我非常清楚这里发生的罪恶和悲剧。想慢慢毒杀患者的医生，在养子夫妇家里放火的老太婆，欲夺走妹妹财产的律师——对我来说，看这些人的房子无异于在人生中观看地狱。

"这个镇子上有个疯子吧。"

"你是说 H 吧。他不是疯了,而是傻了。"

"据说是早发性痴呆。我每次看到他,心里都害怕得要命。也不知道他是怎么想的,最近他总是在马面观世音前行礼。"

"你说你害怕?……你必须要更加坚强。"

"姐夫比我要坚强——"

长着邋遢胡子的妻弟在床上坐起来,像平时那样很客气地加入我们的谈话。

"坚强之中也有软弱之处……"

"哎呀哎呀,那就麻烦了呀。"

我看着岳母这样说话,不得不苦笑一声。此时妻弟微笑着眺望篱笆外远处的松树林,出神地在说着什么。(年轻的妻弟大病初愈,在我眼里,他看起来像是摆脱了肉体躯壳的灵魂。)

"原以为你过着超凡脱俗的生活呢,谁知道你作为人的欲望还蛮强……"

"是好人,同时也是坏人。"

"不,是那种比起善恶来更相反的……"

"那么,像大人中也有小孩那样的?"

"也不是。我说不清楚……可能像电的两极吧。总之，拥有相反的两面。"

这时，飞机的剧烈轰鸣声吓了我们一跳。我不由得仰望天空，发现飞机飞得很低，几乎要碰到松树梢了。那是将翼翅涂成黄色，很罕见的单翼飞机。鸡和狗被轰鸣声吓到，四散逃窜。特别是那只狗，一边狂吠一边卷着尾巴逃到走廊下面。

"那架飞机会不会掉下来？"

"不会的……姐夫你知道飞机病这种病吗？"

我点燃香烟，没有说"不"，而是摇了摇头。

"听说乘这种飞机的人光喝高空的空气了，渐渐忍受不了地面上的空气……"

我离开岳母家后，走在树枝纹丝不动的松树林中，变得忧郁而焦躁。为什么那架飞机不去别处，单单从我头上飞过呢？又为什么那家酒店只卖飞船牌香烟呢？我苦苦思索着这些问题，专找没有人的路走。

在低矮沙山的对面，海面阴沉成灰色。沙山上竖着一个没有秋千的秋千架。我望着秋千架，忽然想起了绞首台。实际上绞首台上停着两三只乌鸦。乌鸦看着我，根本没有要飞走的迹象。不仅如此，停在中间的乌鸦将大嘴巴朝向天空叫了四声。

　　我决定沿着草坪上已枯的沙坝，拐入有很多别墅的小路上。这条小路右侧松树林中应该有一幢微微发白的两层木结构西式房屋矗立着。（我朋友称这个房子为"春驻之屋"。）从这幢房子前边路过时，发现混凝土的地基上只有一个浴室水龙头。火灾——我马上这样想，尽量不看这边走路。一个骑自行车的人马上从对面接近。他戴着深棕色鸭舌帽，眼睛很奇妙地一眨不眨，身体伏在车把上。我突然在他身上感受到姐夫的脸庞，趁他还没来到我跟前，我决定拐到旁边的小路上。但是小路正中央，肚皮朝上躺着一具鼹鼠死尸。

　　某个东西在算计我，每走一步都觉得不安在加重。这时，一个个半透明齿轮遮住我的视线。我越发害怕最后时刻的临近，伸直了脖子走着。随着齿轮数量的增加，它们逐渐转动起来。同时右边的松树林里枝杈静静地交错，像透过雕花玻璃看事物一样。我感到心跳加快，多次想在路边站住。但是，我像是被谁推着一般，不能轻易停下。

　　大约三十分钟过后，我仰躺在我的二楼房间，一直闭着眼睛，忍受着剧烈的头痛。于是在我眼眶里看到一个银色羽毛像鱼鳞一样叠在一起的翅膀。它清晰地映在视网膜上。我睁开眼睛仰望天花板，确认天花板上没有这种东西之后，再一次闭上双眼。但是银色翅膀在黑暗中仍清晰呈现。我突然想起最近坐的汽车引擎盖上也带有翅膀……

正在这时,好像有人急匆匆上楼梯,又马上脚步慌乱地跑了下去。我知道这人是某人的太太,我吓了一跳,刚一起身,就来到正好位于梯子前边微暗的客厅。这时,妻子低着头忍着气喘,不断抖着肩膀。

"怎么了?"

"不,没什么……"

妻子终于抬起头,强装微笑跟我说话:

"没出什么事,总觉得你要死去……"

这是我一生中最恐怖的体验——我已无力继续工作。在这种心情下,生活是一种无以言表的痛苦。有没有谁能在我睡觉时悄悄将我勒死呢?

李先瑞　译

红蜡烛和人鱼

小川未明[①]

一

人鱼不仅栖息在南方的海里,也栖息在北方的海里。

北方大海的颜色是蓝的。有时候,雌性人鱼会爬上岩石,边眺望周围的景色边休息。

从云间漏出的月光清冷地照在波涛之上。环顾四周,一

[①] 小川未明(1882—1961),小说家、童话作家,生于新潟县,本名健作,早稻田大学毕业,著有小说《蔷薇和巫女》、童话《红蜡烛和人鱼》。

望无际骇人的波涛在摇动,连绵起伏。

人鱼想,多么冷清的景色啊!我们这些人鱼跟人类的样子没什么区别,跟鱼儿或住在深邃海底性情粗暴的各种兽类相比,我们人鱼跟人类是多么相似啊!然而,我们人鱼仍然必须和鱼、兽类一起,生活在冰冷黑暗的、令人意志消沉的海里,她心想,这是怎么回事呀!

长年累月,人鱼连说话的伴儿都没有,总是憧憬着明亮的海面。想到这一点,人鱼觉得很无聊。而且,在月光皎洁的夜晚,人鱼经常浮到水面上,在岩石上休息,陷入空想之中。

"人类居住的城镇真美丽!听说人类比鱼类或兽类更有人情,更和善。我们虽然住在鱼类和兽类之间,但我们更接近人类。所以,我们应该可以进入人类世界生活。"人鱼想着。

这个人鱼是雌性,而且怀了孕。我们已经很长时间生活在这个冷清的无人说话的北方蓝色大海里了。我们已经不指望明亮而热闹的国度。但是至少希望我们即将出生的孩子不要有这种悲惨的无依无靠的感觉。

离别孩子,一个人孤独地生活于海里,这是最令人悲痛的。但是,不管孩子在哪里,只要他能幸福地生活,我便无比高兴。

我听说，人类是这个世界最温和的，而且绝不欺负和折磨可怜之人与无依无靠之人。还听说人类一旦收留了这些人，决不会舍弃他们。幸好，我们大家不仅长相跟人类相似，腰部以上跟人类一模一样。即便是鱼儿和兽类的世界，我们都可以生活——从这点来看，在人类世界也能生活。一旦人类接纳并养育我们，决不会冷酷地舍弃我们。

人鱼是这样想的。

至少让自己的孩子生活在热闹而明亮的美丽城镇，慢慢长大。出于这种感情，雌性人鱼想在陆地上产下孩子。因为人鱼这样想：这样一来，自己将再也看不到孩子，但孩子会加入人类一伙，幸福地生活吧。

在遥远的彼岸可以看到海岸小山丘的神社灯火一闪一闪的。有一天夜里，雌性人鱼为了生孩子而游过冰冷又黑暗的波涛之间，朝着陆地方向靠近。

二

海岸边有个小镇。镇上有各种小店。神社所在的山下有个卖蜡烛的小店。

店里住着一对上年纪的夫妇。老爷爷造蜡烛，老奶奶在店里卖蜡烛。这个镇子的人们和附近的渔民上神社参拜时，会顺道来店里买蜡烛上山。

山上长着松树，松树之间有座神社。从海上刮来的风刮到树梢上，不分昼夜呼呼作响。而且，从遥远的海上每天晚上都可望见供奉在神社的蜡烛影子一闪一闪地晃动。

某天夜里，老奶奶对老爷爷说："我们能这样生活，全托神灵的福。如果这个山上没有神社，蜡烛就卖不动。我们必须要心怀感激。我想顺道到山上参拜参拜。"

老爷爷回答说："的确如你所言。我也每天感激神灵，想对神灵道谢呢。但因为忙各种事情，也没有常去神社参拜。这个想法非常好，你参拜时也替我致谢一下。"

老奶奶步履蹒跚地走出家门。当晚月光皎洁，外面亮如白昼。去神社参拜完之后，老奶奶下山时，发现一个婴儿在石头台阶下哭泣。

"可怜呀，是个弃婴。是谁扔到这里的？不过，让人不可思议的是，参拜神社回家路上让我看到这个孩子，应该是某种缘分吧。就这样视而不见，神灵会惩罚的。肯定是上天知道我们夫妇没有孩子才赐给我们的，回家后跟老头子商量一下，抚养她吧。"老奶奶心里说着便抱起婴儿。

"哎呀，好可怜，好可怜！"说着，老奶奶把婴儿抱回了家。

　　老爷爷等老奶奶归来，结果老奶奶抱着个婴儿回来了。老奶奶一五一十地把情况讲给老爷爷听。

　　老爷爷说："那的确是上天赐予的孩子。不精心抚养会遭报应的。"

　　二人决定抚养这个婴儿。婴儿是女孩子，而且腰部以下不像人，像鱼。老爷爷和老奶奶认为这肯定是传说中的美人鱼。

　　"这不是人类的孩子，但……"老爷爷看到婴儿，摇起头来。

　　老奶奶说："我也这样认为。但是，即便不是人类的孩子，这女孩子的面庞多么温柔、多么可爱啊！"

　　"没关系，是不是人类都无所谓。是上天赐予我们的孩子，精心抚养吧。长大后肯定是一个伶俐的孩子。"老爷爷也说道。

　　从那天开始，两人便精心抚养这个女孩子。女孩子一天天长大，长成了朴素而伶俐的孩子。这孩子有着漂亮的大黑眼珠，头发的颜色闪闪发光。

三

姑娘长大了，但身形奇怪。姑娘感到害羞，不肯露面。但凡是看过姑娘一眼的人，都觉得姑娘有惊人的美貌。其中也有人为了设法一睹芳容而来买蜡烛。

老爷爷和老奶奶说："我家姑娘性格内向，爱害羞，不喜欢到人前来。"

老爷爷忙着在里屋做蜡烛，姑娘想出了好主意，如果在蜡烛上画上画儿，大家肯定会高兴买蜡烛，姑娘把这个想法跟老爷爷一说，老爷爷回答说，那么你就试着画你喜欢的画儿看看。

姑娘也没有跟谁学过，她天生擅长绘画，用红色颜料在白蜡烛上画了鱼儿、贝类还有海草等东西。老爷爷看了她的画，大吃一惊。任何人看到这个画，都会想买这样的蜡烛，姑娘的画儿很漂亮，有种不可思议的力量。

"画得好就对啦。不是人画的，是人鱼画的嘛。"老爷爷心有感叹，对老奶奶说。

"请给我画着画儿的蜡烛。"一天到晚，大人小孩都来店面买蜡烛。果然，大家都喜欢画了画儿的蜡烛。

这里有个不可思议的传说。将画着画儿的蜡烛拿到山上供到神社，将余烬带在身上出海的话，不管暴风雨有多大，都不会发生翻船溺亡的灾难。这个传说不知从何时起被大家传起来。

镇上的人们说："因为那个神社是祭祀水神的神社嘛。供上漂亮的蜡烛，神灵肯定也高兴的。"

画着画儿的蜡烛在蜡烛店里卖得很好，老爷爷一天到晚拼命做蜡烛。姑娘顾不上手疼，在旁边用红色颜料画画儿。

"我不是人类，可老爷爷老奶奶疼爱我养育我，这种恩情绝不能忘。"姑娘在温柔的心里感受到这些，有时候她那大大的黑眼珠有些湿润。

这个故事传到了远处的村庄。远方的船夫和渔民想得到供奉神灵的画着画儿的蜡烛余烬，他们特意长途跋涉来到这里，然后买了蜡烛，爬上山到神社参拜，给蜡烛点上火供上，等蜡烛燃烧变短，再拿着蜡烛余烬回去。所以，不管是白天还是黑夜，山上神社蜡烛的灯火从未断过。特别是晚上，从海上可望见美丽的灯火。社会上开始传开了："这里的神灵真是灵。"于是，这座山突然有名起来。

对神灵的评价高了，但没有一个人会想起一心一意给蜡烛画画儿的姑娘。因此，没有人觉得那姑娘可怜。

姑娘很疲劳。经常在月光皎洁的夜里从窗口探出头来，因怀念遥远北方的蓝色大海而满含泪水地眺望着。

四

有一次,从南方来了位江湖艺人。据说这位江湖艺人来北方寻找奇珍异宝,然后拿到南方卖掉挣钱。

江湖艺人也不知是从谁那里探听到的,或许是江湖艺人看到姑娘的样子,看穿了姑娘不是人类,确实是世上少有的人鱼。有一天,江湖艺人悄悄来到老夫妇家里,背着姑娘向老夫妇提出,自己出大价钱,能不能将人鱼卖给自己。

老夫妇最初说,这姑娘是上天赐予的,怎么可能卖掉她呢,坚决不同意。江湖艺人多次被拒,仍不死心,他又来了。这次他真诚地对老夫妇说:"自古以来人鱼是不吉利的,如果现在不放人鱼离开,肯定会遭殃的。"

老夫妇终于相信了江湖艺人的话,而且还可以得一大笔钱,老夫妇终于利欲熏心,答应将姑娘卖给江湖艺人。

江湖艺人很高兴地回去了,说回头来领那个姑娘。

姑娘知道了这事,无比惊讶。内向而温柔的姑娘害怕离开这个家去到离这里几百里①的炎热南国。她以泪洗面,恳

---

① 按日本尺贯法的规定,日本的1里约等于3.9千米。

求老夫妇说："我什么都会做，请你们不要把我卖到陌生的南国。"

但是，老夫妇已经狠下心来，说什么也听不进去姑娘的话。

姑娘闷在房间里，专心给蜡烛画着画儿。但老夫妇看到这个情景，丝毫不觉得姑娘可怜。

在一个月光皎洁的晚上，姑娘独自听着波涛声，思考着自己的将来，内心悲伤。听到波涛声，便不由得感觉远处有人在呼唤自己。她从窗户往外看，但只有月光无边无垠地照在蓝色的海上。

姑娘又坐下来在蜡烛上画画儿。这时，外面吵闹起来。那位江湖艺人来领姑娘了。车上载着带大铁格子的四方笼子。笼子里曾经关过老虎、狮子和豹子。

这位和善的人鱼也算是海中之兽，所以才将她和老虎、狮子同样对待。如果那位姑娘看到了这个笼子，她该会多么魂飞胆战呀！

姑娘也没注意到这些，她埋头在画画儿。这时，老爷爷和老奶奶进来了，说道："你该走了！"说着就要带她走。

姑娘被催促，没能给手里拿着的蜡烛画画儿，把蜡烛全部涂红了。

姑娘留下两三支红蜡烛,把它们作为自己悲伤回忆的纪念。

五

这天晚上真是沉静,老爷爷和老奶奶关上窗户睡觉了。

半夜时分传来咚咚的敲门声。老爷爷和老奶奶上了岁数,耳朵还挺灵,听到敲门声,他们想,会是谁呢?

"谁?"老奶奶问道。

但是无人回答,接着又响起咚咚的敲门声。

老奶奶从床上起来,把门开了个小缝往外瞅。看到一个皮肤白皙的女子站在门口。

女子来买蜡烛。只要能赚钱,老奶奶决不会面露不悦。

老奶奶拿出蜡烛盒子给女子看。这时,老奶奶大吃一惊。因为女子乌黑的长发被水淋湿,在月光下闪闪发光。那女子从盒子中拿起鲜红的蜡烛,看得入迷,一动不动。过了一会儿,她付了钱把那支红蜡烛拿走了。

老奶奶在灯火处仔细看了钱。那不是钱,是贝壳。老奶奶心想自己受骗了,非常生气,她从家里跑出来一看,那女子早已无影无踪。

那天夜里,天气突然变化,下起近来少有的大暴风雨。

那时,那位江湖艺人正好将姑娘放进笼子,把笼子放到船上运往南方,当时已到远海。

"暴风雨这么大,这艘船十有八九要出事。"老爷爷和老奶奶浑身颤抖地说着。

天一亮,远海处漆黑一片,景象骇人。那天夜里,遭难的船只不计其数。

令人不可思议的是,山上神社点红蜡烛的夜里,不管天气多么好,马上便会狂风暴雨。之后,红蜡烛变为不吉利的象征。蜡烛店的老夫妇说这是上天给予的惩罚,自那之后便不再卖蜡烛。

但是,不知从何处,也不知是谁给神社上了供,每天晚上都点着红蜡烛。过去,只要拿着这个神社供着的画着画儿的蜡烛余烬,在海上就绝对不会遭遇海难。但现在,大家哪怕只是看到红蜡烛,便肯定会遭遇海难,溺亡在海里。

突然,这个传说传遍人世间,没多久,没有一个人到山上参拜了。就这样,过去曾经很灵验的神灵,如今成了城镇的鬼门。而且,大家都埋怨这个神社,说如果没有这个神社,这个城镇就好了。

船夫们从远海处眺望到神社所处的山就会害怕。到了夜里,北方的海上永远是那么吓人。环顾四周,一望无际的高高波涛蜿蜒曲折，波浪撞到岩石上，溅起白色飞沫。月亮从云间漏出来，照射到海面时，真是令人感到惊悚。

看不到星星，漆黑的下雨夜，波涛上飘来蜡烛之光，渐渐登高，有人看到它朝着山上的神社一闪一闪地前行。

没过几年，山下的城镇便衰败消失了。

李先瑞　译

梦十夜

夏目漱石

第一夜

我做了这样一个梦。

梦里我抱着胳膊坐在枕边,身旁有一个仰躺着的女子,她平静地说:"我就要死了。"女子长长的头发铺在枕头上,长发上面是她轮廓柔和的瓜子脸。白皙的脸颊上透着恰到好处的血色,嘴唇也是鲜艳欲滴。无论怎么看也不像是将要死去的样子。但是,女子却用平静的声音清楚地陈述着自己命不久矣的事实。这让我也开始觉得她是真的要死了。于是，我低下头俯视着她的脸问："真的吗？真的要死了吗？""当然是真的。"女子一边说着，一边睁大了双眼。那是一双水汪汪的大眼睛，但包裹在那长睫毛中的眼珠，却是漆黑的。而我的身影也清晰地浮现在她那漆黑的瞳孔深处。

我望着这清澈而深邃的黑色眼眸，心想："连这双眼睛也要随之死去吗？"于是，我关切地将嘴贴近枕边，又一次问她："你没事吧，不会死吧？"听罢，女子睁大了双眸，依然用平静的声音说："没办法呀，毕竟就是要死了。"

"那么，你能看到我的脸吗？"我一个劲地问她。她却笑着说："能看到吗，当然了，你看，你的脸不就在那儿嘛。"我沉默了，把脸从枕边移开，抱着胳膊想着："她无论如何都得死吗？"

过了不久，女子又说话了。

"等到我死后，请将我埋葬。用偌大的珍珠贝壳来挖墓穴，再将天上落下的陨星碎片放在墓碑上。然后请在墓边等着我，因为我还会回来见你的。"

我问她什么时候会回来。

"太阳还会升起，也还会落下吧。然后又会再次升起，再次落下吧——在红日东升西落间——你能等着我吗？"

我默默地点了点头。女子一改她那平静的口吻："请等我一百年。"她毅然决然地大声说，"请在我的墓前静坐等待一百年，到时候我一定会回来见你的。"

我回答她自己会一直等着的。听罢，我那原本清晰可见的身影，在女子那漆黑的眼眸中开始模糊起来。就像平静的水面上泛起了涟漪，将倒影扰乱那般。在我察觉到时，女子就闭上了双眼。眼泪从她那长长的睫毛间涌出，顺着脸颊缓缓流下——她已经离开人世了。

从那之后，我来到院子里，用珍珠贝壳来挖墓穴。珍珠贝是一种外壳又大又光滑，边缘锋利的贝类。每挖一次土，月光照在贝壳的内壁闪闪发亮，还带着湿润的泥土气息。过了不久墓穴就挖好了。我将女人的遗体置于其中，然后将松软的泥土覆盖在上面。每撒一次土，珍珠贝壳的内壁都闪烁着月光。

我又捡来陨石的碎片，轻轻地放在泥土上。陨石的碎片是那么的圆润。我觉得可能是因为长时间从天空中坠落下来，磨平了棱角，才变得如此光滑的吧。将它抱起放到土堆上的时候，我的胸膛和手也暖和了些。

我坐在青苔上，一边抱着胳膊望着那圆形的墓碑，一边想着："接下来要这么等上一百年啊。"想着想着，就如同女子说的那样，太阳从东边升起。那是一轮硕大的红日。不久，又如女子所言，红日向西落下，就这么又红又圆地落了下去。我心里默默地数着，这是第一次。又过了不久，赤红色的太阳又缓缓升起，然后又静静落下。我默默地数着，这是第二次。

我就这样数着数着，都已经记不清见到过多少回红日了。无论怎么数，仿佛都数不尽一般，红日从我的头顶一次又一次掠过。尽管如此，百年之期仍未到来。最后，我望着那长满青苔的圆石头，想着自己是不是被那女子骗了。

数着数着，从石头下面长出一根青嫩的根茎，斜着朝我这边伸过来。眼看着它越来越长，正好就停在我胸口的位置。紧接着，那飘摇摆动着的根茎顶部，有一朵微微颔首的细长花苞，蓬松地绽开了花瓣。那是一朵洁白的百合花，散发着沁人心脾的芬芳。一滴露珠从高远天空中滴落于其上，花朵就因不堪重负而摇摇欲坠。我将脸凑过去，亲吻了那饱含露珠的洁白花瓣。我把脸从百合花前移开的那一刹那，只见那遥远天空中的晨星微微地闪过一道光芒。

此时我才注意到，原来一百年已经到了。

第二夜

我做了这样一个梦。

从和尚的房间出来,沿着走廊折回自己房间时,却发现里面已经点上了方形纸罩灯。我单膝跪坐在垫子上,将灯芯点亮时,火花啪的一声落在朱红的案台上。与此同时,屋里亮堂了起来。

隔扇上画着芜村①的水墨画,黑色的柳枝时浓时淡,时远时近,衣着单薄的渔夫只手扶着倾斜的斗笠从坝上经过。壁龛上挂着文殊菩萨的画轴。线香的余烬仍在暗处散发着幽香。偌大的寺院鸦雀无声,仿佛感受不到任何人的气息。黑色天花板上倒映着圆灯笼的影子,仰头望去竟觉得这影子也栩栩如生。

我立起一条腿,用左手把坐垫掀起来,然后往右边看了看,那东西就在那里。既然东西在,那我也就安心了,将坐垫恢复原状,再盘腿坐下。

"你是一个武士,既然是武士就一定能开悟。"和尚对我说,"但我看你那副一直无法开悟的样子,恐怕你算不得武

---

① 芜村,即与谢芜村(1716—1783),日本江户中期的俳人、画家。

士,只是个废物罢了。"和尚又问道:"哈哈,您生气了吧?"我笑着回答:"你要是不甘心的话,就拿出你开悟的证据来。"说罢,和尚面露愠色,头也不回地走了。真是不可理喻。

隔壁客房壁龛上挂着的那口大钟下一次敲响前,我一定开悟给你看。等我开了悟,便再到那和尚的房间里去,把他的脑袋给砍下来,当作我开悟的证明。如果悟不出来,就留那和尚一命。不管怎么样都要悟出来,毕竟我是个武士。如果悟不出来,我就自裁,身为武士怎么能受尽屈辱还苟且偷生,要死就得死得干净利落。

我一边这么想着,一边不自觉地又把手往坐垫底下探。然后我从底下抽出一把朱红刀鞘的短刀。我紧紧握住它,将刀从红色刀鞘里拔出来,霎时间,刀刃的寒光在昏暗的房间里闪烁。我感到有什么骇人的东西正从我手中丝丝缕缕地蹿出来,于是,我将那杀气集中于刀尖上的一点,连这锋利的刀刃也可怜地缩成了针头一般。我望着那长九寸半的刀尖向着自己缓缓伸出,突然想起要用它对自己狠狠地扎上去。身体里的血液朝着右手的手腕流来,手握着的地方也被汗水弄得黏糊糊的,嘴唇也止不住地打战。

我将短刀收起,插到右边,盘腿而坐——赵州①曰:"无。"这个"无"到底指的是什么东西?我咬牙切齿地骂了句:"臭和尚!"

我咬紧牙关,鼻子喷出粗气,太阳穴绷得紧紧的,有些生疼,眼睛睁得有平时的数倍大。

我能看见挂轴,能看见纸罩灯,能看见榻榻米。那和尚的秃头在眼前清晰可见,我甚至能听到他张大嘴巴嘲笑我的声音。可恶的臭和尚,我无论如何也要把那个秃头砍下来悟给你看。"无、无、无……"我嘴里不停地念叨。明明一边念着"无",一边却还是能闻到线香的味道。不就是根线香嘛,神气什么!

我突然握紧拳头猛砸自己的脑袋,牙咬得吱吱作响。腋下不断流出冷汗,脊背绷直得像根棍子。突然,膝关节剧烈地疼起来。我想着这膝盖就算骨折了又怎么样呢,但痛就是痛,很难受,"无"却始终不见踪影。可是一旦这"无"冒出来时就又疼得厉害。我很生气,很懊恼,非常不甘心,眼泪大滴大滴地滚落。真想就这样把身体往那巨石上撞去,撞得粉身碎骨才好。

---

① 赵州(778—897),中国唐末高僧。俗姓郝,为曹州(今山东曹县)郝乡人。因晚年久居赵州观音院,故时人以"赵州"敬称。

即便如此我还是忍住了,坐着没有动弹。胸中按捺着难以忍受的痛苦,那苦痛仿佛要将我全身的肌肉都从下往上提起,然后一口气从毛孔里喷发出来似的。但不管它再怎么急着涌出来,却都被堵得死死的,仿佛根本没有出口似的,憋得我狼狈不堪。

不久,我便有了异样感觉。纸罩灯、芜村的画、榻榻米、交错着的橱架在我眼中都变得似有若无。但就算是这样,"无"还是毫无踪迹,只留我一人百无聊赖地坐着。就在这时,隔壁客房里的大钟"铛"的一声开始报时。

我吃了一惊,右手立刻按在短刀上。大钟又敲响了第二次。

第三夜

我做了这样一个梦。

我背着一个六岁的孩子。这的的确确是我的孩子。但令我感到匪夷所思的是,他不知何时双目失明,变成了妖怪青坊主①。我问他:"你的眼睛是什么时候瞎的?"他只是回答:

---

① 青坊主,相传为日本冈山县邑久郡的妖怪。据传青坊主又叫作目一坊,原本是山神,后来沦落为妖怪,化为山寺中衣服和身体全是蓝色的大和尚的模样。青坊主有三只眼睛,只有长在额头中央的那只眼睛能视物,另外两只眼睛是瞎的。

"很久以前就这样了。"他的声音无疑是小孩子，但说话的口气却仿佛大人一般，而且和我以平辈而论。

细长的小路两旁都是绿油油的稻田，在黑暗中时而掠过几只白鹭的影子。

"这是在往田里走吧?"从背后传来声音。

"你怎么知道?"我转过头问他。

"这不是听到白鹭的叫声了吗?"他回答道。

果然传来了两声白鹭的啼鸣。

虽然是自己的孩子，但多少还是有点让人害怕。背着这样的家伙走着，完全无法预料接下来会发生什么。我暗暗想着有什么地方能把他给丢掉，于是向对面望去，发现眼前有一片幽暗的大森林。正当我想着要不就把他丢在这里的时候，从背上传来"呵呵呵"的阴森笑声。

"笑什么?"我问他。

小孩没有回答，却反过来问我："父亲，我重不重?"

"不重。"我回答。

"马上就会变重的。"他说道。

我默不作声地向着那片森林走去。田间的道路蜿蜒曲折，十分不规则，要想走出去得费点工夫。过了不久，眼前的路分岔成两条，我站在路口稍作歇息。此时，这小子说："这里应该立着一块石碑才对啊。"果然眼前出现了一块及腰高、宽八寸的石碑。石碑上写着："向左日之洼,向右堀田原。"明明是晚上,石碑上红色的字却看得一清二楚,那字的颜色就宛如蝾螈的肚皮般赤红。

"往左边走。"小孩向我发出命令。于是我向左望去,只见那森林的暗影,黑腾腾的仿佛要压下来。我不禁犹豫起来。"不用担心。"小孩又说。无奈之下,我只好向着森林的方向走去。我一边走在通向森林的小路上一边想着:"明明这家伙眼睛看不见,但他怎么什么都知道。"这时,仿佛是在回应我一般,小孩说:"我是个瞎子,真对不起啊。"

"所以我这不是背着你嘛,这不是挺好的吗。"我回答。

"让你背着我,真是对不住,但我不喜欢被人瞧不起,就算是我的父母也不行。"小孩说道。

不知为何,我突然开始有点讨厌他了。想着还是快点儿到树林里把他扔掉算了,我加紧了脚步。

"再走一会你就明白了——那天正好也是这样的一个晚上。"背后传来自言自语的声音。

"什么意思?"我急忙问。

"什么意思?你自己心里不清楚吗?"那小子用嘲弄的口吻回答。被他这么一说,我似乎突然想起了什么,但却十分模糊，只是依稀记起在这样的一个晚上确实好像发生过什么，只要再走一段路我应该就能想起来。但如果真想起来那可就不妙了，得趁还不记得的时候赶紧把这小子给扔了，好让我安心。我打定主意，越走越快。

　　雨一直下，道路变得愈加昏暗。我仿佛是在睡梦之中，只是背上还牢牢贴着一个小孩，他就像一面镜子，映照出我的过去、现在和未来，丝毫没有疏漏。而且他还是我自己的孩子，并且是个瞎子。我受不了了。

　　在雨中，我也能清晰地听到这小子的声音，我不知不觉停下了脚步。不知何时我们已经深入了这片森林，眼前近两米处那黑乎乎的东西就是小孩所说的杉木。

　　"父亲，就是在那棵杉树底下吧。"

　　"嗯，没错。"我不假思索地回答。

　　"那是文化①五年（1808）的时候吧，好像是龙年来着。"

　　原来如此，我想起来似乎就是文化五年的事情。

　　"你把我杀掉的时候正好就是一百年前的今天啊。"小孩幽怨地说着。我一听到他这句话，忽然就想起来了，那是一百年前的今天，文化五年的一个伸手不见五指的夜晚，在这

---

① 文化，光格、仁孝天皇时期的年号，时间为 1804 年至 1818 年。

棵杉树底下，我杀掉了一个瞎子。当我意识到自己是杀人凶手的瞬间，背上的小孩突然变得像地藏菩萨的石像般异常沉重。

第四夜

在一间宽敞屋子的正中央，摆着乘凉用的长凳，旁边零零散散放着几只小马扎。长凳的表面发出黑漆的光泽。角落里摆着一张小饭桌，桌前坐着一个老爷爷，正就着酱菜自斟自饮。

老爷爷已经喝得面红耳赤。他的皮肤光滑细腻，没有丝毫皱纹。只因为他蓄着一大把银白胡须，旁人才明白他是上了年纪。我虽然是个小孩子，却想知道这个老爷爷有多大岁数。正巧，从里边打完水的老板娘走了过来，她一边提着水桶，用围裙擦了擦手，一边问道："老大爷，您今年高寿啊？"老爷爷一口咽下满嘴的酱菜，一边含糊其词地说："不记得了哟。"

老板娘把擦干净的手叉在腰间的细带上，站在一旁看着老爷爷的脸。老爷爷用硕大的茶碗咕咚咕咚地喝了口酒，然后从他那一大把银白胡须间吐出一口浊气。老板娘又问："老大爷，您住哪儿啊？"老爷爷止住吐气，回答："肚脐眼儿里。"老板娘保持着之前的姿势又问:"那您要往哪儿去呢?"

老爷爷拿起大茶碗,喝了一口温酒,像之前那样长出了一口气:"我要去那边。"

"是要笔直往前走吗?"老板娘问。此时,老爷爷呼出的气息穿过纸拉门,飘过柳树下,直直地朝着河滩那边飞去。

老爷爷走出门,我也紧跟在他身后。老爷爷的腰间挂着一个小葫芦,肩上挂着一个四方形的小匣子,一直垂到腋下。他穿着淡青色无袖上衣和裤子,只有袜子是黄色的,看上去像是兽皮做的。

老爷爷径直向柳树底下走去,树下有三四个孩子聚在一起。他笑嘻嘻地从腰间扯出一块淡青色手帕,将它搓成细长条,放在地上。然后他在手帕的周围,画了一个大大的圆。最后,他从肩上挂着的小匣子里拿出了糖果商人用的黄铜笛子。

"快来瞧一瞧,看一看喽,现在手帕就要变成蛇了。"老爷爷反复吆喝。

孩子们死死地盯着手帕,我也不例外。

"瞧一瞧,看一看咧,准备好了吗?"老爷爷吹响了笛子,沿着圆圈一圈圈地走来走去。我一个劲地盯着手帕,但它却分毫未动。

老爷爷滴滴地吹着笛子,在他画的圆上绕了一圈又一圈,踮起脚尖,蹑手蹑脚,像是在畏惧手帕一般。虽然看上去有些恐怖,但却十分有趣。

许久,老爷爷止住笛声,他打开挂在肩上的小匣子,小心翼翼地捏住手帕的一头,嗖地把它放了进去。

"只要我放进去,匣子里的手帕就会变成蛇,现在就让你们见识见识。"老爷爷一边说着,一边径直向前走去。经过柳树底下,沿着细长的小路一直走着。因为我想看看那蛇究竟长什么样,便一直紧跟着老爷爷。老爷爷时不时便念叨着"现在就要变了""要变成蛇了",一边不停地往前走。到最后竟唱起来:"现在变,变成蛇,肯定变,笛声响。"

在歌声中老爷爷抵达河岸。我心想,河边既没有桥也没有船,老爷爷肯定要在这儿歇脚,再让我们看看箱子里的蛇吧。可出人意料的是,老爷爷就这么一步步走向那哗啦啦的流水中。一开始水只能没过膝盖,渐渐地漫到腰间,然后连胸口都没过了。即便如此,老爷爷还是嘴里唱着:"越来越深,深入黑夜,笔直向前。"

老爷爷就这么一往无前地走着,渐渐地连他的胡须、他的脸、他的头巾都看不见了。

我觉得只要老爷爷上到对岸，就能给我们展示那条手帕变的蛇吧。所以我一直站在河边的芦苇地里，孤身一人一直等着。但那位老爷爷却始终没有上来。

第五夜

我做了这样一个梦。

好像是很久以前的事情了，大概接近神话时代吧。那时候我是个士兵，不幸战败，被生擒活捉到敌军的大将跟前。

那时候人们都长得牛高马大，并且蓄着长长的胡须，腰间系着皮带，上面挂着像棒子般的长剑。弓好像是用粗藤蔓直接做出来的，没有涂漆，也没有打磨光亮，极其原始朴素。

敌军的大将用右手握住弓的正中间，把它插在草丛中，坐在一个倒扣的酒瓮上。我瞅了瞅他的脸：左右两道粗眉毛在鼻子的上方交会。当然，那个时代并没有刮胡刀之类的东西。

因为我是俘虏，自然不可能像他那样有位子坐，于是我就在草地上盘腿坐下。我的脚上穿着大大的草鞋，这个时代的草鞋都特别长，立起来足足有膝盖高。草鞋的边缘有些边角料留在上面，就像穗子一样垂下来，走起路来晃来晃去，想必是用来做装饰品的。

大将借着篝火盯着我，问我是选择死还是生。这是那个时代的习俗，抓到俘虏一律要这样提问。如果回答生，那就意味着投降；如果回答死，那就意味着宁死不屈。我只是淡淡地说选择死。大将把插在草丛中的弓箭向对面一扔，从腰间拔出那把长剑。此时，随风飘动的篝火火苗吹向长剑，我将自己的右手像枫叶那样摊开，抬到眼前，将掌心朝向大将。这是暂停手势，大将将长剑咔嚓一声收回剑鞘。

即使在那遥远的时代，也有爱情存在。我对大将说，自己有个喜欢的女人，想在死之前和朝思暮想的她见一面。大将同意了我的请求，说要等到次日天明晨鸡报晓之时。换言之，我要是没能在鸡鸣之前将心爱的女子唤至此处，我将迎来无法与她相见便含恨而终的命运。

大将端坐着不动，望着眼前的篝火。我交叠着大草鞋，盘坐在草地上等待着女子的到来。夜渐渐深了。

时而传来篝火崩裂的声音，每当此时，火苗就仿佛惊慌失措一般向大将扑去。在那浓黑的眉毛之下，大将的双眼闪烁着犀利的光芒。篝火崩裂后，马上会有人走过去，向篝火中抛入大量树枝。不久，火势便熊熊燃烧。仿佛是要将那黑暗弹开一般，从那篝火中传出噼里啪啦的声音。

此时，女子正牵着一匹原本系在橡木上的白马从后院走出来。她三度轻抚马儿鬃毛，然后飞身跃上高高的马背。那匹马既没有脚蹬，也没有马鞍。女子用她白皙细长的双脚踢向马腹，马儿便一溜烟地向前奔去。

不知是谁又往篝火里添了柴，让远处的天空又显得明亮了些许。马儿正朝着这团亮光，在黑暗中飞驰而来，它的两个鼻孔里喷出的粗气，恍若火柱一般。即便如此，女子还是用她细长的双脚猛踢马腹。马儿驰骋快如闪电，蹄声隆隆响彻苍穹，女子的长发被风吹拂，仿佛暗夜中飘扬的风帆。即便如此，女子离篝火的所在之处仍有一段距离。

突然，昏暗的道路旁传来一声鸡鸣。女子仰起身子，两手紧握着缰绳让马停下，马儿的前蹄狠狠地撞在坚硬的岩石上。

此时又传来一声鸡鸣。

女子"啊"地叫出了声，松开了手中的缰绳。可是那马儿双膝骨折，连带着背上的女子一起向前倒去，而那前面岩石的下方是万丈深渊。

马蹄的痕迹直到现在依然清晰可见，而模仿鸡鸣的则是天探女①。只要这啼印还印刻在那岩石之上，我就与天探女不共戴天。

第六夜

我听说运庆②正在护国寺的山门雕刻仁王像③，所以打算去看看，权当散步。但当我到达那里时，山门处已经是人头攒动，人们正对其议论纷纷。

山门前九、十公尺左右的地方，有一棵巨大的赤松，它的枝干向着斜上方生长，遮蔽了山门顶部的瓦片，一直延伸向遥远的苍穹。松树的绿色和山门的红色相映成趣，构成了一幅绝妙的美景。不仅如此，松树的位置更是绝佳，由于它斜切着山门向上生长，在门的左端竟毫不碍眼，而且越是往上长就越是枝繁叶茂，一直突出到屋檐处，令人感到古风盎然，不禁联想到镰仓时代。

可是身旁这些围观的人都跟我一样，是明治时代的人。他们大都是人力车夫，肯定是因为在街上等不到客人，才来

---

① 天探女，日本神话中的女神。传说是天邪鬼的原型，具有令任何事物反转的能力，会模仿他人的外表或声音举止，或把人的言行举止变得相反，以借此对人作乱。
② 运庆，日本镰仓时代著名的佛像雕凿师。
③ 仁王像，指置于日本寺门或须弥坛前两侧的一对佛法护持神像。

这里凑热闹的吧。

"真是个庞然大物啊。"有人感叹。

"这比雕刻一般的人像可麻烦得多啊。"还有人说。

"哦哟,是仁王,现在也有人会雕刻仁王啊,我还以为仁王像这种东西都是古时雕刻的呢。"有个男人这样评价。

"仁王看起来很强啊,据说自古至今,没有比仁王更强的人了。好像比那个日本武尊①还要强来着。"另一个男人插话。这个男人把和服从臀部往上掖起来,也没有戴帽子,一看就没怎么受过教育。

运庆丝毫不受围观者闲言闲语的影响,专心致志挥动着手中的凿子和锤子。他甚至连头也不回,站在高处仔细雕凿着仁王像的脸部。运庆头戴一顶小乌纱帽般的帽子,身上穿的衣服不知是素袍②还是其他什么,他把长长的袖子在背后打了个结,这一身行头看着很古朴,和周围看热闹的人群显得格格不入。我也有些疑惑,心想为什么运庆能活到现在。我仍旧站在一旁围观,对眼前的景象感到十分不可思议。可是运庆却丝毫不为所动,只是一个劲地雕刻着。一个仰头观望的年轻男子,看着运庆这副样子,便转头对我说:"真不

---

① 武尊,相传为日本立国初期的英雄人物。
② 素袍,指日本镰仓时代庶民的麻布便服。

愧是运庆啊，完全没有把我们这些凡人放在眼里，他好像在说论天下英雄，只能算上仁王和自己，真是佩服佩服。"

我觉得这人说的话很有趣，便朝他看了一眼，那男子又立刻滔滔不绝起来："你看他那运用凿子和锤子的技巧，已经可以算得上是鬼斧神工了。"

运庆正横向雕刻出一寸多宽的仁王的粗眉毛，凿子的尖头一会儿竖直、一会儿倾斜，再从顶上敲下锤子。每当坚硬的木头上出现一道刻痕，厚厚的木屑就随着锤子的声音四散而飞，顷刻间，仁王那鼻翼的轮廓就浮现出来。在那精湛的刀法中看不到一丝踌躇，只要掺杂一丝杂念都没办法达到这番境界。

"到底是他呀，能那样随心所欲地使用凿子，雕刻出想象中的眉毛和鼻子呢。"我感到十分佩服，不禁脱口而出。听到我的话后，那年轻男子说："哎哟，那眉毛和鼻子可不是他凿出来的。那眉毛和鼻子本就埋在木块里，只不过是运庆用凿子和锤子把它挖出来罢了。就好像从土里挖出石头那样，想搞错都搞错不了的。"

从那时起，我便觉得雕刻不过尔尔，这种事情大家都能做到。于是我突然也想自己雕个仁王出来，便不再看热闹，急忙赶回家中。

我从工具箱里拿出凿子和锤子，到后院里找素材。前阵子的大风刮倒了一棵橡树，我想着把它当作柴火烧，就请伐木工把它锯成木块，于是院子里便有了大量适合雕刻的材料。

我挑选了其中最大的一块木头，劲头十足地开始雕刻，但不幸的是，雕了半天那里面并没有仁王的轮廓浮现。紧接着第二块里也没有仁王，是不是我运气太差了呢？可是第三块木头里也没有仁王。我把所有的木块都雕了个遍，却依旧不见仁王踪影。我终于明白了，明治时期的木头里是没有仁王的，而且我也明白了运庆至今仍然健在的原因。

第七夜

我好像在一艘大船上。

这艘船日夜不停地吐着黑烟，劈波斩浪而行，发出震耳欲聋的响声，却不知道要驶向何方。从海浪底下升起的太阳仿佛烧红了的火球，只见它越升越高，越过帆柱，挂在空中，又不知何时越过了大船，向前坠去。最后，那烧火箸般的太阳，发出刺刺的声音沉入海底。每当太阳沉入海底时，远方的碧波就像是被煮沸了般呈现出深红色。而大船也在此时发出巨响，循着那太阳的踪迹追寻而去，但无论如何也追不上。

有一次，我抓住一个船上的男人，问他："这艘船是向着西边航行吗？"

那船员露出一副惊愕的神情，盯着我看了许久才发问："为什么呢？"

"因为船在追着落日啊。"我回答道。

男人发出呵呵的笑声，径自走开了。

"西行之日，尽头是东吗？这是真的吗？东出之日，娘家是西吗？亦为真实吗？此身于浪涛之上，以桨作枕，随波逐流。"我循声走向船头，发现水手们正蜂拥而至，合力拉着粗重的帆绳。

我感到十分不安，不知道什么时候才能上岸，也不知道这船将驶向何方，只能看见它一边吐着黑烟一边劈波斩浪。巨浪滔天，碧波万顷，时而映出紫色的天空，只有船身附近随着前进的方向扬起雪白的泡沫。我愈加感到不安，与其就这样乘船随波逐流，还不如索性纵身一跃，一死了之。

同乘的客人为数众多，但大多是外国人，外貌特征各不相同。某日，阴云密布，船身摇晃之时，有位女子凭栏啜泣。她用洁白的手帕拭泪，身着印花洋装。看到这位女子时，我才发觉原来感到悲伤难过的不只是我一人。

有一天晚上，我一个人来到甲板上眺望星空。有个外国人走过来，问我懂不懂天文学。我都已经百无聊赖，准备一死了之，还有什么必要了解天文学呢？于是闭口不言。但那外国人却径自说起金牛座的顶部有七星之类，不管是星辰还是大海都是上帝的杰作之类的。最后他还问我信不信上帝。我没有回答，只是沉默着望着天空。

还有一次，我走进沙龙，看见一个衣着华丽的年轻女子正背对着入口弹钢琴，一个挺拔颀长的男人站在她身旁，随着伴奏放声歌唱。男人的嘴张得巨大，那两人对身边的任何事物都一副毫不关心的样子，只是沉浸在音乐中。

我越发无聊起来，终于决定要自杀。于是，在某个晚上，趁四下无人之时，我不顾一切往海里纵身一跳。然而，当双脚离开甲板，与这船再无联系的一刹那，我突然开始畏惧死亡，心中后悔不已，想着要是没有这么做就好了，但已经来不及了。我就算再怎么百般不情愿，都会坠入茫茫大海。只见那船身变得越来越高，我已离船许久，但双脚却久久未能入水。没有任何东西能让我抓住，只能无奈地看着自己离水面越来越近，不管如何将双腿蜷缩，那漆黑的水面还是越来越近。

此时，大船只是像往常一样吐着黑烟，从我身旁经过。我恍然大悟，就算是不知船只驶向何方，我也应该待在船上。可现在我却无能为力，只能怀着无限的后悔和恐惧，朝着那漆黑的深海静静地下坠。

第八夜

当我走进理发店时,有三四个穿着白衣的员工齐声对我喊着:"欢迎光临。"

我站在屋里,左右环视:四四方方的房间里,两边有窗,另外两边悬挂着镜子。我数了数,一共六面镜子。

我走到一把椅子前坐下,噗的一声陷了进去,这椅子坐得真舒服。镜子恰到好处地映照出自己的脸庞,镜中的脸旁边反射出之前看到的窗户,斜着也能看到收银台。收银台里没有站人,从窗户外能清楚地看到过往行人的上半身。

我看见庄太郎带着一个女人走了过去,不知何时他买了顶巴拿马帽子戴在头上,那女人也不知什么时候被他泡到手的。两人看上去都是一脸得意,还没有看清楚那女人长什么样,他们就走远了。

接着,卖豆腐的小贩一边吹着喇叭一边走了过来,双颊鼓得像被蜜蜂蜇了一样。他就这么一直鼓着双颊,我看着看着就担心得不得了,生怕他这一辈子都长得跟被蜜蜂蜇了一般。

有个艺伎走了出来。她还没有化妆,岛田式发髻也有些松动，估计是没有东西固定的原因。脸上也是倦容满面，脸色差得让人担心。我向她点了下头，寒暄了几句，但她却迟迟不肯在镜中出现。

这时，有个身着白衣的高大男子，走到了我的身后，手持剪刀和梳子，打量着我的头发。我捋了捋稀疏的胡须，问他能不能给我剪得好看点。但那白衣男子却一言不发，用手上的琥珀色梳子轻轻地敲了敲我的头。

"你能不能帮我剪得好看点？"我又问了一遍。白衣男子还是什么都不说，只是动手修剪起我的头发。

我打算仔细端详镜中映出的身影，一个细节也不放过，但随着剪刀咔嚓咔嚓的响声，不断有黑色的碎发掉落，我担心头发飞进眼睛里，只好闭上双眼。这时，白衣男子问："先生，您能看见外边那个卖金鱼的吗？"

我回答看不见。于是，白衣男子不再发问，只是专心修剪头发。突然，有个人大叫着："危险！"我啪地睁开眼睛，只见那白衣男子的袖口里突然出现一个自行车的车轮，还有人力车的车把。就在此时，白衣男子伸出双手，把我转过去的头一下子掰正。于是，自行车和人力车就这么消失不见，只剩下剪刀咔嚓咔嚓的响声。

白衣男子开始修剪我耳边的头发。因为头发不会再在眼前乱飞,我松了一口气,睁开了双眼。此时,外边传来了"黄米糕、黄米糕……"的叫卖声。那小贩一边特意用杵子击打在臼上的声音做节拍,一边捣着年糕。我只在小时候见过卖黄米糕的小贩,所以我迫切地想要看看。但那小贩始终没有出现在镜中,只听到一阵阵捣年糕的声音。

我竭尽全力仔细端详镜子的角落,发现在收银台里面,不知何时坐着一个女子。她长得浓眉大眼、身材高大,头发梳成银杏髻,穿着一件黑缎白领的和服,蹲坐在柜台里数着一沓貌似是十日元面值的钞票。女人垂下长长的睫毛,抿着嘴唇,专心地数着钞票,而且数得非常快。但那沓钞票仿佛永远也数不完似的,放在她膝盖上的钞票顶多一百张,但那一百张不管再怎么数也还是一百张。

我呆呆地看着女人的脸和那沓十日元钞票。这时,白衣男子在我耳边大声说:"来洗个头吧。"这正是个好机会,我站起身来,回头往那收银台的方向看去。但那里根本没有什么女人,也没有什么钞票。

我付了钱走出门,看到大门左边并排立着五个椭圆形的桶,里面养着大量红色的金鱼、有斑纹的金鱼、消瘦的金鱼、肥胖的金鱼。那卖金鱼的小贩就站在桶后边,他看着那些摆在我面前的木桶,以手托腮,一动不动,丝毫没有将来来往往的嘈杂人群放在眼里。我站在旁边，看了一会儿这个卖金鱼的，可就算我一直看着他，他也毫无反应。

第九夜

世道开始乱了，眼看战争就要爆发。此时人们的心情就好比遭到空袭的无鞍马，不分昼夜地在房屋周围乱窜，而士兵们也不分昼夜地一拥而上追赶着它们一般。可是家中却一片死寂。

家里只剩下年轻的母亲和将满三岁的孩子，父亲不知去向。父亲离开家的时候，是一个没有月亮的深夜。他穿上放在地板上的草鞋，戴上黑色的头巾，从后门出去了。那时候，母亲手持着纸灯笼，它放出的亮光穿越黑暗，照在篱笆前的那棵老柏树上。

父亲从那之后就没再回来。母亲每天都要问她那三岁的孩子："爸爸呢?"孩子什么也答不上来。但过了一阵子就学会对母亲说道："那边。"当母亲问他："爸爸什么时候回来?"孩子也只是笑着回答道："那边。"听罢，母亲也笑了。然后一遍又一遍教孩子说："马上就会回来。"但孩子只记住了"马上"这两个字。所以偶尔被问到"爸爸去哪儿了"的时候，也只是答道说"马上"。

到了晚上，夜深人静，母亲把腰带系紧，腰间别着一把鲛鞘短刀，将孩子用细带绑在背上，悄悄走出家门。母亲总是穿着草鞋，孩子有时听着草鞋的脚步声在母亲的背上入睡。

经过土墙环绕的建筑群，向西一直走，再越过长长的坡道，那里有一棵参天的银杏树。以这棵银杏树为参照物，向右转再走一百米左右，里面有一块石制牌坊。牌坊的一旁是田地，另一旁是山白竹林。穿过牌坊，来到一片昏暗的杉树林里，然后再走过二三十米的石板路，便能来到一座古老的神殿阶梯下。那里有一个被风雨侵蚀成鼠灰色的捐献箱，上面有一根粗绳垂下来，绳上系着一个巨大的铃铛。要是白天来这里，就能看到那铃铛旁边挂着一块匾额，上面写着"八幡宫"三个大字。"八"字的形状看起来就像两只鸽子对望，显得十分有趣。其他地方也挂着很多匾额，大多都是射中了金标靶的家臣，将他们的名字写在上面用以纪念的，也有少数把大刀供在上面的。

穿过牌坊，就能听到猫头鹰站在杉树枝头鸣叫，也能听到母亲脚上粗糙的草鞋发出"啪嗒啪嗒"的声音。当母亲在神殿前驻足，她会先摇响铃铛，然后双手合十。这时候猫头鹰基本都会停止鸣叫，所以母亲会心无杂念地开始祈祷丈夫能够平安归来。母亲坚信，既然丈夫是武士，那自己来弓箭之神的八幡宫祈愿的话,应该不可能不灵验吧。

孩子经常会被铃铛的声音吵醒,望着四周一片漆黑,便会一下子放声大哭。这时母亲会一边口中念念有词,祈求平安,一边轻轻摇晃背部来安抚孩子。有时能让孩子顺利安静下来,但有时候却会让他哭得更厉害。但不管怎么样,母亲都不会轻易起身中断祷告。

当祈求丈夫平安这一祷告结束后,母亲会将细带解开,将背后的孩子抱到胸前,就这么走上神殿,一边说着:"乖宝宝,就快好了,你等等哦。"一边用自己的脸颊轻轻摩挲着孩子的面庞。然后母亲会将细带展开,一端将孩子捆住,另一端系在神殿的栏杆上。最后她会走下阶梯,来到长二三十米的石板路上,来来回回走上一百遍,以此作为新一轮的祷告。

一片黑暗中,被系在神殿栏杆上的孩子会在细带长度所及的范围内,于走廊内到处爬来爬去。这种情况对于母亲来说将是一个十分轻松的夜晚。但当被捆住的孩子哇哇大哭的时候,母亲会万分焦急,不断地加快百次往返的脚步,时常变得上气不接下气。实在没办法时,也只好中断祷告,折返回神殿,将孩子哄好后,再重新开始她的祷告。

但是,这位让母亲在无数个晚上殚精竭虑、夜不能寐的父亲，早就因为浪人的身份被人杀了。

这个如此悲伤的故事，是母亲在梦中告诉我的。

第十夜

阿健跑来跟我说，庄太郎被女人勾走后，到了第七天晚上，突然一个人回来了，但却发起高烧，卧床不起。

庄太郎是镇上第一美男，既善良又老实，却有一个小小的癖好。他喜欢在傍晚戴着巴拿马帽子①，坐在水果店前，望着来来往往的行人女子，然后频频发出赞叹。除此之外，并没有什么值得提及的特点。

行人女子不多，他便会转而看着水果。水果的种类丰富，有水蜜桃、苹果、枇杷、香蕉等。它们被漂亮地点缀在果篮里，排成两行，为的就是随时能作为慰问品卖出去。庄太郎望着那果篮直称其漂亮，还说什么以后自己要是做生意的话一定只开水果店。实际上，他只是戴着那巴拿马帽子游手好闲四处逛荡罢了。

他有时也会称赞酸橙的色泽艳丽，但从来没有掏钱买过水果。别人想白送给他，他也不收，只是一味地夸奖颜色

---

① 巴拿马帽子，一种使用巴拿马革的叶子制作的帽子，并非起源于巴拿马。

好看。

　　有一天傍晚，忽然有个女子站在店门口。她看起来很有身份，穿着华丽的衣裳。庄太郎十分中意她衣裳的颜色，不仅如此，对她的容貌也心动不已。于是，他脱下巴拿马帽子，礼貌地跟女子打招呼。这时，女子用手指着水果篮中最大的一个，说道："请给我这个。"庄太郎立刻将那篮子取来递给她，但那女子试着提了提，觉得太沉了。

　　庄太郎本就是个闲人，性格又十分直爽，他对女子说："不如就让我帮您提到家里去吧？"然后跟着女子一同走出水果店，从那之后就再也没有回来过。

　　就算是那个远近闻名的庄太郎，这回也有点太不像话了。正当亲朋好友间议论纷纷的时候，第七天晚上，庄太郎突然就回来了。大伙一拥而上，问他究竟去了哪里，庄太郎竟说他乘电车往山上去了。

　　他一定坐了很久的电车吧。据庄太郎说，他一下电车就来到了一片草原上。那片草原十分辽阔，放眼望去可看见一片无尽的青草。他和那女子并肩在草原上走着，突然来到了悬崖峭壁前。这时，女子对庄太郎说："你试着从这里跳下去吧。"他往底下看了看，却只能看到峭壁而望不见底。于是，庄太郎又摘下巴拿马帽子，再三拒绝。但女子却说：

"你若是不跳下去,就会有猪来舔你,你看怎么样?"庄太郎平生最讨厌猪和云右卫门①,但他想了想,小命要紧,还是不能跳。突然,一头猪发出哼哼唧唧的声音,朝庄太郎冲了过来。庄太郎走投无路,只好拿着手上那把用槟榔树枝制成的手杖来敲打猪鼻子。猪发出了一声哀嚎,在地上滚了几圈,从悬崖上掉了下去。正当庄太郎松口气的时候,又有一头猪用它的大鼻子往庄太郎身上蹭。庄太郎只好又挥起手杖来。只见猪又是哀嚎一声,四脚朝天跌向谷底。接下来又出现了一头猪。就在这时,庄太郎才注意到,向前面望去,只见远方的草原尽头,出现了数以万计的猪,以悬崖边站着的庄太郎为目标,发出哼哼唧唧的声音向前突进着。庄太郎见状心生畏惧,却又无可奈何,只好一次又一次地用手杖打在接近他的猪鼻子上。令人不可思议的是,只要手杖一碰到猪的鼻子,猪就会滚落谷底。往那谷底一瞥,只见四脚朝天的猪排成一列往下掉。庄太郎心想自己打了这么多头猪下去,不由得更加害怕了。但猪还是源源不断地向他涌来,就仿佛一朵乌云长了脚,将那草原踏得尘土飞扬,无数的哼哼声交织在一起,震天动地。

---

① 云右卫门,日本古代著名民间说唱师。

庄太郎拼尽全力，挥舞着手杖，连续七天六夜不断地击打着猪鼻子。可最终他用尽了力气，手变得就像魔芋般绵软无力，还是被猪给舔到了，因而倒在悬崖上不省人事。

　　"庄太郎的故事就讲到这里，所以说还是不要成天盯着女人看比较好。"阿健说道。我觉得很有道理，但又想起之前阿健曾说过要庄太郎的那顶巴拿马帽。

　　庄太郎是没救了，帽子大概要归阿健了吧。

蔡蕾　译

镜地狱

江户川乱步

"稀罕事是吗？那么这件如何？"

有一天，五六个人轮流讲述离奇怪谈和奇珍异事。朋友K最后开口了："离奇怪谈吗，那么这个故事怎么样？"这个故事到底是确有其事，还是K自己编造的？事后我也没有追问，因此不明真假。当时，在听了一系列怪谈后，加上那天恰好处于晚春时节，天阴沉沉的，空气就像深邃的水底般浑浊淤塞，无论是说的人还是听的人，都不由得陷入心烦意乱的状态。因此，那个故事格外打动了我。K所说的故事是这样的：

我有一个不幸的朋友，暂且就称其为"他"吧。他不知从何时起，得了一种怪病，或许祖辈中有人得过那样的病遗传给了他。这么说也并非毫无根据，在他的家族中，不知是祖父还是曾祖父，曾经皈依天主教那个邪教。这个家里的老藤箱底堆满了古旧的、文字横向排版的西洋书籍，玛利亚圣母的画像和基督受难图等。与之一同放入箱内的还有在《伊贺越道中双六》①中出现的一百年前的望远镜、奇形怪状的磁铁、当时称之为"基亚曼"或"毕多罗"的美丽玻璃器物等等。他小时候就经常把这些东西拿出来玩。

仔细想想，好像是从那时起，他就对能照映出影像的东西，比如玻璃、镜片、镜子等等，有着特殊的偏好。证据就是，他的玩具尽是些幻灯器械、望远镜、放大镜，除此以外还有与之相似的将门镜、万花筒等，这些棱镜类的物件能让人或物体变得细长或扁平。

还有，我记得他小时候发生过这样的事。有一天，我来到他的书房，看到桌子上有个老旧梧桐箱子，估计里面装着的就是那些东西吧。他的手里拿着旧时的金属镜子，将它对

---

① 《伊贺越道中双六》，日本江户时代的布袋木偶戏（净琉璃）名作，作者为近松半二和近松加助。

着日光，在昏暗的墙上投射出光影。

"怎么样，很有趣吧，你看那边，这样平滑的镜子，居然能反射出这样玄妙的字。"

被他这么一说，我望向墙壁，令人吃惊的是，在白色的圆形中，稍微有些变形的"寿"字在白金般的强光中闪现。

"真不可思议，这到底是怎么回事？"

总觉得是鬼斧神工，对于儿时的我来说，这个场景既感到稀奇又有点害怕，不由如此问道。

"不明白了吧？那我就跟你明说了。其实说穿了，也不是什么稀罕事儿。喏，你瞧瞧，这个镜子的背面刻着一个'寿'字，墙上的寿字就是通过镜子表面折射而形成的。"

原来如此，细看之下，才发现青铜色镜子的背面果然有个很精致的浮雕。但是，为何会透过表面形成光影文字呢？镜子的表面，无论从哪个方向看过去都是光滑的平面，映照出的影像不会凹凸不平，却仅仅因为反射就创造了如此不可思议的光影，我感觉简直就像是魔法。

"这个，根本就不是魔法哟。"他看我一脸怪异，便开始了讲解。

"我听父亲讲过，金属的镜子与玻璃不同，如果时常不打磨的话，就会越来越模糊，照不出东西。这面镜子在我家传了好几代，不知打磨过多少次了。每打磨一次，其背后的浮雕和相对较薄的地方会因金属的磨损逐渐出现肉眼难以区分的差异。那些看不见的磨损差异才是关键，才会在反射作用下呈现那样的光影。你明白了吗？"

听了他的讲解，我虽然大体上明白了其中缘由，但呈现影像时，光滑的镜面所反射倒映的光影却呈现明显的凹凸。如此神秘的景象，就好似用显微镜观察物体一般，能体会到细微物体的可怕，令我想一想都毛骨悚然。

这个镜子的故事因为太过于不可思议，令我印象十分深刻。但这只是其中一例，他少年时期的游戏几乎都被这样的故事填满了。很神奇的是，连我都会受到他的感化，直至今日，对于透镜这样的东西我都会抱有超乎常人的好奇。

但他少年时期还不算太严重，等进入初中高年级学习物理后，你们都知道的物理中有透镜、镜子相关的理论，他便已经沉迷其中，从那时起，他的痴迷程度几乎到了无可救药的地步。每当提起此事都会想起在教室学凹面镜知识的那段时光。小小凹面镜的教具在学生之间传递，一个接一个都拿去照了照自己的面孔。我那时满脸青春痘，总觉得这似乎跟性欲有关，就感到非常羞愧，在不经意间瞄向凹面镜时，我不由得惊讶起来，差点叫出了声，脸上的一个个青春痘仿佛是用望远镜看月球表面，被放大到令人害怕的地步。

　　青春痘看起来像小山似的，其顶端像石榴一样爆开，里面漆黑的脓血感觉争先恐后似的往外渗透。或许是因为有这样可怕的青春痘存在，凹面镜里映现出的我的脸是那么可怕、那么诡异！从那之后我一看到博览会或者繁华街的凹面镜，总是深陷恐慌，想立刻拔腿就逃。

　　但是，同样的凹面镜，他的反应却与我大相径庭，会时不时偷看一眼，不仅不害怕，反而觉得镜子看上去非常有魅力，会突然发出"吼"的感叹声，响彻整个教室。那疯狂的叫喊声，引发全班同学哄然大笑。从那以后，他就完全沉迷于凹面镜中。他购买了许许多多大小不一、各式各样的凹面镜，再借助铁丝或者纸板等制作出结构复杂的装置，最后独自沾沾自喜地欣赏。因为是自己特别喜欢的东西，他有着常人意想不到的天赋，能设计出奇怪装置。更有甚者，他还特意从国外订购魔术书潜心钻研。有一次，我去他的房间玩时，被一个魔法纸币机关惊到了，那个装置至今仍然让我觉得不可思议。

　　那是一个二尺四方大小的方形纸箱，前面有个类似于建筑物入口的小洞，那里插着五六张一日元纸币，就像信袋中插上去的明信片一样。

"把那张纸币拿出来看看。"他将那个箱子拿到我跟前，若无其事地说道。

于是，我伸出手照做，正打算去拿纸币，却惊奇地发现，明明在眼前的纸币宛如烟雾，令人吃惊不已！

"咦？"

看着我吃惊的样子，他得意扬扬地笑着向我解释，原来那是英国还是哪国的物理学家，运用凹面镜原理设计出来的一种魔术。虽然详细道理我有点不太记得了，总之就是将一张真钞横放在箱底，在其斜上方安装一个凹面镜，再将电灯接入箱子内部，调整光线照射到纸币上，根据凹面镜焦距上的物体会随着角度不同在不同的地方成像的原理，纸币的影像就会逼真地出现在箱子的洞口。如果是普通的镜子，则无法呈现这种景象，但凹面镜却会神奇地将影像如实体般清晰地呈现在眼前。

就这样，他对透镜、镜子这些东西的兴趣愈演愈烈。初中毕业后，他也不打算再继续上学，其中原因之一是父母对他太过溺爱，只要是儿子说的话，基本都会同意。他自认为出了学校后就是一个大人了，硬是在庭院的空地上新建了个小小的实验室，在那里继续他之前的奇特爱好。

此前因为上学时间所受的限制，程度还不算严重，自此以后，他从早到晚都闷在实验室里，病情立马开始以惊人的加速度恶化。原本他就没什么朋友，毕业以后，他的世界就仅限于狭小的实验室。随着足不出户，来访者也逐渐减少，除了他的家人，就仅剩我一个人会勉强去看望他。

我也只是偶尔登门拜访，但每次去看他，都会发现他的病情越发严重，近乎疯狂，我也忍不住悄悄战栗。他的怪癖与生俱来，更加糟糕的是他的父母因为某年的流感不幸去世，他就更为肆无忌惮。再加上他继承了大量遗产，能够随心所欲进行各种奇怪的实验。而且现在他已经年过二十，逐渐对女性产生兴趣。他爱好奇特，情欲方面也非常变态。将之与天生痴迷透镜相结合，两方面都变得更为骇人。而故事的结果，也导致了一个可怕的结局。在我说那个结局之前，想先用两三个实例来说明一下，他的病情到底严重到什么程度。

他的家位于山手的某个高地上，刚刚说的实验室就建在那个广阔庭院的一个角落，一个能俯瞰整个街区屋瓦的地方。在那里，他最初开始将实验室的屋顶建造得像一座天文台，并安装了一个相当大的天体观测镜，热衷于满天繁星的世界。那个时候他通过自学，大致掌握了天文学方面的知识。但是，他并非是满足于这种平凡爱好的人。于是，他将高倍望远镜架在窗边，会转换各种角度，窥视别人家空荡荡的屋内，享受偷窥带来的罪大恶极的乐趣。

望远镜或对着别人的围墙，或对着后墙，当事人们原以为谁都不会看见，完全不会发觉从那么远的山上有人拿着望远镜偷窥的异样，因此他们纵情于各种隐秘的行为。而对于他来说，就仿佛是眼前的事，能够细致入微地观察。

"让我欲罢不能的，只有这些事情啊！"

他总是这么说，把在窗边用望远镜偷窥的行为当作无上享受。但试着想想，这肯定是个相当有趣的恶作剧。我有时也会央求他给我看看，偶尔也会遇见奇妙的事，其中也不乏令人脸红的场面。

除此之外，又比如他还会安装可以从潜水艇中观察海上景象的那种装置，是叫潜望镜吧。他在房间，就能偷窥用人，特别是年轻女仆的房间，丝毫不会被对方察觉。有时他也会通过凸透镜、显微镜来观察微生物。新奇的是，他还饲养跳蚤，将它们放到凸透镜或者低倍显微镜下，观察它们爬来爬去，或是吸自己的血的样子；将两只跳蚤放在一起，同性的话就会吵架，异性的话就会友好相处。其中最令人不快的一次经历，让我对跳蚤产生莫名的恐惧，那之前我从没觉得跳蚤有什么可怕。他将跳蚤打个半死，格外放大后，让我看到了跳蚤翻滚痛苦的样子。那是个大概五十倍的显微镜，看完感觉一只跳蚤占据了我整个视野,从嘴、脚爪到身上长出的每根毛都看得清清楚楚,打个奇妙的比喻吧,显微镜下的跳蚤就像野猪般大小。它在黑色血海中(仅仅是一滴血看起来就如同大海)半个后背被压扁,手脚在空气中挣扎着,它拼命张着嘴巴,呈现出垂死挣扎的模样。我甚至感觉能够听到它正发出凄厉的悲鸣。

如此这种零零碎碎的事说起来真是没完没了,其余的大部分我都暂且不提了。实验室刚建之初,他的兴趣便与日俱增,有一次还发生了这样一件事。有一天,我去拜访他,无意间打开了实验室的门,房间里不知为何放下了百叶窗,里面一片昏暗,我看到在实验室正面的整堵墙上,大约四方左右的地方,模模糊糊有个东西正在蠕动。可能是我的幻觉,我又揉了一下眼睛重新看,果然有什么东西在动。

我站在门口,屏住呼吸盯着怪物。雾气渐渐变得清晰,我看到针山般黑色草丛下面,脸盆般大小的眼睛在闪闪发光,从褐色的虹膜,到眼白中的血管,其奔腾似河流,一切就像软聚焦的照片一样,既模糊,又异常清晰。棕榈般的鼻毛、泛着光像洞窟一样的鼻孔,像两张坐垫重叠在一起的红唇,从中间露出白色瓦片般闪闪发光的白牙。也就是说,一张人脸充斥着整个房间,活生生地在蠕动。与电影不同的是,它安静，色泽鲜艳明亮。比起恐惧和害怕，我怀疑自己是不是疯了，忍不住惊讶地叫出声来。

"吓到了吗，是我呀，是我呀！"

从另一个方向传来他的声音，把我吓得跳了起来。随着那声音的传来，墙上怪物的嘴唇和舌头也跟着动了起来，脸盆般的眼睛露出了笑意。

"哈哈哈……这设计怎么样？"

房间突然亮了起来，他从另一边的暗房现出身来。与此同时，墙上的怪物也消失了。你们大概已经猜到了，这就是所谓的实物幻灯：在镜子、镜片和强光的作用下，将实物原样映照在幻灯上，孩子们的玩具里也常用到这个原理。他用自己独有的方法制造出了可以让实物变得异常巨大的装置。然后他把自己的脸映在上面。听起来没什么大不了，但实际看到确实会让人大吃一惊。总之，这就是他的爱好。

与此类似，更让人吃惊的是另外一个装置。在一个可以瞧见他的脸，并非十分昏暗的房间里，若放上一台杂乱无章陈列着许多镜片的器械，我的眼前便会猛地出现他那大如脸盆的眼睛。突然出现这样的场景，我就像做噩梦一样浑身颤抖，差点儿昏死过去。但是，如果谜底一揭晓，就会发现这和我刚才提到的魔法纸币是同样的原理，它只不过是用了很多凹面镜来放大影像。尽管理论上可行，但是要做到这一点需要花费很多金钱和时间，根本没有人会尝试这种愚蠢的事情，可以说这确实是他的发明。如果一个接一个地不断地给我们看这类东西，会觉得他就像一个可怕的魔鬼。

之后又过了两三个月，不知道他又想到了什么，他把实验室分隔出一个小房间，上下左右都用镜子装饰起来，简单来说，就是造了一间镜子屋。门和其他一切全都是镜子。他会拿着一支蜡烛，独自一个人在里面待很长时间。没有人知道他为什么要这么做。但我们可以大致想象他在里面会看到的景象。站在一个六面都是镜子的房间中央，他身体的每一个部分，由于镜子间的相互反射，一定会形成一个无限的影像。他的上下左右，一定有无数和他一样的人影密密麻麻蜂拥而至。光是想想就让我毛骨悚然。我小时候在八幡森林的杂耍表演中体验过镜子房间，虽然只是模型。即使那种最不完美的镜房，对我来说也是异常可怕。所以有一次他邀请我进入镜子房间，被我严词拒绝了。

不久，我发现进镜子房间的不止他一个人。除他以外还有个十八岁的美丽女孩，是他最喜欢的女仆，同时也是他的情人。他常说："她唯一的优点就是身上有无数深邃的阴影。她的肌肤光泽度还不错，皮肤也很紧实，肌肉像海兽的皮肤般富有弹性,但是她最美丽的地方在于阴影的深邃感。"他天天和那女孩一起在他的镜子王国里嬉戏。那是在一个封闭的实验室里,况且是在另外分隔的镜房里。从外面听不到里面的任何动静。我听说他们在那儿一待就是一个多小时。当然他也经常一个人待着。

有一次,他走进镜子房间,很长一段时间没有一点儿动静,仆人非常担心,敲了敲门,门突然开了,只有他一个人赤身裸体,一言不发,径直走向里面,真是相当奇怪。

他的健康状况本来就不好,现在看起来更是一天比一天糟糕。但是随着他身体的衰弱,他异样的怪癖却越发严重。他豪斥了大笔资金,开始收集各种形状的镜子。平面、凸面、凹面、波浪形、筒形,他竟然能将这些形状如此奇特的东西聚集在一起。宽敞的实验室里堆满了每天搬进来的各种变形镜。令人惊讶的是,他开始在一个偌大花园的中央建造一座玻璃工厂。这是他独特的设计,其水准在日本是无与伦比的,技师和职工也经过千挑万选。为此,他干劲十足,仿佛耗尽所有财产也在所不惜。

不幸的是,他的亲戚中没有任何人可以劝得动他。虽然有些看不下去的仆人会发表一些意见,但那些人会立刻被扫地出门,剩下的都是些为了高薪而沉默不语的家伙。在这种情况下，作为他唯一的朋友，我不得不设法安抚他，企图制止这种荒唐的行为，当然我已经尝试过很多次，但疯狂的他根本听不进去，而且这件事说到底并不是什么坏事，他只是随意挥霍自己的财产，我也不能去评判其是非对错。因此，我只能焦急地看着他的财产和他的生命日趋减弱。

因此，从那时起我经常出入他家，想着至少能监视一下他的行动吧。在他的实验室里，看着他变幻莫测的魔法，一个个令人惊诧和幻想的世界，当他的怪癖达到顶峰时，他那不可思议的天才也发挥得淋漓尽致。那些奇怪而美丽的景象就像走马灯一样变幻莫测，一切都不属于这个世界，我该用什么词来形容当时的所见所闻呢？

他不断从外面购买镜子，在外面买不到的异形镜子，就都由他自己的工厂生产来弥补，他的梦想一个接一个地实现着。在镜子的作用下，有时候，他的头、身体、脚在实验室的空中飘浮。当然，这只是魔术师惯用的伎俩，他用一面巨大的平面镜子斜装在房间里，然后在镜子的一部分上面凿个洞，把头和四肢伸出来。但是，这样做的人不是魔术师，而是我那个病态的朋友，无法不令人感到诡异。有时整个房间泛滥着犹如洪水般的凹面镜、凸面镜、波形镜、筒形镜。在中央狂舞的他，有时巨大，有时微小，有时细长，有时扁平，有时弯曲,有时只有躯干,有时脖子下面连着脖子,有时一张脸上长着四只眼睛,有时嘴唇上下无限延伸,有时缩小,影子又相互重复,交错,混杂,简直就是疯子幻想的盛宴。

有时候整个房间被布置成巨大的万花筒。那是某个机关装置,咔哒咔哒转动后,在数十尺长的镜子三角筒中,是从花店收集来的万紫千红,那情景宛如鸦片带来的幻梦,一片花瓣看起来有一张榻榻米那么大,成千上万朵就成了五彩缤纷的彩虹、极地的极光,覆盖了观者的世界。在那里,他赤身裸体,皮肤在镜子的映照下犹如月球表面般坑坑洼洼,巨大的毛孔疯狂地舞动着。

除此之外,还有许许多多各种各样的魔法,在看到那些可怕的魔法瞬间,人们会由于太过惊讶而变得呼吸困难、瞠目结舌。我无法详细描述这种魔法的美,但即便我现在告诉你,也不会有人相信吧。

这种疯狂的状态持续一段时间后,可悲的毁灭终于来临了。他是我最亲密的朋友,最后变成了一个真正的疯子。迄今为止,他的所作所为绝对算不上正常,尽管表现出种种病态,但他一天中的大部分时间都像正常人一样度过,他会读书,会拖着他瘦弱的身体指挥玻璃工厂的进程,一见到我,会和我谈论他那古老的、不可思议的、唯美的思想。但是,我怎么能预料到，结局会是如此凄惨，也许这是盘踞在他身上的魔鬼所为。如若不是这样，难道是他过于沉溺魔界之美从而导致触怒了神明吗？

一天早上，我被他的用人匆忙叫醒了。

"大事不妙。夫人请您立刻过去。"

"大事不妙？怎么了？"

"我们也不知道。总之，劳烦您尽快跟我过去一趟吧。"

草草问个大概后，用人和我都脸色煞白，我赶紧前往他的宅邸。地点还是在实验室。我跑进去一看，被称为夫人的那个女仆和其他几个仆人站在那里，目瞪口呆地看着一个奇怪的东西。

这个东西就像一个硕大的杂技球，外面罩着一块布，像活物一样在空旷而又收拾整齐的实验室里左右滚动。更令人毛骨悚然的是，从内部发出不知是动物还是人的"咻咻"笑声。

"到底怎么了？"我抓住那个女仆，只好先问她。

"我不知道。我觉得在里面的应该是少爷。但是，我也不清楚这么大的球是什么时候出现的。我想碰又不敢碰。我从刚才便一直在喊少爷，但是从里面只传来一阵奇怪的笑声。"

听完她的回答，我马上走近球体，开始检查声音发出的地方。在滚动的球体表面，很容易就找到两三个看起来像漏气孔的小洞。于是，我把眼睛贴在其中一个洞上，战战兢兢地往里面看，只见里面只有一种奇怪的、刺眼的光芒，除了看到蠕动的好像是人类的物体和听到可怕的、疯狂的笑声外，瞧不出个所以然。我试着叫了两三次他的名字，但是，对方不知道是人类，还是非人类的生物，一点反应都没有。

但是，在盯着滚动的球好一会儿后，我突然发现球体表面有一个奇怪的方形切口，看来是通往球体的门，只要一推，门就会发出嘎嘎的声音。可是没有门把手，无法打开。再仔细一看，好像是把手的痕迹，上面有个金属孔。说不定是人进去后，门把手掉了下来，才会无论从外面还是里面都打不开的。这么说，他整晚都被关在球里。那么把手会不会掉在附近呢？我环顾四周，果然不出我所料，在房间的一个角落里，找到一个圆形的金属配件，对着金属孔，尺寸完全符合。问题是把手断了，就算把它插进洞里，门也打不开。

然而，奇怪的是，被困在里面的人竟然没有呼救，只是哈哈大笑。

"难道……"

一想起那件事，我禁不住脸色苍白。来不及思考，我只能先把这个球砸烂，不管怎样，救人要紧。

我立刻冲进工厂，捡起一把大锤子，回到刚才的地方，对着球狠狠一敲。令人惊讶的是，里面似乎是厚厚的玻璃，随着"锵"的一声可怕的巨响，许多碎片纷纷落地。

毫无疑问，从里面爬出来的是我的朋友，我不祥的预感果然成真。然而，人的容貌在短短的一天之内怎么会发生如此大的变化呢？直到昨天，他虽然虚弱，不管怎么说都是一张紧绷的脸庞，只是看起来有点神经质而已。然而现在，他的模样与死人无异，脸上所有肌肉都松弛下来，头发乱糟糟的，眼睛布满血丝，眼神异常空洞，嘴巴张得大大的，吱吱笑个不停。那模样甚至连那个深受他宠爱的女仆也吓住了，急忙躲开。

不用说，他已经疯了。但是，是什么让他发疯的呢？他看起来并不是被关在球里就会发疯的人。首先，那个奇怪的球到底是用来做什么的？他又怎么会在里面？在场的人都不知道那个球的来历，也许是他命令工厂秘密制造的吧。他原本打算拿这个玻璃球做什么吧。

他在房间里转来转去，笑个不停，女仆终于缓过神来，泪流满面地抓住他的袖子。在这场异样的纷乱中，玻璃厂的技师正好来上班了，我抓住他，不顾他一脸的惊慌失措，接连不断地提了许多问题。于是,根据他结结巴巴的回答,我总结出事情的原委,大概是这样的。

工程师很早之前就接到命令,要制造一个直径约四尺、厚度约一厘米的空心玻璃球,他们抓紧赶工,直到昨天深夜才完成。工程师们当然不知道它的用途,他们按照主人的吩咐,在球体内部涂上水银,使其成为一面镜子,在内部再安装几盏强光小电灯,在球体外表的某个位置设置一扇可供人进出的门。完成后,他们半夜把它送到实验室,在小电灯的电线上连上室内灯的电源后,把它交给主人就回家了。除此之外,他就什么都不知道了。

我让技师离开了,又拜托仆人们照顾疯子,看着这些奇怪的玻璃球碎片,我绞尽脑汁想弄明白这件怪事的奥秘。在盯着玻璃球看了很长一段时间后,我突然意识到,这个玻璃球可能是一个透镜装置,是他埋头苦思的杰作。我怀疑他是不是主动走了进去,想看看里面可能出现的神奇影像。

但他为什么要发疯呢?不,更重要的是,他在玻璃球里看到了什么。到底看到了什么?想到这里,就在那一瞬间,我感到一根冰柱刺穿了背脊,这种不寻常的恐惧几乎冻住了我的心脏。他要么是走进玻璃球里,在闪烁的灯光里看到了自己的影像,然后就精神错乱了。要么就是想从球里逃出去,不小心弄断了门把手出不去了，在狭窄的球体里痛苦挣扎着，直至发疯。如果这些原因都不是的话，那么，到底是什么使他如此害怕呢？

那毕竟超出了人类的想象。在这个世界上，有没有人曾进入过球镜的中心呢？物理学家不可能计算出这个球壁上会有什么样的影像。或许是我们连做梦都想象不到的恐怖世界吧，也许是世界上最可怕的魔鬼世界。那里没有映照出他该有的身影，而是呈现出另外一种东西，我们无法想象那是什么样的形象。然而，不管怎样，倒映出的有些东西推翻了他的理智极限、颠覆了他的感官常识。

但是我们勉强能做的，只是把凹面镜的恐惧延伸到球体上。你们一定知道凹面镜的可怕之处。我们在显微镜下看到的那个梦魇般的世界，那个球形的镜子，就像是无尽的凹面镜包裹着我们的整个身体。单单这一点就相当于凹面镜恐惧的几倍、几十倍。光是这样想象，我们就不寒而栗了。那是一个被曲面镜包围的小宇宙。不是我们的这个世界。一定是另一个，也许是疯子的国度。

我那个不幸的朋友，任由他对于镜子的疯狂热衷到达极致，行至穷尽处，不知道是触怒了神明，还是屈服于恶魔的诱惑，最终不得不毁灭自己。

后来他便精神失常地离开了这个世界，我们没有任何理由来确定事情的真相，但至少到现在我一直无法放弃这样的想象，即他是因为冒犯了镜球的内部，才会最终失去自己的。

蔡蕾　译

鼠　坂

森鸥外

　　从小日向到音羽，有一条叫作"鼠坂"的下行斜坡。据说，这个地方如果不是老鼠就很难自如上下，因此得名。从台町到坡顶的这段路程，人力车还能通过，当看到左边是一片没有打理过的树篱，右边是一座在红土地上，被一棵大松树盘踞的宅邸，差不多就快接近鼠坂时，前面的路突然变得狭窄陡峭，成了弯弯曲曲的小径。别说载着人的人力车过不去，就连空车也没法通过。如果是雨后，即使下车徒步过去也很艰难，所以鼠坂可真不是徒有虚名。

那间盘踞着大松树的空屋子,长期以来一直是孩子们玩耍的地点。但从去年年底开始,这里运来了大块的木材和花岗岩。这些材料先用牛车运到音羽,然后再通过在鼠坂旁搭起脚手架和类似于把货物装上汽船的起重机类的装置才能运上来。此外,还来了不少工匠,木匠们削木头,石匠们砌石头。大概两个月的时间,一栋和洋混合风格的两层楼房,四周环绕着黑色高墙的豪华宅邸就建成了。

附近的人都很惊讶。从木材一运进来时,大家就开始猜测房子的主人是谁。之后一打听,说是一个姓深渊的人,并不是什么大官,也不是什么企业家。大家都很好奇,他到底是什么来头?其间不知是谁从哪里听来的,说他是战争期间在伪满洲国赚了大钱,慢慢了解情况后,好奇的人们才放下心来。

府邸建成后,为了搭配高墙,房子的大门也被漆成黑色,上面挂着一块陶瓷名牌,用俗气的隶书写着"深渊"二字和电话号码。虽然房子非常豪华,但总令人感觉有些脱离常规,缺乏雅趣,甚至还有些阴森森的感觉,很像番町的一户叫什么阿久泽的人家一样。换言之,作风守旧的人会觉得它看起来像是《西游记》中妖怪居住的地方,而对一个作风现代的人而言，它大概看起来像是梅特林克①戏剧中的建筑吧。

二月十七日晚上，在一个八叠大小的客厅里，有两个客人正在畅饮。房间设计极其煞风景，佛龛里挂着一幅不知真伪的文晁②的大作。主人身材肥胖，面色赤红，留着浓密的八字胡。主人及客人身边都依次摆着深绿色布面的座椅。照料酒席杯盘的是一个面色苍老，头发稀疏，眼睛锐利，长相并不讨喜的老女人，看上去像是女主人。整个地方，从坐席到里面的宾客，都令人感觉像是某个新开张的饭店。

"不管怎么说，去的人很多，但发财的人却少之又少。战争开始到现在已经整整一年了。旅顺要陷落的时候，变卖所有的身家换成酒，再把酒藏到那些运送渔民到大连的船舱底下。真有眼光啊！渔船的带队人，虽然活儿干得挺好，但终究挣不到什么钱。我们这边，不管多少酒，只要你能把它运到卖得好的地方去，就赚大钱啦。"说这话的一个客人喝了很多酒，在谈话过程中，已经有点口齿不清了。这个人面如金纸，半长的花白胡子，是一位汉语翻译。

"你是真够大胆，"另一个客人接着说，"那个车主帮你

---

① 梅特林克，即莫里斯·梅特林克（1862—1949），比利时剧作家、诗人、散文家。
② 文晁，指谷文晁（1763—1841），日本江户时代的知名画家。

把东西运到鞍山站,结果你把人家绑了起来,再把路上捡的铁丝塞他怀里,把他说成是切断军用电话线的嫌疑犯,骗那些老实的宪兵把他带走,换个其他人可做不出来呢。"说这话的是一个皮肤白皙的新闻记者,他穿着一件深蓝色的夹克,里面是华丽的马甲。

这时,一个有点姿色,似乎是从乡下来的女佣,端来了暖酒的酒壶。她一打开拉门,主人便给女主人使了个眼色。女主人慌忙接过,对女佣说:"如果有事,我会丁零零地摇铃,你先下去吧。"然后关上了拉门。

新闻记者继续说:"那倒不错,但是您自己拿着鞭子,'驾、驾、驾'地喊着,沿着泥泞的道路试图往前走,但不知是骡子是驴子还是牛的那个什么牲畜,根本不听话,结果绳子弄得一团糟,被卡在满是高粱秆的田里的那一幕,真是滑稽啊。"记者瞥了主人一眼。

主人苦笑着,慢慢地小口喝着酒。

做翻译的男人像是想起了什么似的,舔了舔嘴唇说:"托您的福,我们可是久违地大饱口福啦。酒想喝多少有多少,我从来没有像那时那样高兴过。不管怎么说,军队里可没有这种美味佳肴啊。"

主人发出短促的笑声:"你是只要有酒有肉就能满足,

真是潇洒啊。"

"当然了！有大碗酒加上大块肉，我就满足了。今后我还必须要回到辽阳的公司工作，实际上我并不想做职员，更想去南清，但人生未必都能如我所愿啊。"

"你倒是挺天真啊。对了，那会儿你得到那头驴时的快乐真是无法言表。要我说，不管是你，还是那个得到了驴的司令官老爷，都是仙人。'我是骑兵科，穿这种衣服走路实在太累，可是如果有了这个，就可以不用徒步了'，说这话的那个胖司令官确实是个人物啊。之后那头驴子怎么样了？"记者问翻译。

"什么啊，一到十里河就被后勤部门给征用了。"

记者瞥了一眼主人，狡黠地一笑。

主人回以同样的目光，然后说："从这个角度说，还是你造的孽更重。谁让你不满足于酒肉呢。"

"嗯，虽然说都是肉，但是我需要的是'另一种肉'。金钱固然也不坏，但那只不过是获得'另一种肉'的手段罢了。我不像你，对金钱本身不感兴趣。但我喜欢有你这样的人做朋友。"

主人露出了之前那样的苦笑。"喜欢'另一种肉'没关系，可是在营口喝醉了的晚上所讲的那件事真的很了不得啊。"说完他瞟了女主人一眼。

女主人从薄薄的嘴唇间露出一口黄牙微笑着说:"小川先生真的是,明明长着一张温柔的脸,却是个坏人呢。"姓小川的是这名记者。

小川仿佛被戳中了要害,一改之前的精神状态,低垂着头,甚至连他拿起桌上的杯子也似乎是在掩饰着什么。

"哎呀,那酒已经冷了呢,还是喝热的吧。"女主人像是从旁边窥探小川的脸似的,说着拿起女佣送来的酒壶。

小川把冷掉的酒倒进汤碗,女主人为他重新斟了一杯。

女主人一边倒酒一边柔声细语地说:"但是小川先生对留在营口那位,应该也放不下吧?"

"名古屋有不逊于小川的人哟。"主人在旁边插嘴道。

女主人继续一边偷窥小川的脸色一边说:"还是一个非常好的绝色美人对吧,听说皮肤也很好。"

这时,翻译突然大声喊道:"让我也听听看啊,那个了不得的故事。"

"住嘴!"小川猛地瞪了一眼翻译。主人一身肥肉,盘腿坐在那里,一边津津有味地喝着酒,一边注视着小川的表情,甚至连睫毛的抖动也不放过。与此同时,他的脸却转向翻译平山,开始用轻松、有趣的语气说话。他说:"平山君还没听说过这个故事吗?反正大家既然都要留在这里过夜,那我们就慢慢讲吧。那是在'黑沟台战争'结束后,对奉天的攻击还没有开始前的事情了。有个叫什么窝棚村的,小川被分配在那里住。那是一个小村庄,大部分人都去避难了,村里空屋很多。小川以为他的隔壁也是一间空屋,但有一天晚上,他去上厕所的时候,听到隔壁空屋里传来什么声音。"

小川感到很困扰,但是事已至此,也没有别的办法,一副"索性让他去讲吧"的样子,喝着女主人倒的酒。

主人继续说着:"厕所和往常一样,只是在冻土上挖个坑,然后在上面盖块木板。小川君蹲在上面,忍着屁股的寒冷上完厕所后,侧耳一听,听到隔壁那个声音还在不停变化。好像既不是老鼠也不是狗发出的,于是心生好奇,忍不住想去一探究竟。从外面看,这所房子似乎是打开的,炕边架着的木头已经不知去向,下面的泥土也已经露了出来。在屋子里面,地上堆着当地人称之为砖的东西。不管怎么看,它们都像是沿着后墙堆积起来的。小川君想努力听清到底是什么声音,同时他也想确认声音的来源。就在他蹲的茅坑前面,是一堵大约一丈高的石墙,隔壁房子的一侧紧挨着墙。声音是从墙的最里边传出来的。从表面上看,这一带就是堆了一些砖而已。想到这里,小川君终于下定决心去探个究竟。当然尽管是去厕所,他还是穿了毛皮外套和裤子,也不感觉到冷。厕所旁边有两三根被搓了籽的向日葵秆,他把它们捆在一起做成了一根棍子。棍子靠墙放着,小川君撑着它,即便是穿着沉重的外套也毫不费力地爬上了墙。往对面看去,天空清澄,繁星点点,满地积雪。这时大概是凌晨两点左右,但外面说亮也还是挺亮的。"

小川嘟嘟囔囔地插嘴道:"你对于别人胡说八道的东西居然能记得这么清楚啊。""好了,你就乖乖闭嘴听着吧。石墙的另一侧也堆着砖,这样下去就有落脚的地方。下去绕到房子的背后一看,那里并不是预想中的墙壁。窗户紧闭,并从外面用砖头封住。站在外面听了一会儿后,发现声音是从窗户里面传出来的。从房屋构造来看,感觉就是在炕上。表面上看,泥土暴露出来的炕是这个呈钩形的炕的一半,剩下的一半埋在了砖里。噪音正是来自这一半。到了这个地步,小川君无论如何都想看看窗户里面是什么了。于是,他把砖头移开,再把被抵住的纸窗往里推。不过,这些砖头堆得很马虎,只要挪开大概十块砖头,窗户就能打开了。于是,小川君开始搬砖头,但与此同时,那个声音完全消失了。"

小川正不甘心地喝着酒,平山却听得越发入神。女主人一直往他们三个人的酒杯里倒酒。

"小川君一边搬开砖一边想,这感觉好像不是为了堵死才堆的,更像是一个出入口。但是,假如里面有人的话,外面堆着砖就有些不可思议了。不管怎样,要是把放在床边的手枪带来就好了,但好奇心不允许他花时间回去取。如果回去取的话,同住的人一定会被弄醒,所以他就打消了这个念头。他毫不费力地挪开了砖头,把手放在窗户上,没有任何阻力就推开了窗。就在这时,他听到一阵沙沙的响声。当小川君偷偷窥视里面时,看到里面到处都是散落的麦秆。估计是麦秆挡住了窗户,倒下时发出的沙沙响。里面有类似于缸还是筐之类的东西,再往里面竟然还有一个人,半个身子都埋在麦秆里。那的确是个人,身穿当地人那种浅绿色外套,衣角处向上翻着,里面缝了层羊皮,背对着窗户,把头藏到了麦秆里面,好像还在瑟瑟发抖。"

小川拿起杯子又放下,显得很不安。平山越听越入神了。

主人故意停顿了一下,瞟了他们两人一眼,继续说道。

"但是那人头上没有辫子,是个女人。当小川君发现这一点时,他脑袋里完全没有了危险的念头,只剩下纯粹的好奇心。这也是常有的事嘛。小川君大喊了一声'你',但她只是战栗。小川君跳到炕上,把手搭在那个女子的肩上,把她拉起来冲着窗户方向一看,居然是个还不到二十岁的漂亮女子。"

　　主人再次停顿下来，打量着二人，然后慢慢地喝了一杯酒。"之后的情形就省略不讲了吧，和之前稀罕的故事不同。无论何时何地谁干都是一样的事。总之那个女子很快就屈服了。当然，她屈服得那么快，想来也与小川君生得标致不无关系。女子顺从是好的，但小川君也害怕自己的脸会被她记住。"讲到这里，主人看了一眼小川。只见他原本红润的脸变得一片苍白。

　　"好了，别说了。"小川微弱的声音听起来异常空洞。

　　"嗯，好了好了，不说了，马上就要说完了嘛。似乎每隔一段时间，就有当地人通过窗户偷偷把食物递给这个女子。她可能是在半夜吃东西，或者在缸里方便的声音被小川君听见了吧。我想大概是因为她长得非常漂亮，为了不让军队的人看到才把她藏起来的吧。虽然穿着两层羊毛毛皮，但因为躲在麦秆堆里面没有烧炕，所以应该还是相当冷的吧。中国人的忍耐力真是强啊。总之那个女子此后再也没有从麦秆中站起来了。"说最后一句话的时候，主人的语速特地放慢了。

　　柜子上镀金装饰的座钟敲响了一声。

　　"已经一点了，睡觉吧。"平山说。

　　主客彼此又多聊了一会儿，但不知为何，好像已经提不起兴致了。最后,大家决定去休息,女主人叫来女佣,吩咐她带客人去二楼的客房。

当大家起身时,小川的脚步有些不太对劲。

主人对小川说:"你说那个故事是发生在阴历的除夕夜,今天正好是七周年忌日吧。"

小川默默地看着主人,然后和平山一起跟着女佣上楼去了。

二楼是西洋风格建筑,并排着好几个小房间,好像是为了让更多的人可以留宿而设计的。走廊里的电灯有点昏暗。女佣指着其中一扇门对平山说:"这是您的房间。"

平山把手放在门把手上,说了一声:"再见。"这句话在小川听来十分别扭。

女佣接着步履轻盈地往前走去。

"还要往里走吗?"小川问。

"是的,那里已经为您点燃暖炉了。"女佣说着,把他带到走廊尽头的房间门前。

小川打开门走了进去。屋子里有一个点着的煤气炉,还有一盏灯亮着,但这不是一个真正的西式房间,他觉得像他上初中时的宿舍。床铺靠着墙,床板看起来像是吊起来的,床的下面是抽屉。尽管有暖炉,枕边还放了一个黄铜火盆,上面放着烧水壶。火盆旁边摆着九谷烧①的茶具。小川喉咙有些干，往壶里倒满了水，也不管茶是否泡好，马上倒入碗中一饮而尽。之后他连外套也没脱，就直接钻进了被窝。

躺下后，小川发现自己的头在隐隐作痛。"啊，这酒劲烈得厉害啊。之前好像谁说过，喝醉不能醉成一团，必须要醉成一个三角形里，我现在好像就在三角形里。而且，正因为深渊那家伙讲起了那件事，害我更加扫兴了。那家伙干吗准备那么多客房，会不会是要开赌场啊。混蛋。啊，被子松软，挺好的，这床可真讨厌，就像炕似的。没错，就是个炕。啊啊，烦死了。"想着想着，酒醉和疲劳使他渐渐意识模糊，昏睡了过去。

小川突然睁开眼。电灯关了，但房间里有微弱的光。他觉得这可能是从窗户射进来的吧，但当他向窗户看时，那边却完全是一片漆黑。可能是煤气炉的光亮吧，他这么想着，仔细一看，果然从矾土做的五根管道下端能看到赤褐色的火光。然而，这火光只照亮了壁炉前的大约半叠地板，呈现出淡黄色，与房间里的青白色微光不同。小川半坐起来，想着："至少先打开电灯吧。"就在这时，他看到他面前的墙上清晰

---

① 九谷烧，一种釉上彩绘瓷器，因发祥地日本九谷而得名，距今已有350年历史。

地呈现出一个出人意料的东西。虽然那不是什么可怕的东西，但一看到它，小川好像全身被水浇透似的打了个冷战。他所看到的是一张红纸，上面写着"立春大吉"，吉字有一半裂开了，耷拉了下来。从看到它的那一刻起，小川就像中了什么魔法似的，目光无法从墙上移开。"啊，那个裂开的红纸耷拉下来的地方，是一片麦秆堆，在它的上面仰面朝天地躺着一个女人，长发散乱，浅绿色的衣服前襟大开，脏兮兮灰鼠色的内衣满是皱褶。虽然只看见下巴而看不到脸，但为什么我想看她的脸呢？啊，看到了下嘴唇，有一缕血顺着她的右嘴角流了出来。"

小川不自觉喊了一声，半坐起来的身体向后倒去。

第二天早上，深渊家来了医生、警察，异常拥挤。傍晚时分，一个盖着被褥的担架被抬了出去。

附近的人们窃窃私语，想知道发生了什么事，但谁也不知道担架里的人是谁。有人说："报纸迟早会出号外的吧。"虽然都这么说，但号外最终没有出来。

第二天，邻居们都等着看报纸会怎么说，但是所有报纸上都是同一篇报道，多半是哪个报社做了手脚吧。而且，因为这篇报道很普通，读过的人大都很失望。

"小石川区小日向台町某町目某番地因新屋落成，在横滨市迁来的股票投资家深渊某氏的宅邸，二月十七日晚为庆祝新家落成，大宴宾客，直至深夜。有一两位宾客留宿。其中一位是主人挚友，新闻记者小川氏，居于芝区南佐久间町某丁目某番地，据说当晚因突发脑溢血而亡。在新宅庆祝宴会上竟会出现死者，深渊氏虽值得同情，但听闻此事的附近居民仍然议论纷纷。"

蔡蕾 译

哀 蚊

太宰治

> 上天的眷顾
>
> 令我受宠若惊
>
> ——魏尔伦

我曾经想到过死。今年新年的时候,有人送我一身和服作为新年的礼物。和服的质地是亚麻的,上面还织着细细的青灰色条纹。大概是夏天穿的吧,那我还是活到夏天吧。

娜拉也在思考。她来到走廊,随手"砰"的一声关上门。与此同时,她决定回去。

我没有做出荒唐事,没想到回家时换来的是妻子笑脸相迎。

他一天一天地混着日子。他独自一人在出租屋里喝酒,把自己灌醉,然后默默地铺被睡觉。这种夜晚令他十分难熬。他已筋疲力尽,睡觉也不做梦,什么事都懒得做。

他曾经买来一本关于"如何改善汲取式厕所"的书进行了认真的研究。当时,他对传统的处理粪便的方式十分头疼。

在新宿的人行道上,他看见一个拳头大小的石块在慢慢地移动着。他不假思索地感叹道,原来石头也会爬行呀!然而,随即他就明白了。原来走在他前面的一个脏兮兮的孩子正用一根线拉着那块石头。

受到小孩子的捉弄并不会令他气恼,即便是遭遇天地剧变,他也会坦然接受。他只是为自己的自暴自弃而感到寂寥惆怅。

照此看来,自己将要终生与这种抑郁做斗争,一直到死。想到这里,他不由得自怜起来。绿油油的稻田渐渐模糊不清,是泪水遮住了他的视线。他感到有些慌乱,为这微不足道的小事而轻易地动感情甚至流泪,令他羞愧得无地自容。

下了电车以后,哥哥笑了起来。

"别那么无精打采的。喂,振作起来!"然后,他用扇子在阿龙那瘦弱的肩膀上啪地打了一下。在苍茫的暮色中，扇子显得白森森的。阿龙兴奋得面颊泛红。哥哥能打自己的肩膀十分难得。他一直在心里企盼着哥哥能够跟自己如此亲密。

受访的人不在家。

哥哥说："我不认为小说无聊。我只是觉得有些啰唆，明明一句话就能说清楚的事却要写上一百页来制造气氛。"我一时难以开口，思索片刻后回答说："语言当然是越简短越好，前提是要令人信服。"

我哥哥还认为自杀是一种自私的行为而十分不齿。不过，我倒觉得自杀的行为只是出于处世的考虑，所以对哥哥的看法感到有些意外。

坦白交代！什么？这是跟谁学的？

水到渠成。

他十九岁那年的冬天，写下了《哀蚊》这篇短篇小说，那是一篇杰出的作品。这篇作品同时还是他从一生的混沌中解脱出来的重要的关键之作。一般认为，这篇作品在形式上受到了《雏》的影响，但其内心却是他的。原文如下：

我看到过令人发笑的幽灵。那是我上小学没多久的事，反正像幻灯一样模糊不清。不，我感觉那映在蓝蚊帐上幻灯一般的模糊记忆一年比一年清晰，十分奇妙。

好像是姐姐招婿的那天晚上，当晚有婚礼。我记得众多艺伎来到我家，其中一位漂亮的艺伎名叫半玉，她给我缝补了带家徽的和服。那天晚上，父亲还在旁厅那昏暗的走廊里和高个子艺伎摔跤。父亲第二年去世，如今在我家客厅的墙壁上挂着父亲的巨幅照片。每当我看到这幅照片，必定会想起那晚的事情。我父亲绝不欺负弱者，所以那次摔跤肯定是艺伎做了很差劲的事情，我父亲想惩戒她一下。

许多事情合在一起来考虑，那的确是婚礼当晚的事。真是抱歉，所有一切像蓝蚊帐的幻灯一样，我的话无法让大家满足。很简单，就是梦话。不，那天晚上给我讲哀蚊故事的奶奶的眼睛，还有幽灵，关于这两点，不管别人怎么说，这绝不是梦话。说是梦话，那太蠢了。这不是活生生地浮现在眼前吗？那位老太太的眼睛，还有……

情况就是这样。比我奶奶更漂亮的也没几个。去年夏天奶奶去世了，但说起其去世时的面庞，却可以说是相当美，夏日的树影映衬在白蜡般的两颊上。虽然奶奶很美，但福分浅，一生清贫。

奶奶生前总以干涩的嗓子流利地唱着净琉璃富本调①：

---

① 富本调，日本净琉璃的流派之一，从常盘津调流派中分支出来，1748 年由富本丰前掾创始。作为歌舞伎净琉璃，曾盛行一时。

"我以我这个万年白牙为诱饵,才有了这百万家产。"总之这也是很有趣的因缘。究竟是什么因缘,请停止你那俗气的猜想,我奶奶会哭的。之所以这么说,是因为我奶奶很有魅力,绉纱绣徽的短外褂从未离过身。她把师傅叫到房间里开始学习富本调也是很早以前的事了。自打我记事起,"老松树啦浅间啦",我多次出神地听着奶奶那哽咽的哀调。奶奶被世间揶揄为隐居艺伎,奶奶听到这话,只是微微地一笑。不知为何,我自幼便很喜欢奶奶,离开妈妈怀抱,我会马上跑到奶奶的怀抱。我母亲原本体弱多病,不太顾得上孩子们。我父亲和母亲也不是奶奶真正的孩子,奶奶不怎么去我母亲那里,一天到晚待在旁厅,所以我缠在奶奶身边,三四天见不到母亲并不稀奇。因此,比起姐姐来,奶奶更疼爱我,每天晚上给我读通俗读物。其中,我听八百屋阿七的故事①时十分感动,那种感动现在还能深切体会到。而且,奶奶还戏谑地称呼我为"吉三""吉三",那时的喜悦现在也能深切体会到。奶奶在煤油灯黄色灯光下为我读通俗读物时的美丽姿态,我全记得。

---

① 八百屋指日本杂货、蔬菜店。阿七为店铺的老板娘。1682年江户发生大火,她在避难所与一男子相识,陷入情网不能自拔。为了再次见那男子,不惜在自家放起大火,最终被判死罪。

特别是那天晚上的哀蚊故事，很不可思议，我忘不掉。这么说来，那的确是秋天。"活到秋天的蚊子称之为哀蚊，这时不点燃蚊香，可能是可怜蚊子吧。"

啊啊，一字一句我都原封不动地记着。奶奶睡着觉，口气沮丧地说，是的是的，奶奶抱着我睡觉时必定是把我双脚夹在她的双腿之间，给我暖身子。寒冷的夜晚，奶奶把我的睡衣全脱掉，最后奶奶自己也脱光衣服，裸露着她那充满光泽的美丽肌肤，抱着我为我暖身体。奶奶就是如此珍视我。

"什么呀。哀蚊就是我。真是无常……"

奶奶边说边仔细盯着我的脸看。奶奶的眼睛太漂亮了，无人能及。主屋婚礼的热闹劲儿已经消退，安静下来，好像也到半夜了。秋风哗啦哗啦抚慰着护窗板，屋檐下的风铃随着风儿发出微弱的响声。这件事我也能隐约记起。哎，就是那个夜晚我看到了幽灵。我突然睁开眼睛，说要尿尿。奶奶没有回音，我睡眼惺忪看了一圈四周，奶奶不在。我虽然感到害怕，还是一个人悄悄从床上跑下去，胆战心惊地穿过榉树搭建的闪着黑光的长廊去上厕所，感觉脚底板特别凉。我很困，当时的心情简直像游走于浓雾之中。正是这时，我看到了幽灵。在长长走廊的一个角落，无精打采颜色发白地蹲在那里，我是从很远的地方看到的，幽灵像是幻灯片似的，很小，但它确确实实地在窥探着姐姐与夫婿准备入住的那间新房。是幽灵，不是梦。

艺术之美归根结底是对市民的奉献之美。

有一位痴迷于花儿的木匠。这是个累赘。

然后，真知子低着头嘟哝了这句话。

"那个花的名字你知道吗？用指头轻轻一碰会咔啪一声裂开，弹出肮脏汁液。眼看着会使指头腐烂，要是知道那花的名字就好了。"

我冷笑着，把双手插进口袋答道："这种树的名字你知道吗？在凋谢之前它的叶子一直是绿的。只有叶子背面会一点点枯萎，被虫子吃掉，但叶子会悄悄隐藏起这些，掉落之前一直装成绿色。要是知道那树的名字就好了。"

"死，你要死了吗？"

小早川觉得自己或许真会死。大概是去年秋天吧，青井家里发生佃农纷争，众多纠纷降临到青井身上。当时他也想服药自杀，昏睡了三天三夜。就在前几天，我停止放荡，是因为我的身体经不起放荡。如果被阉割了，我才会避开一切快感，而专心于对斗争的财政支持。听说青井这样想，连续三天去P市的医院，从医院传染病室旁边的臭水沟里掬水来喝。但只是患了痢疾，并未成功死去。小早川听青井后来红着脸说起此事，他对这种知识分子的游戏感到极其不痛快。但是，青井如此想不开，青井的心深深打动了小早川，也是事实。

"死了最好。不仅是我，至少那些有碍社会进步的家伙死了最好。或者说你有什么科学理由能说明有碍社会进步的人或其他人都不能死？"

"混、混蛋！"

小早川突然觉得青井的话有些混账。

"不许笑！你不是也这样吗？他们之前一直只教导你一些很伦理性的义务，说什么为了祭祖必须活着，必须完成人类文化等等。没有给出任何科学说明。那样的话我们都是负面人，都死了为好。死了一切归零。"

"混账！你胡说什么！本来就是你过于自私。的确，你我根本不参与生产。但是，我认为我们决没有过负面的生活。你究竟盼不盼无产阶级的解放呢？你是否相信无产阶级的大胜利呢？虽然有程度之差，但我们都寄生于资产阶级，这千真万确。但这和支持资产阶级意义完全不同。你曾说过，一成是为无产阶级做贡献，九成是为资产阶级做贡献。你说的为无产阶级做贡献指的是什么？在故意肥资本家私囊这方面，我们和无产阶级是一样的。如果说生活在资本主义经济社会是背叛的话，什么样的仙人能成为斗士呢？这些话才是过激的，是儿科病。为无产阶级贡献百分之十便足够了。这百分之十很尊贵。为了这区区的百分之十我们必须顽强活着。而且那是积极向上的生活。死亡是愚蠢的，死亡是愚蠢的。"

有生以来第一次拿到算术教科书。是纯黑的小型封面，其中的数字排列很美，很醒目。少年摆弄了一会儿数字，不一会儿发现在卷末页记录着所有答案。少年皱着眉嘟哝道："真是无礼呀！"

外面是雨夹雪，列宁铜像究竟在笑什么？

婶婶说："你没有姿色，所以哪怕装装可爱也可以。你身体不好，哪怕表一下心意也可以。你擅长说谎，哪怕有点行动也好。"

明明知道却强制让其告白。多么阴险的刑罚！

满月的初更。波浪时而闪着银光散去，时而翻滚着消失，时而翻卷。在翻滚的波浪中，两个人的确痛苦地牵着手，不忍离开。可是，当我故意甩开她的手时，那女子瞬时被波涛吞没，高呼着一个人的名字，但不是我的名字。

吾是山贼，欲掠取汝之荣誉。

"应该不会有这种事，不会有。你们竖我的铜像时，只将右脚往前迈半步，从容地挺起胸膛，左手揣入马甲中，右手攥碎写坏的稿纸，而且没带领子。算了，算了，没任何意义。我讨厌鼻子尖上落鸟粪。在基石上这样刻写。这里有一男子，出生了，又死了。一生用来撕毁写错的稿纸。"

上面写着：靡非斯特菲勒士①胸部、面部和手掌处被降雪一般的玫瑰花瓣烧焦而死。

在拘留所过了五六日，有一天正午，我踮着脚从拘留所窗户往外一看，中庭满是初春的阳光，靠近窗户的三棵梨树陆陆续续全部开花了，树下有二三十名巡查员被强迫训练。

---

① 靡非斯特菲勒士，又名靡非斯特，乃歌德《浮士德》里的人物形象。靡非斯特是引诱浮士德怠惰满足的魔鬼，是代表"恶"的否定精神，是与浮士德对立的形象。

他们随着年轻的巡查部长的号令一齐从腰间拿出捕绳，吹着口哨。我看到这个风景，开始对每位巡查员的家庭进行了思考。

我们在山里的温泉地举行了没有目标的婚礼。母亲哧哧地笑。母亲辩解说：温泉旅馆女佣的发型很奇特，所以才笑的。可能是高兴吧。母亲没学识，让人把我们叫到炉边，教训我们。你已经十六岁了，母亲说着说着便没自信了。看着更加没学识的新娘的脸，母亲征求我同意，说："对吧，难道不是这样吗？"母亲说中了。

在妻子的教育上，我花费了整整三年时间。自教育达成之时起，他打算去死了。

初秋妻患病　白云迟滞停半空　鬼芒丛丛生

赤色火焰像条蛇一般升腾到天空。巨大的波浪缓缓流动，一圈圈翻卷。不久火势不再蔓延，在地上掀起巨大声响，开始往山上爬。山上面，直到天边一片明亮，穿过成千上万熊熊燃烧的冬季凋零的树木，两匹载人的黑马像风一般奔驰而来。

只需要告诉我一句话！"Nevermore"。

晴空万里的日子里，猫会从某处过来，在庭院山茶花下打盹儿。画油画的朋友问我这是不是波斯猫，我回答说可能是流浪猫吧。猫儿跟谁都不亲近。有一天我做早饭，正在烤沙丁鱼时，院子里的猫无精打采地叫着。我也走到走廊上喵地叫了一声。猫儿起身静静地朝我走来。我扔给它一条沙丁鱼。猫儿装作要逃走，但还是吃了。我内心波涛起伏。我的恋爱得到容许。我想抚摸猫儿的白毛，便走到庭院。我刚摸了猫儿背上的毛，猫儿便咬破了我的小指头肚子，一直咬到骨头上。

想当官员。

过去的日本桥长度为 37 间① 4 尺 5 寸（约 69 米），现在只有 27 间（约 49 米）长。不要认为河流相应变窄了。过去无论是河流还是人都比现在要大得多。

---

① 日本长度单位，一间约为 1.818 米。

这座桥最初架设于很早以前的庆长①七年，后来先后十次翻修，现在的桥是明治四十四年落成的。1923年关东大地震时，装饰在桥栏杆处的青铜龙翼在火焰中烧得通红。

我幼小时喜欢的《东海道五十三次》②，画面中这里是起点，画中有好几个家伙手持长枪在这座桥上游走，显得很悠然。原本是这等繁华，现在却十分荒芜了。鱼市搬到筑地之后，其名声更加衰微，现在已经从东京名胜彩色明信片上拿掉了。

今年十二月下旬的一个雾气浓重的夜里，这座桥畔伫立着一个西洋女子，她远离众多乞丐伫立着。卖花的正是这位姑娘。

从三天前开始，天刚刚黑，这名女子便拿着一捆花，乘电车来到这里，默不作声地在这里站三四个小时。

日本人看到落魄的外国人时，都有个坏习惯，认为他们肯定是俄国白种人。现在看到在浓雾中一边在意自己的破手套，一边拿着花束站着的小孩时，大部分日本人肯定会以轻松的心情嘟哝道，啊啊，是俄国人啊。而且，如果是读过契

---

① 庆长，后阳成、后水尾天皇时期的年号，时间为1596年至1615年。
② 《东海道五十三次》是浮世绘画师歌川广重的作品之一，描绘日本旧时由江户（今东京）至京都，所经过的53个驿站的景色。

诃夫作品的年轻人，会出神地独自断定这个落魄外国人的父亲是退役二等陆军大尉，母亲是傲慢的贵族，然后会稍稍放缓脚步。另外，如果是刚开始看陀思妥耶夫斯基作品的学生，会大声叫嚷"涅丽"，或许会慌忙将外套领子竖起。但仅此而已，然后不再深入了解该女子。

但是，会有人这样想：为什么会选择日本桥？选择在这种人烟稀少的昏暗的桥上来卖花，这并不高明——可是为什么呢？

对于这个疑问，可以给出很简单但又很浪漫的答案。那便是这来源于她父母对日本桥的幻影。无非是来源于他们稳妥的判断：在日本，最热闹最好的桥无疑是日本桥。

女子在日本桥的生意很少。第一天只卖了一束红花，客人是一位舞女。舞女选了快要绽开的红色花蕾。

"会开放吧？"舞女的问话方式很粗暴。

女子明确回答："会开的。"

第二天，一位喝醉了的年轻绅士买了一束花。这位客人虽然醉了，但面露愁容，说"随便哪一支都行"。

女子从昨天卖剩下的花束中给他选了一枝白色的花。绅士像偷窃似的悄悄接过花儿。

她的生意就这些。第三天，也就是今天，女子在冰冷的雾气中站立良久，没一个人光顾她的生意。

桥对面有个男乞丐，拄着丁字拐，越过铁轨朝这边走来。他因为地盘的事来跟这名女子找茬。女子鞠了三个躬，拄丁字拐的乞丐紧咬乌黑的鼻下胡须，陷入沉思。

"今天是最后一天。"

女子低声说着，再一次进入浓雾之中。

不一会儿，女子开始准备回家了。她晃动着花束。她从花店买来一些残花，然后出来卖，已经过了三天了，花儿枯萎得厉害。花朵沉重地低着头，每晃动一次，花朵都会颤抖。

女子将花儿轻轻夹在腋下，感觉很冷似的缩着肩，进到附近的中国荞麦面摊儿。

连续三个晚上在这里吃馄饨。店主人是中国人，将这女子作为一般客人对待。女子很高兴店主人这样做。

店主人边卷馄饨皮边问："花儿好卖吗？"

女子睁大眼睛回答道："不，不好卖……我要回去了。"

这句话打动了店主人。女孩是要回国，肯定是这样的。店主人轻轻摇着很好看的秃脑袋，摇了两三下。他怀念自己的故乡，从锅里捞出了馄饨。

"这个馄饨不对呀。"

女子看着从店主人那里接过来的黄色馄饨碗，困惑地嘟哝道。

"没关系，这是叉烧馄饨。我请客。"

店主人表情僵硬地说。

馄饨是十钱，叉烧馄饨是二十钱。

女子一时之间有些手足无措。过了一会儿，她把馄饨碗放下，从腋下的花束中抽出一枝花蕾很大的花儿，递给店主人，说要给他花儿。

她离开那个馄饨摊儿，往电车站走去。途中，她将快要枯萎的三束花递给三个人，现在感到针刺般后悔。她突然深蹲在路边，在胸前画着十字，用莫名其妙的话开始热烈的祈祷，最后说了两句日语。"快开吧！快开吧。"

过着安乐生活的时候要作绝望的诗歌，过着被压垮一般的生活时要持续书写生的喜悦。

春天快到了吗？

反正要死的。想写一篇使人瞌睡的好的爱情故事，仅写一篇。大概是在男子一生最郁闷的时候才会这样祈祷。男子左思右想,终于向希腊女诗人萨福①射去黄金之箭。可怜!唯有萨福将其芳香才气传诵至今,萨福才是唯一使这个内心郁闷的男子感到兴奋的女子。

男子打开关于萨福的一两本书,得知下列事情。

但萨福不是美女。脸色发黑牙齿暴突。萨福非常迷恋法恩这位俊美青年。法恩不懂得诗歌。萨福相信这样的迷信说法:若是为了恋爱而投水自尽,即便死不彻底,那种恋慕之心也会消失,她从柳卡迪亚海角面朝怒涛跃入海中。

生活。
做完一项好的工作,
喝上一杯茶。
茶的泡泡里,
映出好几个,我美丽的脸庞,
会有办法的。

李先瑞 译

---

① 萨福(约前630—约前560),古希腊著名的女抒情诗人,一生写过不少情诗、婚歌、颂神诗、铭辞等。她是第一位描述个人的爱情和失恋的诗人。青年时期曾被逐出故乡,可能同当地的政治斗争有关。被允许返回后,曾开设女子学堂。